지구에 아로새겨진

지구에 아로새겨진

다와다 요코

정수윤 옮김

은행나무세계문학 에세 · 7

은행나무

한국 독자들에게

팬데믹으로 나라와 나라 사이의 경계가 다시 냉엄하게 나뉘어, 여행을 하는 것이 어려워지게 되었습니다.

이웃 나라의 모습조차 미디어를 통해서만 알 수 있는 것이 아쉽습니다. 하지만 문학과 그 번역을 통해 머릿속에서 여행을 계속할 수 있습니다. 게다가 그건 혼자만의 여행이 아닌, 다양한 문화를 배경으로 가진 사람들이 우정을 이어가며 함께하는 여행입니다.

저의 작품은 지금까지 많은 책들이 한국어로 번역되었습니다. 모든 번역가분들과 독자분들께 진심을 다해 감사 인사를 보냅니다.

다와다 요코

차례

1장

크누트는 말한다

나는 그날, 대낮부터 쿠션을 껴안고 소파에 드러누워 낮은 소리로 텔레비전을 보고 있었다. 빗소리가 마음을 차분하게 해주었다. 특히 집 앞 돌길 너머에 작은 공원이 있어서, 빗방울이 돌에 닿는 경쾌한 소리와 흙에 스미는 보드라운 소리가 알맞게 뒤섞여 아무리 들어도 질리지 않았다.

비가 와서 밖에 나가지 않는 것은 아니다. 물길을 따라 어슬렁어슬렁 걷다가 커피를 마시는 일도 즐겁고, 오래된 레코드판 파는 가게에 들르거나, 광장으로 나와 요란한 빛깔 소시지가 들어간 핫도그 샌드위치를 사려는 사람들 사이로 비집고 들어가 아는 얼굴을 찾는 일도 즐겁다. 하지만 오늘은 완전히 무의미한 일을 하며 늘어지게 하루를 보내고 싶었다. 소파에서 미끄러져 고개를 돌리고 유리창 너머 구름 낀 코펜하겐 하늘을 보자, 저 멀리 은빛이 그대로 내 마음속에서 빛나기 시작했다.

아무것도 하지 않는다는 건 상당히 힘든 일이다. 아무것도 하지 않는 상태가 견딜 수 없어지면 인터넷으로 도망치곤 했지만, 오늘은 디스플레이가 내뿜는 빛을 상상하는 것만으로도 혐오감이 솟구쳤다. 사람을 억지로 끌어내 밝은 무대 위에 데려다 놓을 것만 같은 빛. 스포트라이트로 눈이 부셔 아무것도 보이지 않는 화려한 무대 위에서 나는 허구의 스타가 된다. 어리석은 짓이다. 그럴 바엔 차라리 텔레비전을 보는 게 낫다. 내가 노출된다는 느낌이 없으니 소파에 나뒹굴며 일방적으로 출연자의 얼굴을 볼 수 있다. 조금도 웃기지 않는 코미디 프로, 빈약한 어휘의 유행가, 한두 번 쓰고 안 쓸 것 같은 부엌용품을 파는 홈쇼핑 프로. 그러다가 우연히 맞닥뜨린 게 이런저런 식당을 도는 프로그램이었다.

덴마크가 세계에서 가장 살기 좋은 나라라고 나는 믿고 있는데, 그 이유는 먹는 데 집착이 없어서가 아닐까 싶다. 진지하게 맛을 추구하는 식도락의 나라에는 반드시 마피아가 있고 부정부패가 있다. 덴마크 특유의 정치적 청결성과 비폭력성은 음식에 큰 관심이 없는 덕분이라는 사실을 순순히 인정하고 어설픈 먹거리 프로 따위 안 만들면 좋으련만, 무슨 착오가 있었는지 '전국에서 제일 맛있는 핫도그 샌드위치를 찾아서' 같은 지루한 프로그램을 방영하고 있었다. 나는 꾸벅꾸벅 졸다 광고가 끝나고 다음 프로가 시작한 줄도 몰랐다. 눈을 뜨자 몇몇 게스트가 초대된 스튜디오에서 사회자가 흥분한 목소리로 마구 지껄이고 있었다. 본인이 나고 자란 나라가 더 이상 존재하지 않는 사람들을 모아 이야기를 듣는 취지의 프로그램이라는 사실을 차츰 깨달았다.

카메라는 우선, 코펜하겐 대학에서 정치언어학을 가르치는 독일인 여성을 크게 비추었다. 이 여성이 나고 자란 '독일민주공화국'이라는 나라는 이제 존재하지 않는다. 다들 '동독'이라고 부르던 그 나라다. 프로그램 사회자는 고개를 갸웃하며 질문했다.

"두 나라가 하나가 된 것뿐이지 나라가 사라진 건 아니잖아요?"

"아니요. 제가 살던 나라는 사라졌습니다."

"그렇게 치면 서독이라는 나라도 사라졌다고 할 수 있지 않을까요. 어째서 동독만 사라졌다고 하시는 겁니까?"

여성은 숨을 들이마시고는, 마이크 안에서 무언가가 찢어지는 소리가 날 만큼 큰 목소리로 열변을 토했다. 볼륨을 낮춰두어서 다행이었다.

"서독 사람들은 통일 후에도 사는 데 큰 변화가 없었지만, 우리 동독 사람들의 삶은 크게 변했습니다. 학교 교재, 물가, 텔레비전 프로, 근로조건, 휴일, 전부 서독에 맞춰 바뀌었으니까요. 그러니 우리는 우리가 나고 자란 나라로 이민을 온 것이나 마찬가지입니다. 게다가 우리 동독의 역사학자들은 이제껏 일궈온 이론이 무가치하다는 말을 들어야 했고 직업을 박탈당했지요."

굼지럭굼지럭 게으름을 피우며 보기에는 지나치게 무거운 주제라 채널을 돌리고 싶었는데, 어느 틈엔가 리모컨이 사라졌다. 아까 욕실에 가지고 들어갔다가 세면대에 두고 나왔을 가능성이 있다. 내가 화장실 간 사이에 식구들이 채널을 돌리지 못하게 리모컨을 가지고 볼일을 보러 가던 어릴 때 버릇이 남아 있는 탓이다. 딱히 내가 보고 싶은 프로그램이 있는 건 아니었다. 멋대로 채널을 돌리는 아빠에게 화가 난 엄마가 접시를 바닥으로 내동댕이치는 게 무서웠기 때문이다. 엄마도 특별히 보고 싶은 프로그램이 있는 건 아니었지만, 남편한테 '없는 거나 매한가지인 존재'라는 취급을 받는 데 진저리를 냈다. 두 분은 내가 열다섯 살 때 이혼했고, 나 혼자 살게 된 지도 꽤 됐는데, 아직도 리모컨을 가지고 화장실에 가다니 한심하다.

소파에서 일어나 리모컨을 가지러 가기도 귀찮았지만, 이 프로그램을 계속 볼 마음도 없었다. 이러지도 저러지도 못하는 사이에 구 유고슬라비아에 살던 남성, 구 소련에 살던 여성 등이 잇달아 카메라 앞에서 발언을 했다.

나는 슬슬 짜증이 나기 시작했다. 자기네 나라가 사라진 것을 자랑하는 투로 들렸기 때문이다. 우리도 옛날 덴마크왕국에 사는 게 아니니, 그들과 크게 다르지 않은 게 아닌가. 선조들은 그린란드를 포함하는 웅대한 왕국에 살았지만, 나는 지금 유럽의 끄트머리에 붙은 작은 나라 주민에 불과하다. 물론 내가 태어나기 전부터 그랬다. 그러니 나는 내 나라를 잃은 제2세대라고 할 수 있지 않을까.

실제로 엄마의 기묘한 병증은 덴마크가 정식으로 그린란드 영토를 상실한 일과 관련이 있는 게 분명하다. 그렇지 않고서야 자기 자식 이야기하듯 에스키모 이야기만 할 리가 없다. 엄마는 에스키모 청년에게 학비를 대주고 의학 공부를 시키고 있다. 그러면서 친아들인 내가 해외여행을 가고 싶으니 돈을 지원해달라고 할 때는 외면하며 "지금 여유가 없네" 하고 둘러댔다.

그러고 보니 오늘은 엄마 집에서 저녁을 먹기로 했다. 빗속을 뚫고 가기 싫다. 감기 걸렸다는 문자를 보내야겠다. 전화를 걸면 거짓말이라는 게 목소리로 들통난다.

이런저런 생각에 잠겨 있는데, 갑자기 앞선 사람들과 전혀 다른 인종으로 보이는 얼굴이 화면에 클로즈업되었다. 나도 모르게 소파에서 내려와 텔레비전 앞 정중앙에 앉았다. 오래전 〈비가 내리지 않는 우주〉라는 만화영화가 유행한 적이 있는데, 주인공 여자아이가 꼭 이런 얼굴이었다. 여자가 나고 자란 곳은 중국 대륙과 폴리네시아 사이에 위치한 열도라고 했다. 1년 일정으로 유럽에 유학하러 왔다가, 귀국을 두 달 앞두고 자기 나라가 사라져서 집으로 돌아갈 수 없게 되었단다. 그 후로 가족이나 친구도 만나지 못했다. 그 이야기를 듣는데 입 안으로 레몬즙이 흘러드는 기분이 들어 나도 모르게 침을 삼켰다. 하지만 정작 본인은 담담하게 이야기를 이어갔다. 여자의 표정은 마치 백야의 하늘처럼 밝고도 어두웠다. 나는 다른 무엇보다도 여자가 쓰는 언어에 매료되었다. 가만히 듣고 있으면 알아들을 수는 있었지만 덴마크어는 아니었다. 더 또렷한 발음이었다. 처음 몇 초 동안은 노르웨이어인가 싶었지만 그것도 아니었다. 오히려 스웨덴어에 가깝지만 확실히 스웨덴어는 아니다. 그 상태로 화면에 클로즈업된 여자의 입가를 응시하는데, 무슨 키스할 기회라도 엿보는 사람 같아서 부끄러워졌다. 눈길을 돌렸다가 다시 봤더니, 아이슬란드 출신 가수 비요크의 젊은 시절 얼굴과 조금 닮았다. 저 언어는 아이슬란드어일까. 출신지가 섬이라고 했다. 아이슬란드도 섬이다. 하지만 위치적으로 어떤가. 아무리 지구온난화로 얼음이 녹아 대양에 새로운 해류가 생겼다 해도, 아이슬란드가 중국 대륙과 폴리네시아 사이까지 흘러갔다는 말은 들어보지 못했다. 도대체 어느 나라 말인가, 저 언어는. 프로그램 사회사도 같은 생각을 한 모양이었다.

"그런데 당신이 유창하게 쓰는 언어는 어느 나라 말이죠?"

그러자 여자는 처음으로 미소를 띠며, 이렇게 대답했다.

"사실 이 언어는 제가 직접 만들었습니다. 돌아갈 곳이 없어지고, 예테보리에서 유학 기간도 연장할 수가 없어서 트론헤임으로 갔습니다. 1년 동안 장학금을 받았습니다. 하지만 봄 여름 가을 겨울이 눈 깜짝할 사이 지나고, 이제 어쩌나 싶을 때 오덴세에 일자리가 나 다시 이사했습니다. 최근의 이민 경로를 보면 저는 유랑민이나 다름없습니다. 절대로 안 받아주겠다는 나라도 없어졌지만, 쭉 살 수 있는 나라도 없어졌습니다. 제가 경험한 나라는 단 세 곳입니다. 하지만 세 가지 언어를 단기간에 공부해 혼동하지 않고 사용하기란 매우 어렵습니다. 두뇌에는 그만큼 넓은 장소가 없어요. 그래서 제가 직접 만들었지요. 스칸디나비아 사람이라면 거의 다 알아들을 수 있는 인공어(人工語)입니다."

"영어를 쓰면 안 됩니까?"

"요즘에는 영어를 쓸 줄 알면 강제로 미국에 보내버리는 경우가 있습니다. 그게 두렵습니다. 저는 지병이 있어서 보험제도가 발달하지 않은 나라에서는 살 수 없습니다."

"당신은 덴마크에 쭉 살고 싶습니까?"

"네. 이 나라가 바다에 잠기지 않는 한."

제대로 게으르게 보내리라 마음먹었던 일요일인데, 심장이 빠르게 드럼 치듯 울렸다. 관객이 모여들기 시작한 길거리 예술가처럼 감정이 격렬하게 요동쳤다. 텔레비전 화면 아래쪽에 'Hiruko, J.'라는 이름이 떴다.

상당히 특이한 소리 조합이다. 모음이 세 개. 이탈리아에 엔리코라는 이름이 있지만 남자 이름이고. 그러고 보니 헝가리에 에니쿠라는 여자 이름이 있었다. 저 여자의 나라는 역사적으로 헝가리와 이어져 있는지도 모른다. 갖가지 생각이 내 머릿속 초원을 훈족처럼 내달렸다.

"현재 오덴세에서는 무슨 일을 하십니까?"

"메르헨 센터에서 구연동화 읽는 일을 하고 있습니다. 아이들에게 옛날이야기를 들려주고 있어요."

"당신은 아직 젊은데요. 옛날이야기를 하는 원숙한 인상은 아니시네요."

"어제 있었던 일이 완전히 사라진다면, 어제도 오랜 옛날입니다."

여자의 얼굴이 공중에 떠 있는 여러 개의 문법을 빨아들여, 그걸 체내에서 녹이고 부드럽게 숨 쉬며 입으로 내뱉었다. 듣는 사람은 그 신기한 문장이 문법적으로 옳은지 그른지 판단하는 기능이 멎은 채, 물속을 헤엄치는 기분이 된다. 앞으로의 시대는 액체 문법과 기체 문법이 고체 문법을 대신하게 될지도 모른다. 무슨 일이 있어도 이 여성을 만나고 싶다. 만나서 어디로 걸어가는지 지켜보고 싶다. 이런 기분은 처음이었다. 방송국에 전화를 건 것도 난생처음이다. 문의할 수 있는 전화번호가 있다는 것은 알고 있었지만, 설마하니 내가 그 번호로 전화를 하게 될 줄은 몰랐다.

"여보세요. 저는 코펜하겐 대학 언어학과 대학원생인데요, 방금 텔레비전에 나온 Hiruko 씨를 뵐 수 있을까요. 이민언어학 연구에 협력을 부탁드리고 싶어서요. 국가 프로젝트입니다."

상대는 경계하지 않고 곧장 내 부탁을 들어주었다.

"방송이 끝나면 당사자에게 만날 의향이 있는지 물어보겠습니다. 성함과 연구실 정식 명칭을 알려주십시오. 방송이 끝날 때까지 기다려야 하니 시간이 조금 걸리겠지만, 이쪽에서 연락드리겠습니다."

수화기를 내려놓고 텔레비전 앞으로 갔을 때는 게스트 이야기를 듣는 제1부가 끝나고, 제2부로 로마제국, 오스만제국, 몽골제국 등 지금은 존재하지 않는 제국 관련 전문가 세 명이 장황하게 해설을 하고 있었다. 한 사람은 역사학 선생, 두 번째는 역사소설을 쓰는 작가, 세 번째는 발굴탐험 잠수부였다. 나는 그런 직업이 있는 줄도 몰랐는데, 댐이 생기면서 물에 잠긴 마을이나 침몰한 태평양 섬으로 잠수해 들어가 조사를 한다고 한다. 혼자 해저에 들어가면 여자 노랫소리가 들리기도 하고, 머리 없는 푸르뎅뎅한 시체가 떠다니기도 한단다.

"하지만 무슨 일이 있어도 동요해서는 안 됩니다. 인간은 동요하면 호흡이 거칠어져서, 설령 산소통에 문제가 없다고 해도 숨을 쉴 수 없어지거든요."

그렇게 말하는 남자의 검은 머리칼이 젖은 듯 빛났고, 입술 색은 선명하게 붉었다. 역사학자는 그 남자에게만 관심이 집중되는 게 분했는지 헛기침을 하며, 선장이라도 된 듯이 좌담회 키를 잡고 대화의 주제를 틀었다.

"하지만 말이죠, 설사 바다 밑에 잠겨 있다고 해도 하나의 제국이 세계사에서 완전히 사라져버리지는 않아요. 세대를 넘어 기억에 남고, 부흥을 기약하는 사람들이 나타납니다. 그런데 여러분은 부흥이라는 말을 들으면 두렵지 않으십니까? 한번 무너진 것을 원상 복구시키는 일은 훌륭하지요. 하지만 부흥이라는 말이 어딘가 마음에 걸리지 않습니까?"

실은 나도 '부흥'이라는 단어에서 오는 시대착오적 내셔널리즘 냄새에 대해 조금 더 곰곰이 생각해보고 싶었지만, 잠시 후 Hiruko를 만나게 될지도 모른다고 생각하자 거울 속 텁수룩한 내 머리가 신경 쓰여서, 손가락빗으로 하염없이 머리 모양을 매만졌다. 그런 다음 옷장을 열어 깔끔한 옷을 찾아 입고 양치질을 마쳤을 무렵, 이윽고 사회자가 카메라를 정면으로 보고 고쳐 앉으며 '정리하겠습니다' 싶은 얼굴로 눈을 깜박였다. 이제 끝인가 할 때 음악이 흐르고 카메라가 의미 없이 스튜디오 상공을 새처럼 선회하기 시작했다. 출연자 이름이 빗방울같이 위에서 뚝뚝 떨어져 화면 아래로 빨려 들어갔다.

그리고 나서 20분쯤 기다렸는데, 어쩌면 내 부탁을 깡그리 무시했을지도 모른다는 불안감이 엄습했다. 하지만 나라가 작다 보니 웬만해서는 국민의 한 사람이 무시당하는 일이 잘 없고, 그게 소국의 장점이었다. 약간 더 기다리자 전화벨이 울렸다.

"여보세요. 조금 전에 연락 주셨던 방송국인데요, J 씨가 당신을 만나고 싶다고 합니다. 지금 방송국으로 오시면 로비에서 만나실 수 있습니다."

아까 전화 받은 사람과는 다른 남성이 높은 톤으로 기쁜 소식을 전했다. 나는 곧장 '완전 방수, 피부 호흡이 가능한 구김 없는 초경량 소재'라는 광고 문구가 무늬 대신 등에 크게 인쇄된 우비를 걸치고, 자전거용 우비 바지를 입고 빗길 전용 스니커즈를 신고서, 자전거에 뛰어올랐다.

내가 언어학과 대학원생이라는 건 거짓말이 아니었다. 젊은 이민자들에게 컴퓨터게임을 통해 덴마크 생활을 익히도록 하는 프로젝트로 나라에서 3년 치 생활비와 연구비를 받아 2년 전부터 연구 중이다. 아무 소용 없는 연구를 하고 있는 건 아니지만, 실은 양심의 가책으로 가끔씩 치아가 아프고, 등이 아프다. 정말로 게임을 좋아한다면 모를까, 게임 같은 건 내심 경멸하고 있으면서 연구비를 위한 서류를 쓸 때만큼은 내가 얼마나 요즘 문화를 잘 이해하는 사람인지 썼다. 게임에 빠진 사람들이 일자리를 잃고, 패스트푸드로 비만이 되고, 불면증과 당뇨에 시달리는 것을 알면서, 나는 게임이라는 키워드를 이용해 국비를 가로채 건강하고 안락한 삶을 살고 있다. 말은 계급사회에 반대한다느니 하면서, 일단 내가 안전한 배에 올라타니 좀처럼 카누로 갈아탈 용기가 생기지 않는다. 이대로 가다가는 해를 거듭할수록 마음이 해이해지고 기분이 우울해져, 엄마처럼 병을 얻을지도 모른다. 그렇게 되기 전에 1년쯤 쉬면서 미국이나 인도처럼 언어가 풍부한 지역을 돌아보고 싶다고 생각하던 차였다. 저금한 돈은 얼마 없지만 지구상 거의 대부분의 나라 물가가 믿을 수 없을 만큼 싸기 때문에, 제대로 계획만 세운다면 장기 여행이 가능하리라. 내 저금만으로도 반년은 버틸 수 있다. 가능하면 엄마한테서도 약간의 자금을 받아내고 싶다. 하지만 Hiruko라는 이름을 가진 여성의 얼굴을 본 순간, 여행 같은 건 아무래도 좋다는 생각이 들었다. 이 불가사의한 여성에게 수수께끼를 풀 열쇠가 있다.

이제껏 나는 방송국에 전화를 걸어본 일도 없었고, 모르는 사람을 만나러 갈 용기도 없었다. 그랬는데 지금은 완전히 다른 사람처럼 적극적이 되었다.

방송국 정문으로 들어가 보안 검사를 받고, 안내 데스크에 이름을 말하자, 로비에 있는 테이블에서 기다리라고 했다. 복도를 바쁘게 오가는 사람들 얼굴을 멍하니 바라보고 있는데, 어라, 싶은 얼굴이 있었다. 나비넥타이를 매고 지적인 일을 즐기는 듯한 미소를 띠며 바삐 걸어가는 호리호리한 노인. 저 사람은 라스 폰 트리에 감독이 아닌가, 하는 순간 다른 방향에서 Hiruko로 보이는 여성이 나타났다. 발을 들어 올리지 않고 지면을 미끄러져 오는 것만 같은 신비한 걸음걸이였다. 눈을 들어 나를 쳐다보는 순간에도 신체의 중심이 복부 근처에 머물러 있었고, 움직임이 전혀 없었다.

"처음 뵙겠습니다. 언어학을 연구하는 크누트라고 합니다."

"친밀감이 느껴지는 이름."

"아뇨. 늙은이 같은 이름이죠. 하지만 증조할아버지가 훌륭한 분이셔서, 엄마가 꼭 그 이름을 붙이고 싶었다고 합니다."

"증조할아버지가 언어학자?"

"아니요. 좌익 북극탐험가입니다."

"북극탐험가에도 좌익과 우익이 있었군요. 언어학자 크누트

크누트센도 당신의 선조?"

"아쉽지만 아닙니다. 오늘 텔레비전을 보고 놀랐습니다. 생방송이었군요."

"맞아요. 생방송인데도 해프닝이 없는 나라. 출연자가 갑자기 반민주주의적인 발언을 해도 겁내지 않는 나라. 그런 해프닝이 일어나도 자연스러운 대처가 가능한 나라."

Hiruko가 하는 말은 머릿속에 술술 들어오지 않을 때도 있었지만, 잠시 멈춰 생각하면 이걸 이해하지 못하는 나한테 문제가 있지 않나 싶은, 그런 문장이었다. 나는 딱히 머리가 나쁘다고 생각하지 않는데, 마리화나를 피우고 며칠은 돌발적으로 머리가 나빠질 때가 있다. 명백한 이론을 눈앞에 두고도, 두뇌가 명해져 파악하기 어려울 때의 그 초조함이란. 지금 Hiruko의 문장을 들으며 느끼는 위화감이 마약 탓인지, 아니면 그녀가 구사하는 신종 문법 탓인지 판단하기 어려웠다. 다만 Hiruko에게서 느껴지는 거리감은 어디까지나 문법에서 오는 것일 뿐, 그 사람 자체에서는 어린 시절 친구를 만난 듯한 친근감이 느껴졌다.

"코펜하겐에 산다고 했나?"

"아니, 사는 곳은 오덴세. 하지만 오늘은 싱글 숙소를 예약해 뒀으니까 손목시계를 볼 필요 없음."

"그렇담 식사에 초대해도 될까? 사실은 예비 언어학자로서 꼭 물어보고 싶은 게 있어."

"언어학자가 일반인이 관심 가질 직종은 아니지만, 내게는 다이아몬드."

이 한마디에 너무 기뻐서 심장이 공중제비를 돌며 뛰었다.

"음식은 뭐 좋아해? 혹시 핀란드 요리는 어떨까? 스시 같은."

"스시는 핀란드 요리가 아니야."

"그래? 나는 또 핀란드 요리인 줄 알았지. 헬싱키 공항에 내리면 '세 가지 S의 즐거움이 있는 나라에 어서 오세요'라는 포스터가 붙어 있거든."

"세 가지 에스?"

"사우나, 시벨리우스, 스시."

"그건 스시가 아니라 Sisu*겠지. 스시는 절대로 핀란드 요리가 아니야."

"네가 그렇게 말한다면 믿을게. 그럼 가볼까. 우산은?"

비는 그쳐서 석양이 구름을 오렌지색으로 물들이고 있었다. 코펜하겐 하늘치고는 서비스가 훌륭하다. 그러고 보니 오늘 밤 다른 사람과 저녁 약속을 했었다. 그 사람은 본인의 이름을 뛰어넘어 엄마라는 특권적 이름으로 내 머릿속에 군림한다. 물길을

---

* 핀란드인의 민족정신으로 고난과 역경을 헤쳐나가는 인내와 끈기를 뜻한다.

따라 걷는데 수면에 비친 석양이 금가루를 뿌린 듯 보였다.

"그나저나 직접 언어를 만들다니 대단해. 나 같은 사람이 만들 수 있는 언어는 컴퓨터 언어 정도일까. 그걸로 체감형 게임 언어를 이론화해보자고 생각한 적이 있는데, 수학적인 문제에 부딪혀서 이건 내가 생각한 언어의 본질과는 다르다는 생각에 그만뒀어. 에스페란토어도 배운 적 있는데 중도 포기였고. 어지간히 운이 없었거든. 좋은 선생님도 많겠지만 내 선생님은 발음이 영 엉망이라, 저건 에스페란토어의 파리 방언이라고 학생들이 뒤에서 흉을 봤지. 세계에 통용시킬 목적으로 만든 인공어인데, 이 선생님한테 배운다면 반에서만 통할 거라고 말이야. 차라리 프랑스어를 배우는 게 낫겠다 싶었어. 하지만 너는 힘겨운 상황을 남의 탓으로 돌리지 않고, 스칸디나비아 전역에서 커뮤니케이션할 수 있는 언어를 혼자서 완성했어. 대단해."

"완성한 게 아니야. 지금 내 상황이 언어가 됐을 뿐. 그러니 한 달 뒤에는 노르웨이 색이 옅어지고, 덴마크 색이 더 진해질 가능성."

"그럼 만약에 쭉 덴마크에 산다면, 언젠가는 그 언어가 완전히 덴마크어가 될까?"

"이민자가 영원히 한 나라에 살 수 있을지 없을지는 불명."

"덴마크어가 다른 북유럽 언어보다 아름답다거나 하는 소리를 해준다면 기쁠 텐데."

"발음이 너무 부드러워서 어려워. 부드러운 음식을 먹으면서 발음 연습 중."

"모어(母語)는 계속 안 쓰고 있어?"

"나랑 같은 모어로 말하는 인간을 만나기가 힘들어. 다들 어디로 가버렸을까. 조금씩 찾아볼 생각."

"어떻게 찾으려고?"

"오늘 방송 끝나고 전화랑 메일이 많이 왔어. 찾을 장소는 많음."

"뭐야, 나만 전화한 게 아니구나. 약간 김새네."

"내일 트리어에서 열리는 우마미 페스티벌. 우마미*는 나의 모어에 있는 단어. 축제 현장에 가면 모어를 공유하는 사람을 만날 가능성."

"나도 가도 돼? 사라진 나라의 언어를 연구하고 싶어. 실은 오늘 생각났지만, 어쩐지 오래전부터 이런 연구를 하고 싶었다는 기분이 들어."

"트리어는 그 연구 과제로 적당한 마을. 더는 존재하지 않는 고대 로마제국의 거점."

---

*   맛있는 맛. 감칠맛.

"하지만 살아 있는 라틴어 네이티브 스피커는 없으니까 시시해. 그런 점에서 너는 젊고 팔팔한데도, 너의 나라는 이미 존재하지 않지."

'팔팔하다'는 대목에서 Hiruko의 표정이 한순간 흐려진 듯했는데, 기분 탓인지도 모른다.

우리는 방송국을 나와 대화를 나누며 나란히 걸었다. 내가 잘못 이해했을지도 모르지만, 대충 이런 내용이었다.

Hiruko가 나고 자란 마을은 첨단 기술이 발달한 지방으로, 눈이 내리기 시작하면 도로에 묻어둔 센서가 작동하여, 도로에 설치된 구멍에서 온수가 뿜어 나왔다고 한다. 그 온수는 온천에서 끌어온 물이란다. 그래서 도로에 눈이 쌓이는 일이 없었다. 또 지붕에도 난방 장치가 가동해서, 내린 눈이 금세 녹고 결코 쌓이지 않았다. 하지만 Hiruko의 할머니는 눈을 쓸지 않으면 몸이 둔해진다면서, 백 살이 넘어서도 일부러 센서가 안 달린 뒷골목에 가서 눈을 쓸곤 했다. 할머니 손이 닿으면 삽도 하늘에서 내려온 구름 신의 도움을 받는지, 할머니는 산더미처럼 쌓인 눈을 가볍게 퍼서 원하는 곳으로 휙 던졌다. 던져진 눈은 한 장소에 쌓여 설탕으로 만든 성처럼 보였다. 아직 어린아이였던 Hiruko는 눈 치우는 장면을 하루 종일 봐도 지루하지 않았다.

Hiruko가 거기까지 이야기했을 때, 내가 즐겨 가는 스시 가게가 눈에 들어왔다. 내 착각이 아니라 정말로 커다란 무민 간판이 나와 있었다.

"저것 봐. 역시 핀란드 요리지."

Hiruko는 어깨를 으쓱하며 말했다.

"무민은 사실 내가 살던 나라로 망명을 왔어. 핀란드가 소련과 서유럽 사이에 끼어 힘겹게 균형을 맞추며 살던 시대에 스트레스로 살이 빠졌거든. 무민은 통통한 체형을 되찾기 위해 망명했고, 눈을 좋아해서 내가 살던 지역에 집을 마련했지."

"무슨 지역인데?"

"호쿠에쓰(北越). 공식적으로는 현이라는 제도가 있어서, 자기가 어디 어디 현 사람이라고 해야 하는 규칙이 생겼어. 그 규칙을 따르자면 니가타현. 하지만 그런 규칙을 따르는 사람은 없었고, 다들 옛날에 부르던 이름으로 불렀지. 무민은 큰 사랑을 받았어. 조금 살이 쪘고, 가정적이었고, 털이 별로 없었고, 침착한 성격을 가진 남성 대표로 엄청난 인기를 끌었지. 매일 아침 텔레비전에 나왔으니까. 냉전이 끝난 뒤에는 핀란드로 돌아갔어."

"그건 또 왜?"

"노후가 걱정돼서. 내가 나고 자란 나라는 핀란드와 다르게 연금이 아주 적어."

가게 안으로 들어가자 후끈한 공기가 몸을 감쌌다. 이미 손님 몇 명이 테이블에 앉아 식사를 하고 있었다. 창가 자리가 비어 있어서 턱짓으로 가리키니, Hiruko가 고개를 끄덕였다. 메뉴에는 생선 이름이 줄줄이 적혀 있었고, 각각 레벨1부터 레벨5까지 별 모양이 붙어 있었다. 웨이터를 불러 물어보았다.

"이 별은 뭐죠?"

"고통 정도입니다."

"고통이요?"

"이 물고기가 잡혀서 죽을 때 얼마나 아픔을 느꼈는가 하는 정도입니다. 대량 어획의 경우는 그물 속에서 이리저리 몸부림치며 서서히 죽죠. 배려심이 있는 어부가 낚싯줄로 낚으면 곧장 머리를 내리쳐서 안락사시킵니다. 고객분들에게는 선택의 자유가 있습니다."

듣고 있던 Hiruko가 희미하게 미소 지었다. 나는 변명하듯 말했다.

"덴마크는 이미 인권이 완벽하게 보장되어 있어서, 동물의 권리에까지 힘을 쏟고 있어."

"하지만 어부가 사실을 말하는지 아닌지 어떻게 알지?"

"사회보장제도가 잘돼 있으면 거짓말하는 일의 경제적 가치가 사라지기 때문에 아무도 거짓말을 하지 않게 돼."

연어의 가격이 압도적으로 저렴했다. 들리는 말에 따르면, 발트해에 연어 양식을 위한 번식촉진제를 너무 많이 뿌려서 연어가 폭증해 서로 잡아먹고 있다고 한다. 크고 강한 놈이 살아남기 때문에 연어의 몸집이 점점 더 거대해졌고, 고래만 한 연어가 해수면 위로 뛰어올랐다는 목격담도 있다. 또 발트해 연어를 먹으면 생식기능이 이상한 자극을 받아, 스시 가게를 나와 집으로 오자마자 성교를 하고 싶어진다는 소문도 있다. 심지어 그렇게 태어나는 아이는 꼭 쌍둥이나 세쌍둥이, 때로는 다섯 쌍둥이를 넘어 수십 개나 되는 작은 태아가 물고기 눈을 하고 자궁 속에서 아가미로 호흡하는 영상도 인터넷에 떠돈다. 그런 생각을 하니 연어를 주문할 마음이 싹 사라졌다. 하지만 참치는 멸종 직전이고, 조개는 언젠가 식중독을 일으킨 적이 있어서 손이 안 갔다. 나는 방어라는 이름의 물고기에 주목했다. 이름이 하우머치*랑 비슷해서 재미있다. 맛은 접어두고 이름으로 정하자. 메뉴판은 일종의 문학 장르라고 문학을 연구하는 동료가 말한 적이 있다.

"ça va?**라는 물고기도 있네."

---

* 방어는 하마치.
** ça va는 프랑스말로 잘 지내냐는 뜻. 일본말로 사바는 고등어.

"타코*는 타코스의 단수형."

"스즈키**도 자동차랑 비슷하고 좋네."

그렇게 말하자 Hiruko가 움찔하며 물었다.

"스즈키 신차를 봤어?"

"아니, 신차는 아니었어. 친구가 무척 낡은 중고 사무라이를 몰거든."

주문을 마치자 Hiruko가 어린 시절 이야기를 이어나갔다. 아이에게는 눈이 쌓이지 않은 도로 따위 재미없었기에, 눈이 푹푹 밟히는 산으로 놀러 가고 싶었다. 딸을 걱정한 부모님은 아이에게 내비게이션 기능이 장착된 설피를 신겨 놀도록 했다. 설피란 눈에 파묻히지 않게 고안된 신발인데, '새끼줄[繩]로 글[文]을 쓰던 시대'***에 이미 발명된 물건이라고 한다. 아마도 글자 이전 시대이리라. 눈이 잘 오지 않는 덴마크에는 거의 보급되지 않았지만, 스위스 산속으로 레토로망스어를 조사하러 떠났을 때 나도 신어본 적이 있다. 물론 내비게이션 기능 같은 건 없는 보통 '신발'이었다. 하지만 Hiruko가 신었던 설피는 길 안내도 하고,

---

* 　문어.

** 　농어 혹은 일본의 자동차 브랜드.

*** 　일본의 기원전 10세기에서 기원전 5세기를 이르는 조몬시대(繩文時代).

위험한 눈 밑 동굴을 알려줄 뿐만 아니라, 대화 기능도 갖추고 있었다. 지금 생각하면 아무런 도움도 안 되는 프로그램이었다. Hiruko가,

"설피, 눈 토끼는 어디 있니?"

하고 물으면,

"글쎄요, 다른 질문 없습니까?"

하는 대답이 돌아왔다.

"설피, 눈은 어째서 내리지?"

하고 물으면,

"답이 기니까 집에 가서 물어보세요. 안 그럼 얼어 죽어요."

하는 대답이 돌아왔다.

눈이 내리면 어른들이야 고생스럽지만, 어린 Hiruko에게는 겨울이 제일 신나는 계절이었다. 아빠랑 이웃 사람들이 눈에 파묻힌 집 1층부터 학교까지 눈 터널을 만들어줘서 그 안으로 걸어서 통학했다. 겨울에는 다양한 행사가 있었다. 연극을 좋아하는 지역이라 눈으로 무대를 만들어서 눈 극단 뮤지컬이나 눈 속 가부키를 상연했다. 공연에 따라서는 세 시간 이상 걸리는 작품도 있었지만, 대사를 못 외우는 사람은 없었다. 배우가 되어 도시로 나간 동급생도 여럿 있었다. Hiruko의 나라 사람들은 대부분 도시가 지방보다 낫다고 믿어서, '시골'이라는 단어에 부

정적인 울림마저 있었다고 한다. 그런 나라였기에 자기 시골을 시골이 아니도록 하는 데 인생을 걸고, 말도 안 되는 짓을 저지른 남자가 있었다. 남자가 노력형 인간이었다는 사실은 부정할 수 없다. 다만 어떤 노력은 모두에게 피해를 준다. 남자는 고향 땅을 수도권의 일부로 만들기 위해 그 사이에 있는 산맥을 불도저로 밀어버리려고 했다. 그렇게 하면 공산권에서 불어오는 습도 높은 겨울바람이 산에 부딪혀 눈이 내리는 일도 없어질 것이라 여겼다. 그리하여 공금으로 대형 불도저를 구입해 산을 무너뜨리기 시작했는데, 무너뜨리는 일에 맛을 들여 멈출 수 없게 되었고, 그러는 사이 산이 계속해서 깎여나갔고, 지구온난화로 해수면이 상승하자 평평해진 섬 전체가 태평양에 잠겨버렸다. Hiruko는 자기 나라가 사라진 이유를 대강 이렇게 설명할 수 있다고 했다. 나라가 사라졌다고 하면 뭔가 국가적인 비극처럼 들리지만 그건 아니고, 실은 좋아하는 산이 깎여나간 것이 분하다. 나라 같은 건 아무래도 상관없다. 산을 존경하지 않는 정치가는 용서할 수 없다!

이 대목에서 흥분한 Hiruko의 목소리가 높아져, 다른 테이블 손님들이 의아하다는 얼굴로 돌아봤다. 나는 녹차가 담긴 찻잔을 건배하듯 들고 자자자 하며 흥얼흥얼 얼버무렸다. Hiruko는 인상을 펴고 간장에 와사비를 풀더니 젓가락으로 천천히 휘저었다.

"내일 트리어에 가지? 같이 가도 될까?"

Hiruko는 수상해하는 기색도 없이 고개를 끄덕였다. 나라가 작을수록 누군가와 친구가 되는 데 드는 시간이 짧아진다.

"룩셈부르크행 아침 비행기를 예약해두었어. 룩셈부르크에서 부터는 버스."

나는 웨이터에게 부탁해 같은 비행기를 예약했다. 학부 학생일 때는 스마일폰을 써서 직접 예약했지만, 웨이터에게 부탁하면 뭐든 해준다는 사실을 대학원생이 되고 선배가 알려주었다.

디저트로 맛차* 아이스크림을 먹었는데, 나는 '맛차'가 'Macho'와 마찬가지로 스페인어에서 왔다고 주장했지만, Hiruko는 고개를 가로저으며 중얼거렸다.

"아니. 하지만 아무리 나 혼자 말해봐야 안 믿어주겠지. 내일 나는 혼자가 아니라 둘일지도 몰라."

희망에 가득 찬 음성이었다.

---

*   녹차 분말.

2장

Hiruko는 말한다

전화가 걸려 온 것은 오랜만에 날이 맑은 어느 화요일이었다.

나는 그날 아침, 어째서 이렇게 일찍 왔을까 생각하며, 멍하니 창밖을 보고 있었다. 옆 건물 밋밋한 벽이 시야를 방해했다. 평소라면 회색빛을 띠었을 그 벽이, 오늘은 방금 버터라도 바른 듯 우윳빛으로 빛났다. 맛있는 색을 띤 벽에 깃발 그림자가 비쳤다. 깃발은 살랑살랑 나부끼며 기세 좋게 바람을 유영하나 싶더니, 툭 떨어져 죽은 척을 했다. 그런 다음 다시금 생각난 듯이 팔랑거리며 헤엄치기 시작했다. 고이노보리.* 그런 단어가 있었던가.

이 직장에서 일을 시작한 지 3주가 지났다. 그사이 태양의 이동선이 조금씩 비껴나가, 지금 이 시간, 이 벽에, 이 그림자가 드리워졌다고 생각하면, 모르는 사이에 무언의 천체가 움직이고 있다는 사실이 놀랍다.

깃발. 어째서 깃발을 내걸었을까. 그림자라서 무슨 무늬인지는 모르겠다. 어디 국기인지도 모른다. 그러고 보니 며칠 전 근처에 샌드위치를 사러 갔을 때, 대사관 간판을 본 적이 있다. "아직 있었구나, 저 나라" 하고 기뻤을 만큼 자그마한 나라의 대사관이었다. 나라 이름은 생각나지 않는다. 창문을 열고 몸을 쑥 내밀어 상반신을 비틀며 뒤쪽 사선 위를 올려다보았지만, 깃발이 눈에 들어오지는 않았다. 옷깃으로 찬 바깥 공기가 흘러들어 등을 어루만졌기에, 나는 서둘러 고개를 집어넣고 창문을 닫았다.

책상 위에는 어제 고생해서 그린 그림동화 여러 장이 놓여 있었다. 첫 번째 그림에는 학이 논 한가운데서 덫에 걸린 장면을 그리려고 했는데, 학의 머리는 싹이 난 양파 같고, 몸통은 골프채 헤드를 꼭 닮은 모양이 되었다. 이것도 몇 시간이나 고생해서 완성한 가장 괜찮은 작품이었다. 처음 그린 학은 머리가 너무 짧고 굵은 탓인지, 어제 집에 갈 준비를 하던 동료에게 보여주었더니,

---

*   단옷날 다는 기다란 잉어 모양 봉제 깃발. 고이에는 잉어와 사랑이라는 두 가지 뜻이 있다. 본래 고이노보리의 고이는 잉어[鯉]를 뜻하지만 원문에는 사랑[恋]으로 일부러 틀리게 썼다.

"오리야?"

하고 물었다. 목을 좀 더 가늘게 고치고 보여주자,

"백조였구나."

하고 말했다. 서둘러 긴 다리를 그려넣자 도르테는 그제야 불켜진 촛불처럼 얼굴이 밝아지며,

"아, 알았다. 황새? 학?"

하며 목소리를 높였고, 나는 엉겁결에 도르테의 손을 잡았다. 학은 안데르센 동화에 안 나오는 새라서, 덴마크인인 도르테의 두뇌 서랍 깊숙한 곳에 틀어박혀 있었으리라. 그런 도르테의 입에서 '학'이라는 단어를 끄집어냈으니, 나로서는 아주 잘 그린 것이 아닌가 싶다.

누가 어깨를 두드리기에 돌아보니, 도르테가 서 있었다. 오늘은 풍성한 금발을 평소처럼 말총머리로 묶지 않고, 어깨 부근에서 물결치도록 늘어뜨리고 있다. 긴 랩스커트는 인어 비늘 모양으로 물들어 있었다.

"흡사 인어공주."

"아이들을 즐겁게 해주려고 준비한 코스프레야."

"코스프레는 내가 나고 자란 나라에서 생긴 단어."

"코스프레는 영어지."

"아니. 영어를 쓰는 사람은 코스튬을 코스로 줄이지 않아. 플레이를 프레로 줄이지 않아. 코스프레를 구성하는 부품은 영어지만, 편집 기법은 비영어."

도르테는 내가 언어에 대한 이야기를 할 때면 지나치게 민감해진다는 걸 알고 있었기에 황급히 화제를 돌렸다.

"Hiruko, 너는 그림을 잘 그려서 부러워."

비꼬는 것도, 농담하는 것도 아닌, 있는 그대로의 칭찬에 나는 어찌할 바를 몰라 몸을 움츠렸는데, 아무 말 없이 그냥 지나가버리면 그림을 잘 그리는 걸 인정해버리는 꼴이 되기 때문에 무거운 혀를 놀려 이렇게 답변했다.

"내가 초등학생 때는 다들 손재주가 좋았어. 모두 매일같이 수많은 글자, 수많은 멋진 그림을 생산. 그에 비하면 내 그림은 영원히 두 살."

도르테는 눈을 동그랗게 뜨고, 과장되게 고개를 끄덕여 보였다.

실제로 나는 어릴 때, 공예나 미술 과목에서 훌륭한 성적을 낸 기억이 없다. 우리 반에는 가쓰시카 호쿠사이*가 환생한 것처럼 그림에 소질이 있는 아이가 여럿 있었고, 다들 누가 가르쳐주지

---

* 에도시대 채색판화 우키요에의 선구자였던 화가.

도 않았는데 거침없이 쓱쓱 붓을 놀렸다. 그래도 화가가 되고 싶다는 아이는 거의 없었다. 다들 부모님과 비슷하게, 어른이 되면 당연히 어느 회사에 들어가 일을 하고, 일요일에 유화, 소묘, 목판화, 동판화 등을 제작해 자기 작품을 집 현관에 걸며, 그것으로 만족하리라.

하지만 유럽에 와서, 일반 사람들이 글씨 쓰듯 가볍게 그림을 그리지는 않는다는 사실을 알았다. 붓은 뭉크 같은 천재나 손에 쥐는 것이며, 보통 사람들은 그림 그리는 일을 부끄럽게 여겼다. 애초에 미술은 잘하고 못하고를 떠나 손재주와 상관없이, 그림 그리는 일을 천명으로 느끼는 사람이나 하는 것이라고 생각하는 듯했다. 그건 그럴 수 있다고 생각한다. 하지만 아이들을 위한 포스터나 전단지가 필요할 때나 아이들이 부탁할 때, 일러스트 정도는 가볍게 그릴 줄 알아도 되지 않을까 싶다. 그런데도 도르테와 다른 동료들은 그림동화 그리기를 결코 도와주지 않는다. 서예가의 눈에는 차마 눈 뜨고 봐줄 수 없는 글씨를 우리는 매일 쓰고 있으니, 예술가의 눈에는 아무런 가치가 없는 그림을 그려도 좋을 텐데 말이다. 아무래도 이 사람들은 글씨와 그림이 근본적으로 다르다고 믿는 듯하다. 그렇지 않고서야 못 쓴 글씨는 부끄러워하지 않으면서, 못 그린 그림은 이렇게 부끄러워할 이유가 없다.

그림동화극*을 하겠다고 나선 것도 나니까, 그림을 그려줄 사람이 주변에 없다면 내가 직접 그리는 수밖에 없었다. 그림 그리는 일은 힘들었지만, 그에 반해 이야기 만드는 일은 즐거웠다. 첫 번째 그림동화극은 '다마고치고치'라는 창작동화였다. 알껍데기 속에 갇혀 태어나지 못하는 새끼 뇌조 이야기다. 어미 새가 껍데기를 단단하게 하려고 영양제를 먹은 탓에 껍데기가 너무 단단해져버렸다. 게다가 어미 새는 알을 낳은 후 블루버드가 되어 입원했다. 블루버드란, 통닭구이용 닭이 걸리는 우울증인데, 억지로 많은 알을 계속 낳은 암컷 날짐승이 어느 날 갑자기 잠에 빠지는 병이다. '다마고치고치'는 알껍데기를 깨지 못해 밖으로 나올 수가 없었다. 이를 가엾게 여긴 까마귀와 갈매기가 부리로 쪼아주지만, 껍데기는 벽돌처럼 단단해 깨지지 않았다. 가끔씩 껍데기 표면에 "바깥 날씨가 어떤지 알려줘"라거나 "오늘 춥지"라는 글자가 나타난다. 껍데기 안에서 새끼 뇌조가 하는 생각이 전광판 글자처럼 나타나는 것이다. 뇌조(雷鳥)는 이름만 봐도 알 수 있듯이 몸 안에서 미량의 전기를 뿜어내기 때문에, 그걸 이용해 전자 통신을 할 수가 있다.

---

* 원문은 이야기를 그린 여러 장의 그림을 상자 모양 틀에 넣고 순서대로 보여주며 설명하는 가미시바이(紙芝居).

아이들은 입을 떡 벌리고 내 이야기에 귀를 기울였다. 웃는 아이는 없었고 다들 생긋거리지도 않았다. 이야기를 이해하지 못한 게 아닐까 하고 걱정하고 있을 때, 한 아이가 손을 번쩍 들고 질문했다.

"다마고치고치라는 건 알껍데기 이름인가요, 아니면 새끼 이름인가요?"

그 남자아이의 눈동자가 아침 햇살 비친 호수처럼 반짝였고, 빽빽한 속눈썹이 밤색 뺨에 슬픔을 머금은 지적인 그림자를 드리웠다. 체격으로 보아 일곱 살 정도이리라. 아프가니스탄, 시리아, 이라크. 여러 나라의 이름이 주마등처럼 뇌리를 스쳤다. 이 아이는 어느 나라에서 덴마크로 왔을까. 어쩌면 수학의 나라라는 곳에서 왔는지도 모른다. 그 나라에서는 벽에 그려진 가느다란 선 하나하나가 수학의 진리를 담고 있어서, 아기가 눈을 뜬 순간 그런 선이 이론의 과정을 두뇌에 새겨주는 것이다. 이 아이는 껍데기와 새끼를 따로 구분할 생각도 하지 못한 나 같은 인간이 대충 그린 선을 보고 어리둥절해진 듯했다.

어쩌면 창작동화에 도전한 것부터가 잘못이었는지도 모른다. 그래서 다음번에는 옛날이야기로 그림동화극을 하기로 했다. 눈을 감고 어린 시절 들었던 옛날이야기를 떠올려보는데, 제일 먼저 '둔갑술 겨루기'가 생각났다. '겨루기'는 콘테스트와 비슷한 뜻이고, '둔갑술'은 뭐라고 번역하면 좋을까. 유럽에 와서는 둔갑에 능한 것들을 잘 만나지 못했다. 무민 이야기에도 다양한 모습을 한 등장인물이 나오지만, 그건 둔갑해서 그렇게 된 것이 아니라 각각이 자기 자신으로 쭉 살아간다. 고심 끝에 고대 로마 문학, 오비디우스의 《메타모르포세스》를 떠올렸다. 이것이야말로 둔갑 이야기 모음집이다. '메타모르포세스'가 라틴어라 아이들에게는 어렵게 들릴지 모르지만, 이 단어를 외워두면 꽤 다양한 상황에서 쓸 수 있지 않을까 싶다. 이민자는 한 가지 상황에서만 쓸 수 있는 단어를 끝도 없이 외우고 있을 시간이 없다. 아이 때부터 근원적으로 다의적인 단어를 알고 있는게 좋지 않을까.

세탁소에 맡긴 스웨터가 줄어들었을 때는 그 스웨터를 보여주며 '메타모르포세스', 연인에게 마음이 변해버렸을 때는 심장을 한 손으로 누르며 '메타모르포세스', 오래전 살던 마을로 돌아와 마을 풍경이 완전히 변해버린 것을 보았을 때는 한숨을 내쉬며 '메타모르포세스', 도르테가 인어공주가 아닌 마녀의 모습으로 나타난다면 '메타모르포세스'. 이 단어를 쓸 수 있는 상황은 무수히 많다. 그래서 '둔갑술 겨루기'를 '메타모르포세스 올림픽'이라고 번역하기로 했다. 이야기의 서두는 이랬다. '한 마을에 여우가 살았다. 여우는 변신의 천재. 이웃 마을에 너구리가 살았다. 너구리는 개의 사촌. 너구리도 변신의 천재.' 너구리를 모르는 아이들도 많을 테니, 개의 사촌이라고 해두었다.

내 기억으로는 너구리가 사람으로 둔갑해 신랑 신부 결혼식 행렬에 끼어 신나게 가고 있는데, 여우가 만주*로 둔갑했고, 그걸 본 너구리가 만주로 달려든 순간 '둔갑한 가죽이 벗겨지면서' 꼬리가 드러나 둔갑술 겨루기에서 진다는 이야기였다. 내 기억이 틀릴지도 모르지만 '틀리다'고 말해주는 사람이 주변에 없기 때문에, 창작동화인지 옛날이야기인지 나도 모른 채 이야기할 수밖에 없다.

'만주'도 뭐라고 번역할까 고민하다가 일단 '마지팬 초콜릿'이라고 해두었다. 물론 덴마크에 막 정착한 이민 아이들은 마지팬 초콜릿을 아직 모를 수도 있으리라. 오히려 터키어를 말하는 혀나 아라비아어를 말하는 혀는 만주에 더욱 가까운, 소를 넣어 감싼 과자에 익숙할지도 모른다. 하지만 우리 쪽 이민자는 이제 만주를 닮은 음식을 평생 입에 넣지 못할지도 모르기 때문에, 그냥 마지팬 초콜릿으로 번역했다. 개의 친척은 과연 마지팬 초콜릿에 속아 넘어갈 것인가.

아이들은 너구리가 마지팬 초콜릿으로 달려들다 꼬리가 나오

---

* 고구마나 밤 등의 소를 각종 반죽 속에 넣고 굽거나 찐 과자.

는 장면에서 환호성을 지르며 즐거워했다. '다마고치고치'보다 반응이 훨씬 좋았기 때문에, 창작동화는 관두고 옛날이야기를 계속하기로 했다.

이곳 메르헨 센터는 이민 아이들에게 동화를 통해 유럽을 알도록 하는 활동을 하고 있었다. 예전에는 현지 사람들이 봉사 활동으로 낭독을 해주었지만, 요즘에는 현지 사람이 아니라 어른 이민자가 아이 이민자를 접하는 경우에 효과가 높고, A국 출신 어른이 A국 출신 아이를 대하기보다는 다양한 문화가 뒤섞이는 게 낫다고 판명되어, 나 같은 사람에게도 취업의 문이 열렸다.

메르헨 센터가 〈주간 노르딕〉에 낸 구인 광고를 보고 연락했을 때, 나는 아직 노르웨이의 트론헤임에 살고 있었다. 마침 대학에 남을 수 없다는 사실을 알게 된 참이었다. 게다가 돌아가려 했던 나라가 사라져, 앞으로 어디서 살면 좋을지 몰라 난처한 상황이었다. 메르헨 센터의 구인 광고를 읽다가 문득, 이민 아이들에게 내가 만든 언어를 가르쳐보고 싶다는 생각이 들었다. 이 언어는 스칸디나비아 사람이라면 어느 나라에서든 통하는 인공어로 내가 '판스카'라고 이름 붙였다. '판'은 모든 것을 아우른다는 '범(汎)'을 뜻하며, '스카'는 '스칸디나비아'에서 가져왔다. 스웨덴에는 '폴스카'라는 민족무용이 있다. 폴란드에서 왔다는 뜻으로 알려져 있지만, 실제로 이 춤의 기원은 스칸디나비아라는 설이 있다. 그런 신비로움을 어감으로 살려보았다.

나의 판스카는 실험실에서 만든 것이나 컴퓨터로 만든 것이 아니라, 자연스러운 느낌에 따라 이야기하면서 저절로 발생해 통하게 된 언어다. 중요한 것은 통하느냐 아니냐를 기준으로 매일 가능한 한 많은 말을 하는 일이다. 인간의 뇌에 이런 기능이 있다는 걸 발견했다는 사실이 무엇보다 큰 수확이었다. '어떤 언어를 공부하자'고 정한 뒤 교과서로 그 언어를 공부하는 게 아니라, 주변 사람들 목소리에 귀를 기울이고, 소리를 채취하고, 이를 반복해 말하면서, 규칙성을 리듬으로 체감하여 목소리를 내는 동안 그것이 하나의 새로운 언어가 되어가는 것이다.

오래전 이민자는 하나의 나라를 목표로 떠나 죽을 때까지 그 나라에서 사는 경우가 많아서, 거기서 쓰는 언어만 외우면 되었다. 하지만 지금 우리는 언제까지나 계속해서 이동한다. 그러므로 스쳐 지나간 모든 풍경이 뒤섞인 바람과 같은 언어로 말한다.

'피진'*이라는 표현도 있지만, '피진'은 '비즈니스'와 밀접한 관련이 있기 때문에 내 경우에는 적합하지 않다. 팔아야 하는 상품은 아무것도 없다. 내가 다루는 것은 언어뿐이다.

메르헨 센터에서 아이들을 상대로 판스카를 이용해 옛날이야

---

* 서로 다른 두 개의 언어가 뒤섞여 만들어진 언어.

기를 하면 어떨까 생각하다가, 그림동화극을 보여주자는 데 생각이 미쳤다. 언어뿐만 아니라 그림을 보여주는 편이 이해가 훨씬 쉬울 것이다. 그런 아이디어를 이력서와 함께 보냈더니 곧바로 면접을 보러 오덴세로 오라는 편지가 왔다. 면접 때도 물론 판스카를 사용했는데, 면접이 시작되고 5분도 안 되어서, 모든 면접관의 눈에서 '채용'이라는 글씨가 깜박이기 시작했다.

나의 못된 점은 잘하는 것도 없으면서 "이런 일을 하면 좋을 것 같아요"라는 이야기를 번지르르하게 잘한다는 것이다. 존재하지 않는 것에 형태를 부여하고, 색을 칠해, 이것이야말로 모두가 원하는 미래다, 라고 믿게 만들 수가 있다. 이런 능력이 내가 나고 자란 나라에서는 좋은 평가를 받지 못했다. 오히려 말수가 적고 근면한 사람이 신뢰를 받았다. 몇십 년이고 자기 의견 없이 묵묵히 일을 하다가 어느 날 슬쩍, "이제껏 제가 해온 일이 어쩌면 이런저런 일이 아니었나 생각할 때가 있습니다" 하고 작게 중얼거리는 인간이 인정받았다. 거꾸로 이런 일을 하면 어떨까, 저런 걸 만들어보면 어떨까, 이런 점은 바꾸는 게 낫지 않을까, 나한테 맡겨주면 이렇게 새로운 일도 가능하다, 어쩌고저쩌고 시끄럽게 제안을 해대는 젊은 사람들은 정수리에 언어의 쇠망치를 맞았다. '튀어나온 말뚝이 두들겨 맞는다'는 속담도 있었고, 튀어나온 말뚝을 때릴 완력을 기르기 위해 '두더지잡기'라는 게임이 개발되기까지 했다.

그러나 유럽에서는 내가 이야기를 시작하면, 두더지를 잡기는커녕 듣는 사람 눈이 반짝반짝하면서, 더 이야기해주세요, 라는 듯한 메시지가 시선을 타고 쉭쉭 날아온다. 나는 그림동화극이 얼마나 훌륭한 장르인지, 그것이 지금 덴마크에 얼마나 도움이 될지 거침없이 이야기했다. 면접관들의 얼굴이 나를 향한 호의로 빛났다. "당신이 직접 그림동화극을 해본 적 있습니까?" 같은 질문을 하는 사람은 단 한 사람도 없었다. 나는 그림동화극을 해본 적도 없을뿐더러, 실제로 본 적도 없었다. 옛 영화에서 그림동화극을 하는 사람이 아이들을 모아놓고 사탕을 판 뒤, 모모타로 이야기를 보여주는 장면을 본 기억이 어렴풋이 남아 있는 정도다. 하지만 거짓말을 하고 싶지는 않아서 이렇게 덧붙였다.

"그림동화극을 향한 나의 꿈은 거인. 그림동화극 연출가로서의 커리어는 생쥐."

그러자 이런 대답이 돌아왔다.

"괜찮습니다. 실전하면서 경험을 쌓으시면 됩니다. 아이디어가 중요하니까요. 부디 저희 센터에서 그림동화극을 열어주십시오."

미소 짓는 얼굴에 둘러싸여 그 자리에서 계약서를 읽고 사인했다.

내가 나고 자란 나라 기준으로 보자면, 나의 그림은 형편없었고 내가 만드는 동화도 엉터리일 터였다. 하지만 눈앞의 아이들은 호수처럼 빛나는 눈동자를 내게로 향한 채, 지구 문화의 한 부분을 확실하게 흡수해갔다. 훨씬 더 수준 높은 그림동화극을 할 수 있는 사람이 나의 나라에 많이 있었지만, 그 사람들은 여기 없고, 이제 어디에도 없을지도 모르기 때문에, 내가 하는 수밖에 없다. 죄의식 같은 건 마지팬 초콜릿 포장지랑 같이 버려버리자.

나는 일자리를 잡은 덕분에 비자를 받아 덴마크에 체류할 수 있었다. 어릴 때 텔레비전에서 '불법 체류자'라는 말을 들으면 먼 나라에서 온 나쁜 사람들 이야기 같았지만, 지금은 운 나쁘면 내가 곧장 '불법 체류자'가 되어버린다. 잘 생각해보면 지구인이니까 지상에 위법하게 체류하는 일은 있을 수 없다. 그런데도 어째서 매년 불법으로 체류하는 사람이 늘어나는 것일까. 이대로 가다가는 조만간 인류 전체가 불법 체류자가 되는 날이 오리라.

오늘은 이른 시간부터 어린이들이 모여들었다. '다마고치고치'에 대해 질문했던 똑똑해 보이는 아이는, 그림동화극이 시작하기 30분 전부터 이미 방에 들어와, 책꽂이에서 그림책을 꺼낸 뒤 서서 읽고 있다. 앞니가 빠진 동그란 얼굴의 남자아이는 지난

낭독 때 얼빠진 얼굴을 하고 있더니만, 오늘은 방에 들어오자마자 제일 앞줄에 앉아 나중에 들어오는 아이들에게, 거기 앉는 게 어때? 하며 제안한다. 머리에 스카프를 두른 여자아이가 그 아이 옆에 당당히 앉는다. 남자아이와 여자아이가 저번보다 뒤섞여 앉아 있다. 지난번과 같은 옷을 입고 있는 아이들도 많다. 새로운 얼굴도 있다. 아빠 팔에 매달려 있는 아이. 고개를 숙이고 부끄러운 듯 사회복지사의 손에 이끌려 방으로 들어오는 아이.

오늘은 제일 앞줄 왼쪽에 앉은 아이가 스마일폰으로 비디오를 찍기 시작했다. '난민'이라고 하면 당연히 가난할 거라고 생각하는 사람이 있는데, 이 사람들은 전쟁이나 탄압을 피해 도망쳐 왔을 뿐 가난해서 도망친 것은 아니다. 물론 집과 재산을 버리고 도망쳐 온 사람도 있지만, 재산의 일부를 챙겼거나 송금을 받는 사람도 있다. 스마일폰을 든 아이는 아직 미취학 아동처럼 보여도 세련된 재킷을 입고, 모직 넥타이를 매고 있었다.

오늘은 '은혜 갚은 학' 이야기를 할 텐데, '은혜 갚다'를 번역하기 어렵고 억지로 한다 해도 아이들이 이해하기 어려울 듯하여, '학의 고마움'이라고 했다. 옷 만드는 베틀을 묘사하는 일은 학을 묘사하는 일보다 훨씬 더 어려웠다. 직물이 어떻게 만들어지는지 아이들에게 잘 설명하기가 어려웠고, 깊이 생각해보니 학의 깃털로 어떻게 실을 만드느냐 하는 지점에서 의문이 발생했다. 그리하여 베틀은 관두고, 아내 학이 몰래 자기 털을 뽑아 점퍼를 만드는 이야기로 바꾸었다. 그러는 편이 베틀보다 훨씬 이해하기 쉬웠다.

학이라는 사실을 까맣게 모르고 낯선 여자와 결혼한 남자는, 거리로 나가 완성된 고급 점퍼를 팔고, 태어나 처음으로 많은 현금을 손에 쥐며 기뻐한다. 거기까지 이야기가 나아갔을 때, 도르테가 인어의 형상으로 뛰어들어왔다. 나에게 급한 전화가 걸려왔다는 것이다. 하는 수 없이 아이들에게,

"미안해요. 곧 올게요."

하는 말을 남기고 사무실로 뛰어가 전화를 받았는데, 거기가 텔레비전 방송국이었고, 다음 주에 어느 '진지한' 프로그램에 나와달라는 내용이었다. 어떤 프로그램이냐고 물었더니, 자기가 나고 자란 나라가 지금은 존재하지 않는 사람들만 모아서 이야기를 들어보는 구성이라고 했다. 나의 이야기는 어느 지역신문 기자한테서 들었단다. 그러고 보니 지난주에 메르헨 센터로 기자가 와서, 우리들의 활동에 대한 인터뷰를 했었다.

나는 되도록 정중히 거절했다. 텔레비전에 나가서 많은 사람들 눈에 띈다면, 마을을 걷다가 사람들이 알아볼지도 모를 일이고, 그걸 구실로 딱히 용건도 없으면서 말을 거는 사람이 있을지도 모른다. 그게 번거로웠다. 나는 곧장 거절할 수 있었던 나 자

신에게 만족하며 전화를 끊으려 했는데, 방송국 측에서 부드러운 어조로 끈질기게 설득을 했다. 출연료도 많이 나오고, 교통비에 숙박비도 나온단다. 거기다가 같은 고향 사람이 방송을 보고 연락할지도 모른다는 말에 마음이 흔들렸다.

"하지만 그다음 날 트리어에 간다. 준비할 게 많다. 바쁨."

그렇게 거절하자, 오덴세에서 코펜하겐까지 가는 교통비뿐만 아니라, 이튿날 코펜하겐에서 트리어까지 가는 항공권도 제공하겠다고 나섰다.

"트리어에는 공항이 없다. 룩셈부르크까지 비행기로 간다."

그렇게 대답하며 나는 이미 마음이 절반 이상 출연하는 쪽으로 기울어 있었다. 상대는 그 기회를 놓치지 않고,

"그럼 결정하신 거네요."

하고 말하며 전화를 끊었다.

도르테는 내가 텔레비전에 나온다는 말에 흥분하며 자세한 이야기를 듣고 싶어 했지만, 그게 생방송이고, 다음 주 화요일에 코펜하겐 스튜디오에 가야 한다는 것 외에 또 누가 출연하는지, 방송 분량은 어느 정도인지, 그런 정보는 나도 전혀 몰랐다.

아이들이 기다리는 방으로 돌아와 '학의 고마움'을 마지막까지 이야기해주고, 아이들을 집으로 돌려보낸 뒤 이튿날을 위한 준비를 시작했다. 다음 그림동화극은 '가구야 공주'로 결정했는

데, '가구야'가 무슨 뜻인지 알 수 없었고 사전에도 나와 있지 않았다. 하는 수 없이 '달 공주님'이라고 번역했지만, 첫 번째 그림을 그리며 '대나무 공주님'이 더 나을 것 같다는 생각이 들었다. 대나무 안에서 발견됐으니 고향이 대나무일 텐데 어째서 달로 돌아가려는 것일까. 가구야 공주는 이민 2세대인지도 모른다. 그러니 부모가 지구에 체류하는 동안 대나무에 잉태되어 지구에서 태어났지만, 환경에 적응하지 못하고 부모의 고향인 달로 '돌아가기'를 꿈꾼다. 이 이야기의 속편을 그려보기로 했다. 실제로 달로 돌아간 후 가구야 공주의 이야기다. 지구밖에 모르는 가구야 공주에게 들꽃도 나무도, 제비도 고양이도 없는 달은 기분 나쁜 장소처럼 보인다. 꽃의 빛깔, 새의 지저귐, 포유류들의 냄새, 따스한 온기, 시끄러운 분쟁, 짓궂은 장난이 그리워 그냥 지구로 돌아가기로 결심한다. 트리어에 갔다가 돌아오면 그런 속편을 그리자. 그 당시 나는 여행을 떠났다가 금세 오덴세로 돌아올 생각이었다. 아무리 '오덴세'와 '오디세이'에 겹치는 글자가 많다고 해도, 설마하니 내가 기나긴 여행의 주인공이 되리라는 생각은 꿈에도 하지 못했다.

메르헨 센터 밖으로 나가면, 돌길로 된 작은 광장이 있고, 그 한가운데에 소녀 석상이 있다. 성냥을 긋는 순간 마법에 걸려 움직이지 못하게 된 것처럼 주춤하며 서 있다. 나는 그 모습을 볼 때마다 돌로 된 소녀가 움직이기 시작하고, 내가 돌이 되는 날이 오는 게 아닐까 싶어 두려워진다.

텔레비전 프로그램에 출연해서 다행이었다. 방송이 끝나고 나와 같은 모어를 말하는 사람과 만난 적이 있다는 전화가 여러 통 걸려 왔다. 그러나 하나같이 목소리가 쉬어 있어서 연령을 물어보면 구십대였다. 나와 같은 모어를 쓰는 사람을 만난 건 아주 오래전 이야기였다.

아울러 비난 섞인 전화도 한 통 있었다. 자기랑 같은 모어를 쓰는 사람을 찾아서 뭘 어쩌자는 것이냐, 지금 쓰는 언어로 현재 주변에 있는 사람들과 서로 도우며 살면 그걸로 된 것이 아니냐고 했다. 지당한 의견이다.

그다음에 걸려 온 전화는 아주 기분 나빴다.

"당신 일족이 지닌 유전자를 보존하기 위해, 당신은 당장이라도 아이를 만들어야 한다."

또 이런 전화도 있었다.

"모국이 멸망했다는 위기감 자체가 우익이다."

'이대로라면 내 조국이 망한다' 따위의 말이 분명 오래전에는 보수적이고 공허한 배타주의자들의 주요 발언이었다. 나는 더욱 주의를 기울여야겠다고 생각했다. 조국이 망했다는 말 같은 걸 할 마음은 추호도 없었다. '조국'이니 '멸망하다' 같은 건 내 어휘에 없다.

"이모티콘만 있으면 언어 같은 건 불필요한 시대가 되었다."

나로서는 빗나가도 한참 빗나간 의견을 말하는 사람도 있었다. 이 사람은 자기 자식이 소중한 화병을 깼을 때, 묵묵히 화난 얼굴 이모티콘을 보여줄까.

"소규모 언어는 소멸되는 게 자연의 이치다. 아이들을 빈곤에서 구출하는 일이 훨씬 더 중요하다."

이런 전화도 있었다. 의견을 듣고 답하면서 가벼운 수화기가 무겁게 느껴질 정도로 피로해졌다. 그래서 방송국 사람에게 대신 내 전화를 받아달라고 부탁했다. 상대방 목소리를 스피커로 듣는데, 동정심이 넘쳐 나를 양자로 들이고 싶다는 노부부, 멸망한 나라의 귀한 우표를 갖고 있지 않느냐는 정열적인 우표 수집가, 닌자를 만난 적이 있는지 꼭 좀 알려달라는 소년 등 다양한 사람들에게서 전화가 걸려 왔다.

슬슬 호텔로 돌아가 쉬려는데, 언어학 연구자한테서 전화가 왔다고 했다. 다른 사람들과 달리 사라진 나의 모어가 아니라, 내가 지금 쓰고 있는 인공 언어에 관심이 있다고 하기에 방송국으로 오라고 했다.

이윽고 나타난 크누트라는 이름의 청년에게, 나는 곧바로 호감을 느꼈다. 그 청년의 리비도가 내가 아닌 언어를 향해 콸콸 흘러넘치고 있다는 사실이 전해졌기 때문인지도 모른다. 이런 남성은 유럽에 흔치 않다. 대부분의 사람들은 이성이나 동성과 성관계를 갖는 일에 여전히 강한 관심을 갖고 있어서, 누구를 만나든 "이 사람은 내 파트너로 어떨까?" "만약 지금 이 사람에게 파트너가 없다면 내 파트너로 삼으면 어떨까?" 하고 자문해야 직성이 풀리는 모양이었다. 어디까지나 상상이고 실제로 사귀어보고 싶다고 생각하는 것도 아니지만, 사람을 바라보는 기준에는 늘 이런 물음이 있었다.

하지만 내가 나고 자란 나라에서는, 꽤 오래전부터 이미 성호르몬이 거의 소멸되어 있었다. 남성이라고 해서 가슴과 팔까지 털이 자라고 정기적으로 여성과 자고 싶어 하는 일도 없었고, 또 여성이라고 해서 유방이 풍선처럼 부풀어서 뭐가 어찌 되었든 아이를 낳아야겠다고 밀어붙이는 일도 없었다.

이미 내가 학부 학생이었을 무렵부터 해외 유학을 떠나는 젊은이가 확연히 줄어든 것도 그런 까닭이었다. 스웨덴에 유학을 가고 싶다고 친구에게 말했더니, 그런 데 가면 힘들 거라고 친구들 모두가 나를 안쓰러워했다. 실제로 예테보리 대학에 들어간 첫날 같은 수업을 듣는 학생한테서 자기 집에 놀러 오지 않겠냐고 초대를 받았다. 놀러 갔더니 영화 속 주인공 같은 기다란 속 눈썹을 깜박이며 내 눈을 응시하고는 손을 마주 잡았다. 아아, 이건 연애로구나 깨닫고 내가 성급히,

"우리 문화권에서 이제 성(性)은 사라졌어."

하고 설명하자, 상대는 달에서 온 여성이라도 보는 듯한 표정을 지었다. 그 남학생은 한참 생각한 끝에,

"부모님이 허락을 안 하셔?"

하고 물었다. 그 청년은 아마도 아이들의 결혼 상대를 부모가 결정하는 사회, 외국인이나 이교도와의 결혼을 부모가 허락하지 않는 사회에 대한 다큐멘터리 프로그램을 본 적이 있을 테고, 내 경우도 그런 상황이라고 넘겨짚은 듯했다.

"그게 아니라, 문화 내에 성호르몬이 없어."

"그건 큰일이네. 무슨 병이야? 말하기 싫으면 오늘 안 해도 되지만, 내 친구 중에 의사가 있으니까 내일 전화해볼게."

하고 신경을 써주었다.

크누트도 성에 관심이 없는 건 아닐 텐데, 귀찮은 일을 싫어했고, 아이를 손에서 놓지 못하는 엄마에게 완전히 질려 있는 데다가, 언어에 에로스를 느끼는 체질이었다. 이런 사람이라면 같이 여행을 떠나도 괜찮을 것 같다. 설마하니 이 여행 탓에 우리의 체질이 변하리라고는, 그때는 생각도 하지 못했다.

다음 날 아침, 코펜하겐 공항에서 만나 같이 체크인을 했다. 프로펠러기는 바람을 가르며 상하좌우로 구름 계단을 올라갔다. 크누트는 엄지손가락을 눈이 핑핑 도는 속도로 움직이며 스마일폰에 메시지를 쓰고 있었다.

"구름 모드 엄수."

내가 주의를 주었다.

"비행 모드야. 지금 쓰고 나중에 보내려고."

"누구한테?"

"어제 저녁 약속을 했던 사람한테. 연락도 안 하고 바람을 맞혔거든."

"애인?"

"말하자면 아빠의 옛날 애인이지. 아빠하고 결혼해서 나를 낳았거든."

"어느 언어든 m으로 시작하는 단어로 불리는 사람. 마마, 마더, 무터, 무티, 마치, 마망."

"너희 언어에서도 m으로 시작해?"

"마마나 하하. 마마는 특별할 때."

"우리 집 마마도 특별해. 에스키마마야."

"에스키마마?"

"응. 우리 엄마는 자기가 에스키모의 아이들 모두의 마마라고

56

믿고 있어. 에스키모는 차별어라고 다들 안 쓰게 되었지만, 내 경우 이누이트는 어울리지 않아. 우리 엄마 머릿속에서는 분명 에스키모일 테니까. 얼마 전 엄마가 덴마크에 사는 사람 백 명의 얼굴을 모은 사진집을 보여줬는데, 당연하게도 한쪽 부모가 에스키모거나 할머니가 에스키모인 다양한 사람들이 있었어. 첫 번째 페이지에는 금발에 눈처럼 흰 피부를 가진 총명한 눈동자의 얼굴이 실려 있었고, 페이지를 넘길 때마다 두발과 피부색이 점차 갈색이 됐지. 눈빛도 짙어지고. 그러다 어느새 에스키모의 얼굴이 됐어. 사진은 의도적으로 어디가 경계선인지 알 수 없게 배치되어 있었지. 하지만 그런 방법이야말로 부자연스럽게 인종에 집착하는 증거가 아니겠어?"

"무얼 밝히기 위한 사진집인데?"

"우리 모두가 친척이라는 사실. 덴마크인과 에스키모를 떼어 놓는 건 불가능하다고 말하고 싶겠지."

"독립을 부인하나?"

"그린란드의 독립은 인정하지만 지원을 끊는 건 반대하는 사람들이야. 성인이 된 아들이 하는 일에 부모가 잔소리하는 거랑 똑같지. 아들을 독립된 인격체로 인정하고 싶지만, 아들의 인생이 마약으로 엉망진창이 되는 모습을 방관할 수는 없다는 거야. 우리 엄마가 말하는 '책임'을 나의 언어로 번역하면 '참견'이야."

나는 크누트의 얼굴을 다시금 가만히 들여다보았다. 피부가 투명해서 조금이라도 붉은 기가 돌면 상처처럼 보인다. 마약을 하는 것처럼 보이는 것은 기분 탓일까. 마리화나를 구하러 싱가포르로 날아갈 필요는 없으니까 걱정하지 않아도 된다. 머릿속으로 재빨리 그런 계산을 하고 있는 내가 우습기도 했다. 유리창에 이마를 대고 아래를 보니, 인간 세상에 짙은 녹음으로 둘러싸인 성과 요새가 보이기 시작했다.

3장

아카슈는 말한다

그 남자가 갑자기 내 시야에 들어온 것은, 룩셈부르크 공항 버스정류장에서 트리어 시내로 가는 버스를 기다리고 있을 때였다. 도톰한 뺨 내부에 반듯한 골격을 갖춘 내 취향의 청년이었다. 그 남자와 동행하는 여성은 요즘 보기 드문 종족이 갖는 이국적인 풍모가 있었다. 한족이라고 하기에는 키가 작고, 메콩강 지대에서 왔다고 하기에는 태양을 모르는 피부다. 곧은 머리칼이 어깨 근처에서 살랑살랑 흔들렸는데, 뒤에서 비스듬히 보니 뺨에서 턱으로 흐르는 선이 만화영화 등장인물처럼 귀엽지만 음침한 느낌도 있었다. 걸을 때는 발을 들지 않고, 마치 체중이 없는 사람처럼 옆으로 슬슬 미끄러지며 이동했다. 다른 무엇보다 이상한 점은 눈동자 속에서 상형문자가 점멸하듯이 보인다는 것이었다.

오래전, 우리 나라 인도가 남아시아라고 불리던 시절, 극동아시아라고 불리던 지역에는 이런 풍모의 사람들이 살았다고 역사 지리 수업 시간에 배웠다. 그 사람들에게는 다소 특이한 구석이 있었는데, 예를 들면 영상 세계와 현실 세계의 구별이 없었다. 그런 까닭에 인터넷 폭력 집단에게 구타를 당하고, 그 상처가 원인이 되어 사망하는 사람도 있었다. 또 버추얼 스타를 너무 사랑한 나머지 디스플레이 속으로 뛰어들어, 두 번 다시 돌아오지 못한 사람도 있다는 것 같다. 그리고 또 요가 수행승마저 깜짝 놀랄 정도로 팔십 시간 내내 잠을 자지 않고 노동을 반복하는 사람들도 있었다고 한다.

새삼 여자의 얼굴을 보니, 그런 경악스러운 신화와는 어울리지 않는 온화한 얼굴을 하고 있다. 곁에 있는 것만으로도 사람의 마음을 온화하게 하는 청년이 붙어 있기 때문인지도 모른다. 두 사람이 쓰는 언어가 내 귀에는 스칸디나비아어처럼 들렸다. 두 사람은 언어로 서로를 꼬드기고, 애무하고, 농담으로 상대방을 화나게 하고, 깔깔거리며 웃고, 팔을 치고받고 있었지만, 진지한 얼굴로 마주 보는 일도 없고, 키스도 하지 않았다.

오늘은 독일 각지에서 모인 인도 출신 유학생 열 명을 룩셈부르크 공항으로 마중 나왔다. 지금부터 그들을 버스에 태워 트리어 시내에 있는 호텔로 데리고 가야 한다. 그것만 아니면 당장 이 북유럽 청년에게 말을 걸어, 차를 마시러 가자고 했을 텐데. 표정으로 보아 비즈니스맨은 아니다. 고대 그리스 문학이나 바로크 음악 같은 것을 전공한 햇병아리 연구자인지도 모른다. 다만 지적이면서도 어딘가 공허한 인상을 주는 점이 불안하기는 하다. 이런 인상은 안개처럼 나타나, 결국에는 사라져버린다. 내가 인도 대마 해시시에 인격을 넘겨줘버린 친구와 죽고 못 살 만큼 사귄 경험이 있다 보니 너무 예민한 것인지도 모르겠다.

북유럽 청년은 몸을 이리저리 틀며, 지루한 공항 버스터미널에서도 무언가 재미있는 발견을 찾는 듯했는데, 그러다가 우리를 관찰하기 시작했다. 내가 마을로 안내하려는 학생 그룹은 여성 일곱 명, 남성 세 명이었다. 남성들은 흰색 와이셔츠에 갈색이나 검은색 가죽점퍼를 걸치고 바지는 청바지 차림으로 지극히 평범한 복장이었지만, 여성들은 각기 다른 색 스카프를 목에 두르고, 화려한 빛깔의 펀자비 드레스를 입고 있었다. 여름이 지나 옷 색깔이 점차 수수해지고 있는 현지인들 속에서, 우리는 위험할 정도로 풍부한 색채를 띠고 있었다.

여성으로 살아가자고 결정한 뒤로, 나는 외출할 때 꼭 붉은 계통 사리를 입는다. 인도인처럼 입고 다니자고 결심한 건 아니고, 동년배 독일인 여성도 치마를 잘 안 입는데 나만 입고 다니기도 싫었다. 하지만 그 여성들처럼 바지를 입으면 나는 남성으로밖에 보이지 않는다. 게다가 어째서인지 오래전부터 내 마음이 빨간 비단으로 만들어졌고, 거기에 금실로 자수가 놓여 있다는 기분이 든다. 그 자수를 해독한다면, 앞으로 내가 어떤 인생을 살아갈지 상상할 수 있으리라. 하지만 억지로 끄집어내지 않더라도, 멍하니 비단 광택을 바라보는 것만으로도 만족한다.

내가 '성전환'을 겪고 있다는 사실은 한눈에 보이지만, 대학에서는 아무도 그런 사실을 화제 삼지 않는다. 파티에 나가도 마찬가지다. 그 대신 사리에 대해 자세히 알고 싶어 하는 사람이 많다. 어떤 식으로 휘감아 입는지, 흐트러지지는 않는지, 옷감은 비단인지, 속에는 무엇을 입는지, 스니커즈 말고 사리에 더 잘 어울리는 신발은 없는지, 다양한 질문이 쏟아졌고, 수다 떨기 좋아하는 나는 늘 기꺼이 대답해주었다.

놀랍게도 북유럽 청년이 주목한 것은 사리도, 나의 성별도 아니었다. 청년의 입에서는 '마라티'라는 말이 새어나왔다. 그 소리에 나는 깜짝 놀라는 표정을 지었고, 상대방도 그것을 보았다. 나는 곧장 설명할 필요를 느꼈다.

"당신은 우리가 쓰는 언어가 마라티어라는 사실을 알고 있군요. 놀랐습니다. 독일에는 마라티어가 존재한다는 사실조차 모르는 사람들이 많아요. 아는 사람이 있어도 소규모 언어라고 생각하는 것 같습니다. 하지만 독일어를 쓰는 사람만큼이나 많은 사람들이 마라티어를 씁니다."

독일어로 그렇게 말했더니, 청년은 내게 친근한 미소를 지으며,

"독일어를 제1언어로 쓰는 사람은 일억 명 정도 있죠. 마라티어는 그 수의 4분의 3 정도 아닐까요."

하고 영어로 산뜻하게 말했다. 내가 곧바로 대답을 하지 못하고 있자 손을 내밀며,

"내 이름은 크누트. 당신은 어느 마을에서 왔나요? 푸네?"

하고 영어로 물었다. 나는 그 손을 잡으며, 따라서 영어로 대답했다.

"맞습니다. 어떻게 알았어요? 당신은 인도에 대해 잘 알고 있군요."

하지만 그것만으로는 성이 안 차서 묻지도 않는 말을 술술 늘어놓았다.

"실은 1년에 한 번씩, 인도에서 독일로 유학 온 학생들 모임이 있거든요. 대략 교류와 관광이 주목적인데, 올해는 트리어에 사는 제가 호스트 역할을 맡아야 해요. 잘할 수 있을지는 모르겠지만."

아무래도 크누트가 독일어를 알아들을 수는 있어도 대화하기

는 어려운 것 같아 영어를 썼다. 크누트와 함께 온 여성이 번갈아가며 우리의 얼굴을 보더니 작은 목소리로 물었다.

"당신은 이름이 뭐예요?"

"아카슈. 당신은요?"

"Hiruko."

"관광하러 오셨나요?"

"우리는 트리어에서 열리는 우마미 페스티벌에 왔어요. 오늘 오후 카를 마르크스 생가에서 다시 워크숍이 있다고 들었거든요. 요리 강사 이름이 Tenzo예요. 이름을 보면 나랑 같은 고향 사람 같아서 만나러 갈 거예요."

여자는 경계하듯 주위를 둘러보며 잦아드는 영어로 이야기했다.

"텐조? 못 들어본 이름인데. 우마미 페스티벌도 모르지만, 마르크스가 살던 집은 알아요. 포르타 니그라에서 가깝습니다."

그 말에 Hiruko의 뺨에 서려 있던 긴장이 풀렸다. 나는 문득 Dash라는 이름을 가진 아름다운 인도 여성이 생각났다.

"그나저나 대시가 무슨 뜻이죠?"

"다시 말이군요. 요리를 잡아주는 맛있는 맛을 뜻해요. 말린 생선이나 해조류, 버섯에서 국물을 우려내는 거죠."

"우마미와 같은 뜻인가요?"

"완전히 똑같은 건 아닌데 우마미가 특정한 맛을 가리킨다면, 다시는 맛의 물질적인 면을 가리키는 게 아닐까 싶어요. 확실하지는 않지만."

"그렇다면 다시는 오케스트라가 내는 음의 총체이고, 우마미는 음악인 거네요."

포르타 니그라로 가는 버스가 와서 우리는 대화를 중단해야 했다. 가능하면 그녀와 크누트의 관계를 파헤치고 싶었는데 이야기가 옆길로 새서, 중요한 시간을 쓸데없이 흘려보냈다. 크누트와 Hiruko는 우리와 같은 버스에 탔지만 자리는 떨어지고 말았다.

버스가 달리는 동안 나는 고개를 빼고 몸을 꼬아 돌아보며, 뒤에 앉은 두 사람을 관찰했다. 허리를 돌릴 때, 나는 내 안에 깃든 여성성을 느꼈다. Hiruko에게는 사과꽃 같은 귀여움이 있지만, 메리골드 같은 짙은 매력은 없다. 크누트는 당장에 껴안고 싶은 귀여운 남성이다. 두 사람이 사이좋게 어깨를 나란히 하고 이야기를 나누는 모습을 보니 잠자코 앉아 있기가 힘들다.

나의 고향 사람들은 수다를 잘 떤다. 처음 만나는 사람과 곧장 대학 이야기, 가족 이야기, 독일 생활 이야기 등 정보를 교환하기 시작했고, 이야기에 열중하다 점점 더 말이 많아졌다. 버스 안은 이미 벌집을 들쑤신 것 같은 상태가 되었다. 다행히 버스에는 우리 말고 노부부 한 쌍이 타고 있을 뿐이었고, 게다가 그 두 사람은 젊었을 때 인도를 여행한 적이 있다고 앞좌석에 앉은 학생에게 친근하게 이야기하고 있었다. 독일에서 내가 혼자 버스를 타면 아무도 신경 쓰지 않지만, 인도인 여러 명이 함께 타고 있으니 차내에 긴장감이 감돌았다. 그래서 고향 사람들을 데리고 이동할 때는 신경이 쓰인다.

포르타 니그라는 몇 번을 봐도 늘 압도된다. 싫든 좋든 그곳의 돌은 딱딱하고 무겁다. 물론 못이나 시멘트 같은 것은 일절 쓰지 않았다. 그럼에도 불구하고 큰 관처럼 생긴 돌들이 몇백 년이 지나도록 흐트러지지 않는 것은 돌 하나하나의 무게 때문이었다. 이곳이 2세기에 시의 북문을 짓는 장소로 선정된 이래 쭉 특별한 장소였음을 상기하는 것만으로도 현기증이 날 것 같다. 그것은 세상이 아무리 디지털화되어도 디스플레이로 환원되지 않는, 그곳에 오직 한 번밖에 존재하지 않는 무게였다.

나의 고향 사람들은 불타버린 바위산 같은 문을 올려다보며 탄성을 지르고, 그 앞에서 포즈를 취하며 서로 사진을 찍어주고 있었다. 크누트와 Hiruko도 포르타 니그라를 보는 건 처음인지, 눈을 가늘게 뜨고 한참 보고 있었다. 나는 조심스럽게 크누트 옆으로 다가가 말했다.

"실은 제 고향에도 이 문과 아주 흡사한 건축물이 있어요. 샤니와르 와다라고 합니다. 포르타 니그라를 보며 집에 돌아온 것 같은 안도감을 느끼는 건 그 때문일 겁니다."

크누트는 반쯤 눈을 감고 혀로 울림을 맛보듯 "샤니와르 와다"를 반복해서 중얼거리더니,

"두 개의 건축물이 그렇게 비슷한가요? 무슨 역사적인 이유라도 있나요?"

하고 호기심 어린 눈을 반짝이며 물었다.

"글쎄요, 그건 잘 모르겠어요. 객관적인 형태는 조금 다른데, 가까이 다가갔을 때 돌에서 느껴지는 분위기가 비슷해요. 신뢰, 존경, 안심이랄까요."

그걸 듣고 있던 Hiruko가 당장이라도 울음을 터뜨릴 것처럼 떨리는 목소리로 말했다.

"내가 나고 자란 나라에는 커다란 돌로 된 문 같은 건 없었어. 집은 나무와 종이로 만들어져서 전부 다 불타 없어졌어. 인도와 로마제국은 이어져 있는데, 나만 따로 떨어져 있어."

Hiruko의 탄식이 너무 갑작스러워 그 자리에 어울리지 않는 것처럼 느껴졌다. 나는 뭐라고 대답해야 할지 알 수 없었다. 아마도 Hiruko의 나라가 사라진 것 같은데, 그걸 묻는 게 두려워서 화제를 바꿔 물어보았다.

"어째서 당신은 영어로 말할 때 목소리가 작아지나요?"

Hiruko는 크누트와 스칸디나비아어로 말할 때는 큰 목소리로 시원시원하게 말을 했지만, 영어로 할 때는 거의 호흡의 마찰만으로 이야기했다. 아까부터 묘하게 그 점이 신경 쓰였다.

"무서워서요. 영어를 쓸 수 있으면 미국으로 이주하라는 말을 스칸디나비아 이민국 사람한테 두 번이나 들었거든요. 게다가 그 사람들이 내가 영어를 할 줄 안다는 걸 어떻게 알았는지도 수수께끼입니다. 서류에는 영어를 못한다고 썼는데 말이죠. 어느 나라 어느 마을을 걷든지, 스파이가 항상 내 옆에 있는 게 아닌가 하는 생각을 하기 시작한 것도 그때부터입니다."

나는 떨고 있는 Hiruko에게 용기를 주기 위해 활기찬 목소리로 말했다.

"하지만 미국으로 보내는 정책은 이제 없어졌다고 들었어요. 물론 이 땅에 남기 위해서는 영어를 못하는 사람이 영어를 할 줄 아는 사람보다 유리하겠지만요."

Hiruko는 어두운 목소리로 대답했다.

"독일에 살 생각은 없습니다."

"고향으로 돌아가려고요?"

"당신은 무엇을 고향이라고 부릅니까?"

그때 짙은 녹색 제복에 검은 가죽재킷을 입은 경찰관 여러 명이 무리 지어 포르타 니그라 건너편을 지나갔다. Hiruko는 입을 꾹 다물고 입술을 깨물었다. 역시 영어로 물어볼까 봐 두려워했다. 나는 얼마 전, 학생 식당에 줄을 서 있다가 들은 이야기를 떠올렸다. 요즘 멕시코 경기가 극도로 좋아져 스페인어를 쓰는 사람들이 멕시코로 몰리는 바람에, 캘리포니아주는 노동 인력이 줄어들어 문제다. 중국이 해외 수출을 중지한 뒤로 미국은 갖가지 일상생활용품을 국내에서 생산할 수밖에 없게 되었는데, 미국에는 바느질을 할 수 있는 사람이 없었다. 그런 까닭에 영어를 쓸 수 있고 손재주가 좋은 이민자를 세계에서 불러들이려고 애쓰고 있다. 한편 유럽은 이민자를 포함해 모든 국민에게 완전한 생활보장제도를 만든 것까지는 좋은데, 국가 예산이 부족해지면서 영어를 쓸 수 있는 외국인은 가능한 한 미국으로 보내려고 했다.

다행히 인도는 현재 경제 고도성장기의 정점이다. 유럽에 건너가 공부나 여행을 할 수는 있어도, 완전히 이주해서 추위와 부족한 향신료로 만든 요리를 견디며 일생을 마치고 싶다고 생각하는 사람은 없다. 나도 연구를 끝마치면 푸네로 돌아갈 생각이다.

Hiruko라는 이름의 신비로운 여성은, 사실 갈 곳이 없기 때문에 크누트를 유혹해 결혼하고, 덴마크나 어딘가의 여권을 손에 넣으려 하고 있는지도 모른다. 그렇다면 미국으로 보내져 하루 종일 재봉틀을 밟는 운명보다야, 북유럽 가구에 둘러싸여 살면서, 설령 직업이 없다 해도 어렵지 않게 생활을 꾸리는 편이 낫다. 크누트는 나와 달리 사람이 좋아 Hiruko를 조금도 의심하지 않는지 응원조로 말했다.

"사라졌다는 말은 슬픈 언어야. 하지만 리셋이라고 생각하면 견딜 수 있지 않을까. 내가 이런 말을 할 자격이 있는지 없는지는 모르겠지만. 우선은 Tenzo라는 남자를 만나서, 둘이 힘을 모아 너희 언어에 존재했던 온갖 단어를 끌어모아봐. 그런 다음 사전을 만드는 거야."

일부러 영어를 쓴 건 내게도 들려주고 싶었기 때문이리라. 얼마나 좋은 녀석인가. 나는 크누트의 등에 살며시 손을 올려 몸의 방향을 틀어, 포르타 니그라에서 똑바로 뻗은 지메온 거리를 손으로 가리키며 말했다.

"이 길을 똑바로 걸어가면 마르크스가 한 살부터 열여섯 살까지 살던 집이 나옵니다. 제가 안내할게요. 5분만 여기서 기다려줘요. 지금 유학생 그룹에게 호텔 장소를 설명해주고 올게요. 알기 쉬운 장소니까 자기들끼리 갈 수 있을 겁니다."

크누트는 고개를 끄덕였고, Hiruko는 듣고 있는지 어쩐지 멍하니 먼 곳을 보고 있었다. 나는 유학생들을 문 옆으로 데리고

가 말했다.

"이 길을 똑바로 걸어 다리 건너 왼쪽으로 돌면 호텔에 도착합니다. 그럼 내일 약속 시간에 대학에서 만납시다."

그러고는 서둘러 크누트가 있는 곳으로 돌아왔다. 유학생들 걸음으로 15분쯤 걸릴 것이다. 그렇게 먼 거리를 알아서 걸어가라는 건 인도인에게 대단히 무례한 행동이라는 사실은 잘 알고 있었다. 걸어서 3분 이상 걸리는 곳은 당연히 인력거를 타고 가야 한다고 생각하는 여성도 있었으리라. 하지만 인력거를 탄다는 생각으로 매번 택시를 탄다면 장학금이 금방 바닥날 테고, 독일에서 사는 한 걷는 데 익숙해져야 한다. 나의 독일인 친구는 다들 산책을 좋아해서 종종 나를 산책에 데려갔다. 산책이라고 해도 15분이나 20분쯤 걷는 게 아니다. 최소한 한 시간, 날씨가 좋으면 두 시간이라도 쉬지 않고 걷는다. 게다가 40분 정도 걸었을 때 겨우 마음을 열고, "실은 애인하고 헤어졌어" 같은 말을 꺼내기 때문에, 이 나라에서는 다리가 건강하지 않으면 친구도 못 사귄다.

고향에서 온 유학생들을 보낸 뒤, 우리 세 사람은 포르타 니그라에서 똑바로 뻗어 나온 넓은 길 왼편을 걷기 시작했다. 안내인은 나인데 어쩐 일인지 Hiruko가 선두에 섰고, 그 뒤를 나와 크누트가 나란히 걸어 삼각형이 되었다. 사리를 입은 나와 크누트는 멀리서 보면 헤테로 커플처럼 보였을지도 모른다.

사실 나는 복장뿐만 아니라 체질적으로도 여성으로 변화하고 있었다. 다만 서양의학이 자랑하는 외과 수술이나 호르몬제 같은 것의 도움을 받고 싶지 않아서, 식사요법, 명상, 호흡법, 체조, 독경, 사경 등을 통해 조금씩 성전환을 진행하고 있다.

크누트와 걷는 데 정신이 팔려, 목적지였던 건물 앞을 지나치는 바람에 조금 되돌아왔다.

"저기, 저 푯말을 보세요."

하얀 페인트칠을 한 나무 창틀 아래 분홍빛 파스텔컬러의 외벽이 펼쳐져 있었는데, 거기에 화강암으로 만든 판이 고정되어 있었고, '카를 마르크스는 이 집에서 1819년부터 1835년까지 살았다. 1818년 5월 5일 트리어 출생'이라고 큰 글씨로 새겨져 있었다. 1818년에 태어났는데, 1819년부터 이 집에서 살았다고 쓰여 있다는 걸 이때 처음으로 깨달았다. 태어나 1년 공백은 어떻게 채웠을까.

건물 1층은 가게였고, 어디로 보나 싸구려로 보이는 문구, 종이 접시, 공책, 양초가 나와 있었다.

"1유로 숍."

간판을 발견한 Hiruko가 소리 내 읽었고, 그걸 본 크누트가 웃음을 터뜨리다 갑자기 진지한 표정으로 말했다.

"모든 상품이 1유로인 세계도 나쁘지 않겠네. 자동차도 1유로, 아이스크림도 1유로. 평등하고 좋잖아."

그러자 Hiruko가 말했다.

"마르크스주의가 그런 거였나?"

그 목소리가 바닥에 깔린 돌에 부딪쳐 예상보다 크게 울렸고, 지나가던 사람 몇몇이 우리 셋을 힐긋힐긋 쳐다보았다. 그 가운데 한 사람, 눈빛이 날카로운 남자가 있었다. 사복경찰인지도 모른다. 체격은 좋은데, 헐렁한 점퍼 때문에 근육질인지 지방이 붙은 것인지 판단이 안 선다. 우리는 반사적으로 가게 앞에 놓인 하마 봉제 인형을 들여다보는 척했다. 봉제 인형을 선물할 아이나 조카가 있는 인간이 테러리스트일 리가 없다. 우리의 재빠른 판단이 옳았는지, 지나가던 사람들은 잠시 멈춘 영상이 재생되듯 걸어갔다. 눈빛이 날카로운 남자도 시야에서 사라졌다. 그래도 아직 걱정이 되는지 Hiruko가 작은 목소리로 크누트에게 무슨 말인가 속삭였다. 크누트는 내 얼굴을 보며 영어로 말했다.

"마르크스라는 이름을 발언하는 것만으로도 위험인물이 되는 시대가 또다시 온 걸까."

자기 생각인지 Hiruko 말을 옮긴 것인지는 분명하지 않았다. 일부러 큰 소리로 말했지만, 이번에는 아무도 걸음을 멈추지 않았다.

"마르크스는 이 지역에서 흔한 이름이라 마르크스라는 이름을 들었다고 해서 크게 신경 쓰는 사람은 없을 겁니다. 양품점도 마르크스, 서점도 마르크스. 예전부터 트리어에 정착해서 살아온 가문이라는 건 다들 알고 있어요."

"그럼 1유로 숍 운영자도 마르크스인가?"

"그건 아닐 겁니다. 전국 체인점이니까."

"그런데 진짜 이 가게에서 우마미 페스티벌이 열리나."

"안에 들어가서 물어보겠습니다."

나는 크누트에게 도움을 준다는 사실에 은근히 기뻐하며 혼자 가게 안으로 들어갔다. 좁은 통로는 손님으로 가득했지만, 다행히 계산대에는 손님이 없었다. 계산대에서 일하던 여자가 내 모습을 보고 깜짝 놀라는 것 같았다.

"실례합니다, 오늘 여기서 우마미 페스티벌이 열린다고 들었는데요."

여자는 얼굴을 찡그리며 대답했다.

"우마미? 무슨 인도 신 같은 건가요? 저희 가게에는 없습니다."

애초에 이렇게 긴 속눈썹을 붙이고 입술을 시뻘겋게 칠해서는, 가슴확대수술을 받고, 굽이 높은 신발을 신은 여자는, 성과 성 사이를 여행하는 나 같은 사람에게 호감을 갖지 않는다는 걸

경험상 알고 있었다. 그래도 나를 바보 취급하고, 상처 주는 말을 내뱉은 건 아니기 때문에, 뭐 그냥 자유로운 거라고 해두자. 게다가 우마미가 인도 신일지도 모르겠다고 마음 써준 것은, 다른 문화권에 대해 열린 의식을 갖고 있기 때문인지도 모른다. 나는 반쯤 놀리는 투로 말해보았다.

"다른 인도 신은 가게에 있습니까?"

여자는 진지한 얼굴로 대답했다.

"있고말고요. 인기 상품인데요. 여기 부처와 가네샤가 있잖아요. 둘 다 1유로입니다."

그 선반 위에는 높이 10센티 정도 되는 자유의 여신상과 축구선수 미니어처가 늘어서 있었고, 파랑으로 칠한 가네샤와 금색 불상도 떡하니 자리를 잡고 있었다.

그때 가게 안에서 안경을 낀, 독서가 취미라고 해도 이상하지 않을 법한 분위기의 여성이 나오기에 기회를 놓치지 않고 말을 걸었다.

"실례합니다, 우마미 페스티벌이 오늘 여기서 열린다고 들었는데요."

계산대에 있던 아까 그 여자가 나를 흘겨보며 화난 목소리로 부인했다.

"그런 페스티벌은 없다고 했잖아요."

안경 낀 여자는 계산대에 있는 여자를 손으로 제지하며 말했다.

"기다려봐. 오늘 카를 마르크스 하우스 박물관에서 그런 행사가 있다고 들었어. 먼 나라에서 온 유명한 요리사가 중세시대부터 대대로 전해져오는 다시의 비밀을 공개한다는 행사죠?"

그렇구나, 여기가 아니라 박물관이구나. 나는 안경 낀 여성에게 정중히 인사를 하고, 밖에서 기다리는 두 사람에게 돌아왔다. 둘은 또 스칸디나비아의 언어로 열심히 토론을 하고 있었다. 사랑이 깨지는 싸움인가 싶어 기대에 차서 가슴이 두근두근했는데, 나와 눈이 마주치자마자 크누트가 흥분해서는 침을 튀기며 영어로 말했다.

"트리어 방언은 주변 마을 방언하고 달라. 모젤·프랑켄 지방 방언 그룹과 트리어 방언이 다른 이유는 트리어가 19세기 초 프로이센에 편입되면서 프로이센으로부터 상당수의 관리자가 흘러든 까닭이라는 설에는 아카슈도 찬성하지?"

나는 안심했다. 이 남자는 Hiruko에게 여성으로서 관심이 없는 듯하다. Hiruko도 마찬가지로 나를 자기편으로 끌어들이려고 열심이었다.

"방언이라는 콘셉트가 시대착오적인 발상이라는 건 아카슈도 인정하지? 어떤 언어가 독립된 언어인지 방언인지 정의할 때는, 정치적인 의도가 개입하는 경우가 많아. 아카슈도 그렇게 생각하지?"

나는 웃음을 참으며 말했다.

"미안. 내 전공은 언어학이 아니라서 방언에 대해서는 솔직히 아무런 의견이 없어. 하지만 방언을 연구하는 친구가 있으니 나중에 전화해서 물어볼게. 그 친구도 아마 방언이라는 개념에 의문을 품고 있어서, 관련 논문을 쓴 적이 있었어. 룩셈부르크어는 아무리 봐도 독일어의 방언인데 그걸 큰 소리로 말할 수가 없다느니, 어휘가 다르다는 게 방언이 아닌 이유는 될 수 없다느니 어쩌느니 마구 소리치면서 엉망으로 취한 적이 있었거든. 애인한테 차였을 때는 냉정하던 남자가, 방언 논쟁에 졌다고 술을 먹을 일이냐고 놀랐지. 그나저나 우마미 페스티벌 말인데, 이 건물이 아니라 카를 마르크스 하우스에서 열린다고 하네. 장소는 브뤼켄 거리. 같이 가보자."

두 사람은 방언을 주제로 말다툼하던 열기가 아직 식지 않았는지, 얼굴을 붉히고 어깨를 씩씩거리며 내 뒤를 따라 걸었다. 마음이 격앙되어 몸속에 있던 보일러가 활활 불을 피우는지 걸음걸이에 증기기관차 같은 기세가 있어서, 내가 잠깐 다른 데를 본 사이에 나를 앞질러 둘이서 마음대로 앞을 향해 쭉쭉 걸어갔다. 보조가 딱 맞았다. 체격의 차이를 생각하면, 이 리듬의 일치에는 놀랄 수밖에 없다. 나만 다리가 비단에 휘감겨 뒤처지듯 걸었다.

포르타 니그라에서 똑바로 뻗은 번화가는, 어느 요일에 가도 사람이 많다. 유행하는 옷을 몸에 두른 마네킹들이 쇼윈도 안에서 길 가는 사람들을 곁눈으로 관찰했다. 때때로 소시지를 굽는 불길한 냄새도 났다. 크누트가 문득 멈춰 서서 내게 물었다.

"배고프지 않아?"

왜 Hiruko에게 묻지 않고 나에게 물었는지 모르겠지만, 좋아하는 사람에게 와락 안겼을 때처럼 몸이 따뜻해졌다.

"배고파. 뭐든 먹자. 나는 채식주의자인데 괜찮겠어? 요즘 독일 레스토랑에도 거의 대부분 베지테리언 메뉴가 있어."

"유럽도 인도처럼 되는구나."

"그건 모르겠어. 채식이란 무엇인가에 대한 다양한 견해가 있으니까. 예를 들어, 수프의 국물을 소고기로 우려도 최종적으로 그 안에 고깃덩이가 들어가 있지 않으면 베지테리언 수프라고 주장하는 식당이 있어. 극단적으로 닭고기는 고기에 포함되지 않는다면서 치킨 샐러드를 베지테리언 샐러드로 내놓는 식당도 있고."

Hiruko는 처음으로 내게 친근한 미소를 띠며 말했다.

"너에게 맛있는 다시마 국물을 마시게 해주고 싶다."

모처럼 싹튼 우정의 싹을 잡아 뜯을 마음은 없었지만, 진실을 숨길 수도 없는 노릇이라 나는 단호하게 말했다.

"채식주의에도 여러 종류가 있어서, 우리 집에서는 해조류도 안 먹어."

Hiruko는 짓궂은 미소를 지으며 답했다.

"그래, 해조류도 깊은 바다 속에서는 물고기들과 애무를 할 테니까, 식물이라고 할 수는 없겠네."

크누트는 우리 둘의 어깨에 손을 올리며 제안했다.

"인도 레스토랑으로 가자."

크누트만 유달리 키가 컸다. 북유럽에서는 평균 신장이겠지만 1미터 90센티는 될 것이다. 나는 크누트가 인도 음식을 제안해준 기쁨을 공기와 함께 가슴 가득 들이마시며 말했다.

"그럼 조금 돌아가기는 하지만 레스토랑 오쇼로 가자. 거기 해탈 런치가 믿을 만해."

"오쇼?"

"응."

"오쇼(和尚)라고?"

"그게 왜?"

"내가 나고 자란 나라에서 쓰는 말이야. 불교의 승려를 오쇼라고 해."

나는 신경질적으로 응수했다.

"오쇼는 유명한 인도 사람 이름이야."

"아니. 오쇼는 보통명사."

"오쇼는 고유명사야."

크누트가 우리 사이에 끼어들어 중재했다.

"잠깐만. 음운 구조부터 살펴보자. 우선 확인하겠는데, 너는 오쇼가 마라티어로 사람 이름이라고 주장하는 거지."

나는 당황했다.

"아니, 아마도 그건 아니야. 오쇼는 북인도의 어느 마을에서 태어났어. 처음에는 다른 이름이었는데, 그게 뭔지는 잘 기억 안 나. 아무튼 훗날 깨달음을 얻고 나서 또 다른 이름이 되었지. 근데 그것도 기억이 안 나. 그리고 최종적으로 오쇼가 되었어. 아빠한테 그렇게 들었단 말이야. 푸네는 오쇼의 중요한 종교 활동 거점이었어."

"그렇다면 오쇼가 외래어인 고유명사를 자기 예명으로 썼을 가능성도 있겠네."

나는 솔직하게 고개를 끄덕였다.

레스토랑 '오쇼'에 가까워지면서, 나는 다른 걱정이 생겼다. 그 레스토랑에는 벌써 몇 개월째 가지 않았다. 최근에 잘 아는 레스토랑이 망하고 어느 틈엔가 커피숍이 된 일이 있었다. 그래서 '오쇼'라는 간판이 보였을 때는 마음이 놓였다. 겨자색을 기반으로 한 가게 안에는 쓸데없는 장식이 없었고, 엄선한 테이블보에는 따스함과 이야기성이 깃들어 있었다. 요즘 유행하는 커피숍 같은 건조함은 느껴지지 않는다. 게다가 테이블 배치 방식이 독특해서, 안내된 좌석에 앉으면 곧장 자신의 공간이 보호된다는 기분이 들어 안심이 되었다. 크누트도 만족스러운 듯 말했다.

"분위기 좋은 가게네. 인도 요리는 어렸을 때부터 좋아해."

Hiruko는 납득이 안 간다는 듯이 눈을 가늘게 뜨고, 안쪽 테이블에 앉은 커플을 관찰했다. 두 사람이 먹고 있는 것은 피자처럼 보였다. 나는 근시가 있어서 제대로 식별하기 어려웠지만 불안해졌다. 차파티에 카레를 듬뿍 발라서 먹고 있다고 생각하고 싶었지만, 그런 짓을 하는 사람은 이제껏 본 적 없다.

새하얀 무명옷을 입은 웨이터가 메뉴를 들고 왔다. 펼쳐보니 첫 페이지에 적힌 '추천 런치'에 '해탈 피자', '연꽃 꿈 피자', '명상 피자'가 있다. 나는 웨이터를 올려다보며 항의했다.

"지난번에 왔을 때하고 메뉴가 전혀 다르잖아요."

"그렇습니까. 꽤 오래전에 오셨나 보네요."

웨이터가 시치미를 뗐다.

"여기는 인도 레스토랑이었죠."

"그렇습니다."

"피자가 인도 음식인가요."

"여기서 나오는 요리는 전부 푸네 오쇼 국제명상리조트의 인기 메뉴입니다."

나는 뜨끔했다. 독일어를 할 줄 아는 크누트는 혼자 싱긋이 웃으며 듣고 있다. 다행히 화난 기색은 아니었다. Hiruko가 크누트의 옆구리를 찌르며 통역을 재촉했다. 나는 손등으로 이마에 흐르는 땀을 닦으며, 웨이터에게 가도 좋다고 손짓했다.

오쇼가 설교하고 다 같이 모여 명상하는 장소는 아슈람이라고 하지 않나. 리조트라는 경박한 단어에 울화가 치밀었다. 심지어 거기 오는 사람들이 피자를 먹다니. Hiruko는 크누트가 통역해준 말을 듣고는 경쾌하게 웃어댔다.

"명상리조트 피자? 명상 피자? 재밌네. 그거 먹자."

크누트는 내가 곤혹스러워 한다는 걸 깨닫고는 어깨에 손을 올리며 이렇게 위로해주었다.

"괜찮아. 이탈리아든 인도든. 파스타는 마르코 폴로가 아시아에서 유럽으로 가지고 왔다고 하잖아. 그러니까 이탈리아 요리도 일종의 아시아 요리인 거지."

"그렇다고 해도 내가 푸네에 명상하러 오는 관광객이 먹는 피자를 먹어야 한다니. 게다가 독일에서 말이야. 너무 한심해."

"이제 내 기분을 조금은 이해하겠니?"

그 말에 뜨끔해진 나는 Hiruko의 얼굴을 보았다. 이제껏 내가 품고 있던 어렴풋이 반론에 가까운 감정이 일시에 사라졌다.

이윽고 음식이 나왔다. 인터넷으로 주문하면 올 법한 평범한 피자였다. 토핑 배치를 자세히 들여다보니 만다라 분위기가 안 난다고 할 수도 없다. 해탈 피자를 한 입 베어 문 크누트가 진지한 목소리로 말했다.

"나는 예전부터 어떤 음식이 맛있다는 걸, 일인칭 단수를 주어로 한 타동사로 표현할 수 없다는 게 늘 불만이었어."

"나한테는 맛있다고 하는 여격 관계로 충분하지 않나."

Hiruko는 피자를 한 입 크기로 자르려고 나이프 왕복운동을 하며, 별 관심 없는 듯 답했다. 나는 피자를 인도 요리로 먹어야 한다는 분노를 안고, 나이프와 포크 따위 무시한 채 손가락으로 피자를 잘게 찢어 입으로 가져갔다. 맛이 전혀 느껴지지 않았다. 인간은 격한 감정에 휘둘릴 때, 음식의 맛을 느끼지 못한다.

"맛이라는 것을 지각하고, 지금까지 경험에 비추어 맛있다는 단어로 연결하는 작업은 두뇌에서 일어나는 일이니, 그에 알맞은 표현이 있어도 좋겠지. 그런데도 이 피자가 맛있다느니 맛없다느니 하는 정도로밖에 표현할 수 없다는 것은 문명의 빈약함이 아닐까."

크누트가 말하며 Hiruko의 얼굴을 보았는데, 그 시선이 눈앞에 있는 벽에 고정되어 있었다. 정면에 포스터가 붙어 있었다. 오늘 날짜로 저녁 7시부터 카를 마르크스 하우스에서 우마미 페스티벌이 열린다는 내용이었다. 그 옆에 상형문자처럼 보이는 글자 두 개가 적혀 있었다.

"Tenzo가 텐조(典座)를 말하는 거였구나."

Hiruko가 중얼거렸다. 크누트는 진심으로 유쾌한 듯 웃었다.

"지금 네 마음속에는 두 개의 언어가 있어. 하지만 그게 소리가 되어 밖으로 나오는 순간, 우리한테는 하나의 언어로 들려. 판다가 판다를 말하는 거였구나, 하고 말하는 사람이 있다면 너도 웃을 거야."

"저기 표의문자 두 개가 있지. 저걸 보고 나서야 텐조가 무얼 말하는지 알 수 있을 만큼 특수한 단어야, 텐조라는 건."

"별 다섯 개짜리 요리사 이름 아니야?"

"아마 예명으로 쓰는 걸 거야. 아무튼 보통명사야."

나는 오쇼가 보통명사냐 고유명사냐 했던 아까 언쟁이 떠올라 어색해져서 고개를 숙였는데, 크누트는 영어로 Hiruko와 대화를 이어갔다.

"보통명사 텐조는 무슨 뜻이야?"

"선찰에서 식사 준비를 돕는 역할 이름이야."

"불교 신자는 탁발로 사는 거 아니었어?"

"작은 불교 수행승은 그럴지 몰라도, 큰 불교는 달라. 선찰에는 부엌도 있어."

"작은 불교가 뭔데?"

"이동 수단은 작은 것과 큰 것으로 나뉘어. 크다고 해서 꼭 좋은 건 아니야."

"트럭과 세발자전거로구나. 기독교로 치면 가톨릭과 프로테스탄트 중에서 뭐가 더 큰 이동 수단일까."

나는 점차 Hiruko에게 호의를 느끼는 데 스스로 놀라며 물었다.

"너 불교 신자였어?"

"아니, 나는 언어학자."

"그게 종교였던가."

"그건 아니지만, 언어는 인간을 행복하게 해주고, 죽음 너머를 보여줘."

크누트는 손등으로 Hiruko의 이마를 부드럽게 어루만졌다. 아주 짧은 시간이었지만 연인 사이와 같은 달콤한 분위기가 감돌았다.

"7시부터로군. 아직 시간이 있네."

그렇게 말하며 내가 여성용 손목시계로 시선을 떨구자, 크누트가 눈을 반짝이며 말했다.

"나는 로마제국이 보고 싶어."

Hiruko가 내 손목시계를 눈여겨보며 살짝 비꼬듯 말했다.

"너는 해초도 안 먹는 극단적인 베지테리언이라 비건인 줄 알았더니, 시곗줄은 또 소가죽이네."

"그럴 리가. 이건 인공 가죽이야. 소가죽이 아니라는 증명서도 가지고 다닌다고. 보여줄까?"

나는 정색하고 항변했다. 거짓말이 아니다. 인도에 살 때, 삼촌이 유럽 여행 갔다가 선물로 사 온 소가죽 시계를 찼다. 그걸 독일에 와서 팔고, 일부러 인공 가죽 시계로 바꿨다. 인도인인데 소가죽을 쓰냐는 질문을 받을 때마다 항변하기 귀찮았기 때문이다. 그러고 보니 간디도 인도에 있을 때는 고기를 먹었지만, 영국 유학 후 완전한 베지테리언으로 돌아섰다고 엄마한테 들은 적이 있다. 그 이야기는 진짜일까. 나는 어려서부터 베지테리언이었지만, 엄마 아빠는 젊었을 때 생선을 자주 먹었다고 했다.

"실은 어릴 때부터 트리어에 가보고 싶다고 생각했었어. 로마 유적을 보고 싶었거든. 하지만 원체 귀찮은 걸 싫어하고 특히나 여행을 안 좋아해서 지금까지 못 와봤지."

크누트가 말했다.

"여행 싫어해?"

Hiruko가 신기하다는 듯 물었다.

"응. 너랑 다르게."

"난 여행이 좋은지 어떤지 생각해본 적 없어. 강물에 떠가는 나뭇잎 같은 거야."

"그렇담 나는 그 나뭇잎에 올라탔다 내리지 못하고 같이 떠가는 작은 벌레네. 덕분에 로마제국도 왔고."

크누트가 그렇게 말하며 미네랄워터가 든 유리컵을 와인글라스처럼 들어 올렸다. 나도 같은 높이로 유리컵을 들고 신나게 외쳤다.

"건배! 로마제국에 오신 걸 환영합니다. 노예가 되어 사자 먹잇감이 되지 않게 조심하세요."

그러고는 크누트의 어깨를 두드리며 나만 믿으라는 표정을 취했다.

"부탁이 하나 더 있어, 아카슈."

"뭔데?"

"호텔 예약을 부탁해도 될까? 우리 오늘 밤 묵을 곳이 없거든."

"어떤 호텔이 좋아?"

"돈이 많이 안 드는 곳. 하지만 너무 멀어도 힘들고. 가능하면 여기서 가까운 곳이 좋겠어."

"카를 마르크스 하우스로 가는 길에 호텔이 몇 개 있으니까 들러서 물어보자."

두 사람이 따로 방을 쓸 건지, 아니면 같은 침대에서 잘 건지, 예약할 때 알게 되리라고 생각하자 심장박동이 미세하게 빨라졌다.

크누트는 어느새 피자를 다 먹고 담배라도 피우는 것처럼 등을 의자에 기댄 채 오른손을 입술 가까이 가져갔다. Hiruko는 묘하게 천천히 먹고 있었다.

"맛은 어때?"

Hiruko에게 물으니 슬픔이 묻어나는 표정으로 말했다.

"내가 나고 자란 나라에서는 음식 맛의 좋고 나쁨이 대단히 중요했어. 하지만 아픈 사람일수록 미각이 발달한다는 속담도 있었지."

크누트가 웃으며 말했다.

"음식 맛 같은 건 전혀 신경 안 쓰는 네덜란드나 스칸디나비아 사람들은 키가 아주 커. 맛 같은 거에 신경 쓰니까 키가 안 크는 거야."

"아카슈, 넌 대학에서 뭘 전공해?"

"비교문화. 비교문학은 오래전부터 있었지만, 나는 영화를 비교하고 싶어. 아직 입구 근처에서 헤매는 수준이지만."

"오호, 영화구나. 영상을 뺀 언어가 훨씬 더 재미있다고."

크누트가 농담하며 윙크를 했다. 어쩌면 농담이 아닌지도 모른다. 우리 셋은 아이처럼 서로 장난을 치며 레스토랑을 나왔다.

카이저테르멘 유적이 보이기 시작했다. 여러 마리의 코끼리가 서로 몸을 기댄 채 코로 세상 사는 이야기를 하고 있는 것 같았다. 지상에서 태양의 위치에 따라 시시각각 색을 바꾸는 돌도 아름답지만, 내가 크누트 일행에게 꼭 보여주고 싶은 것은 지하였다. 터널식 통로가 미로처럼 빙 둘러 있었다. 내부의 축축한 돌과 외부에서 우유처럼 흘러드는 빛에 감싸여 가만히 있으면, 거기 없는 사람들 발소리와 이야기 소리가 들려온다. 고대 로마 시민들이다. 허리에 흰 천을 두르고, 사우나에 들어가 땀을 빼며, 몸을 문지르면서 이야기를 나누는 사람들이 보인다. 그 목소리가 윙윙거리며 돌에 울린다.

"내가 만약 고대 로마제국에서 태어났다면, 물 긷는 노예나 목욕탕에서 장사 이야기를 하다 바에서 한잔 걸치고 돌아가는 시민으로 태어났을 거라고 종종 생각해."

"카스트."

Hiruko가 중얼거렸다.

"카스트하고는 달라. 로마법은 노예라도 돈만 지불하면 자유를 살 수 있었지. 카스트는 평생 안 바뀌어."

"성별은 바꿀 수 있어도 카스트는 바꿀 수 없다는 건가."

크누트가 그때까지는 새끼손가락으로도 안 건드리던 화제를 갑자기 끌고 나왔다. 내가 서둘러 말했다.

"맞아. 우리의 신체는 시시각각 변화해. 고대 로마 사람들도 목욕탕에서 그걸 느끼고 있었어. 체모를 뽑아달라고 하거나, 머리카락과 손톱을 잘라달라고 하거나, 마사지로 근육을 풀어달라고 했지. 사우나로 땀을 빼고, 물을 마시는 것만으로도 신체는 변화해. 그뿐만이 아니야. 두뇌마저 매초 성 변화를 겪어. 읽는 책에 따라 여자가 되기도 하고 남자가 되기도 하지. 목욕탕에는 도서관도 있었고, 대학처럼 강의를 들을 수 있는 장소도 있었어."

"목욕탕 대학? 괜찮네."

Hiruko가 산뜻하게 말했다. 우리는 터널 구조의 통로를 걸어 나왔다. 한동안 걸었더니 정면에 출구가 있는지 막다른 곳이 환했다. 그 빛을 등지고 다가오는 사람의 그림자가 있었다. 역광이라 얼굴은 보이지 않았지만, 당당한 체격의 여성이었다. 등 뒤로 빛을 받은 금발의 윤곽이 활활 불타오르듯 반짝거렸다. 나는 어쩐지 '니벨룽겐의 반지' 무대 연출 같다고 생각했다.

4장

노라는 말한다

'우마미 페스티벌. 오늘 열릴 예정이던 다시 이벤트는 취소되었습니다'라고 쓴 종이를 정면 출입문에 붙이는데, 어느 틈엔가 모르는 남자 하나가 내 오른편에 서 있었다.

"취소되었습니까. 아쉽네요. 쭉 기대하고 있었는데요."

잿빛 머리칼을 단정히 빗어 넘긴 남자는, 플란넬 셔츠 깃을 살짝 세우고 재킷 주머니에 두 손을 찔러 넣은 채, 누가 봐도 산책하는 길에 잠깐 들른 가벼운 차림새를 하고 있었지만, 자세히 보니 구두는 투구벌레 등껍질처럼 반질반질하고, 바지에는 다림질한 선이 똑바로 살아 있었다. 전 아주 건강합니다, 라고 보고하고 싶은 듯한 표정. 아마도 마요르카섬에서 일주일쯤 태양 빛을 쬐고 온 것이 아닌가 싶을 만큼 검게 그을었는데, 새 피부색이 아직 살에 적응이 안 되어서, 피부 표면에 붉은 염증 반응이 올라와 있었다. 코끝보다 더 검게 탄 손가락에 반지의 흔적만이 새하얗게 떠 보였다. 그러니까 휴가 때까지는 아직 반지를 끼고 있었다는 말이다. 그걸 지금은 빼고 있으니 돌아오는 비행기 안에서 이혼 이야기가 나온 것인지도 모른다. 자기를 좀 읽어달라고 외치는 타인의 신체에서 쏟아지는 수많은 세부 정보가 귀찮아진 나는 눈길을 돌려 벽보가 비뚤어지지는 않았는지 확인하며,

"강사가 못 오게 되었습니다. 지금 체류하고 있는 나라의 정세가 불안정해져서, 국제선 비행기가 모조리 취소되었다고 합니다."

하고 살짝 날카로우면서도 사무적인 태도로 대답하고는, 투명 접착테이프 아래 집요하게 남아 있는 기포를 엄지손가락 끝으로 눌러 찌부러뜨렸다. 남자는 내 시선 안으로 몸을 들이밀며,

"정세가 불안정?"

하고 음절을 끊어가며 천천히 반복했다. '정세가 불안정'이라는 표현이 부적합하지만 곧장 정정하지는 않고 본인이 스스로 깨달을 기회를 주자고 생각하는 반권위주의적인 교사가 종종 이렇게 아니꼬운 방법으로 반복해서 말을 한다. 이 사람도 현역 시절에 김나지움 교사였는지도 모른다. 그 말은 매달 들어오는 연금이 내 월급보다 훨씬 많다는 이야기다. 아무리 사는 데 불편

이 없더라도 자기 이야기를 들어줄 학생이 없어졌다는 게 외로워서 아내를 교육 대상으로 삼고 집요하게 훈계를 해대다 이혼을 당하고, 하는 수 없이 새로운 희생양을 찾아 거리를 헤매는지도 모른다. 심술궂은 상상은 그쯤 해두고 몇 발짝 물러나 다시금 벽보를 바라보았다. 수성 펜으로 썼다는 게 생각나 혹시 비가 올까 싶어 하늘을 올려다보니, 까마귀가 천천히 날개를 움직이며 시야를 가로지르고 있었다.

"요리사 강사는 어느 나라에서 올 예정이었습니까?"

남자가 갯버들처럼 부드러운 목소리로 물어 무시할 수가 없었다.

"지금 일 때문에 머물고 있는 노르웨이요. 국제선이 다 취소되어 못 오게 되었대요."

"노르웨이는 정세가 불안정할 이유가 없는 나라인데요. 신문에도 아무 말이 없었고."

연금생활자는 시간과 정력이 남아돌아 매일 신문을 구석구석 읽고, 어쩌면 기사를 가위로 잘라내 나라별 파일에 모아두고 있는지도 모른다. 나는 학생 취급에 부아가 치밀어 말이 많아졌다.

"테러 사건을 일으켜 미디어의 주목을 받고 싶어 하는 젊은이는 어느 나라든 있잖아요."

"혹시라도 그런 사건이 일어났다면 뉴스에 나왔을 텐데요."

그건 또 틀린 말이 아니라서 억눌렀던 불안감이 차올랐다. 오늘 아침 전화로 "국제선이 완전히 멈추어 못 가게 되었어"라고 눈보라처럼 격렬한 호흡에 실려 온 텐조의 말을 들었을 때는, 의심할 새도 없이 이벤트가 취소되었다는 걸 가능한 한 많은 사람에게 조금이라도 빨리 알려야겠다는 생각뿐이었다. 긴 근무 시간을 마치고 피곤한 상황에서도 새로운 것을 향한 갈증에 이끌려 찾아올 사람들. 다른 약속을 거절하고 일부러 와주는 사람들. 기대를 하며 찾아온 박물관 문이 닫혀 있고, '취소'라는 글자 앞에서 그들이 느끼게 될 무력한 허탈감을 상상할 수 있었다. 다행히 관장은 휴가로 자리에 없었지만, 억지로 이벤트 개최를 동의하게 만들었는데, 당일 취소라니 면목이 없다.

"아무튼 취소되었다니 아쉽네요. 정말로 기대하고 있었거든요. 마르크스 박물관에서 열리는 우마미 페스티벌이라니. 현재로서 미각과 빈곤, 미각과 계급에 대한 연구는 아직 제대로 이루어지지 않고 있습니다. 식비가 지출의 몇 퍼센트를 차지하는지로 빈곤의 정도를 측정하는 방법은 있지만요. 그걸 뭐라고 부르는지 아십니까."

이것 봐라, 또 나왔다. 긴 시간 교사로 일해 자기 이외의 인간을 모두 학생 취급하는 버릇이 몸에 밴 것이리라. 나는 냉정하게 대답했다.

"엥겔지수로는 새로운 형태의 빈곤을 이해하지 못합니다. 요즘 시대에는 가난한 사람들도 생활비에서 식비가 차지하는 비율이 낮아요. 아주 저렴한 가공식품, 예를 들어 가이츠 이스트가일 사의 제품을 전자레인지에 데워 먹으면 한 끼에 1유로로 충분합니다. 매일 먹으면 병이 나겠지만, 그런 건 신경 쓰지 않죠. 그게 빈곤입니다."

"말하자면 그런 식품이 맛없다고 느끼는 미각을 길러 자신이 처한 참담한 상황을 깨닫는 것이로군요. 예전에는 식도락이 부르주아적이고 멋없다고 인식되었죠. 하지만 식도락이 아니라 자신의 일상에서 제대로 된 맛을 추구하는 일, 그러니까 혀로 시작하는 새로운 프롤레타리Art 혁명을 지향하며 오늘 이벤트를 기획하신 거로군요. 훌륭합니다. 우리 두 사람은 상당히 비슷한 생각을 갖고 있는지도 모르겠습니다. 다음에 같이 커피라도 한잔 하시죠. 제 소개가 늦었습니다. 저는 라이히만이라고 합니다. 라인하르트 라이히만입니다. 괜찮으시다면 라인하르트라고 불러주십시오."

나는 상대방의 이야기를 듣지 않고 있었다. 노르웨이는 정세가 불안정할 이유가 없는 나라라는 말이 아까부터 머릿속을 맴돌았다. 국제선이 취소되었다는 건 거짓말이고, 강사는 트리어에 올 마음이 없었던 게 아닐까. 생각하는 와중에도 '강사'라는 말을 썼는데, 그걸 '애인'이라고 바꾸면 가슴이 아프기 때문이었다. 지금 당장 텐조를 만나러 가서 직접 이야기하고 싶다. 분명 오슬로에 있는 무슨 스시 가게에 간다고 했다. 메모해서 주머니에 넣어두었을 텐데, 종잇조각이 사라졌다. 어쩌면 이것도 저것도 다 꿈이었는지도 모른다. 왼발을 한 걸음 내민 순간, 발밑에 못 풀린 발판이 좌우로 덜그럭덜그럭 흔들리기라도 하는 것처럼 몸이 비틀거렸다. 눈앞에 있던 남자가 재빨리 나를 부축하며 물었다.

"괜찮으십니까. 어디가 편찮으신가요."

남자의 목소리가 아까와 다르게 듬직했다. 허리를 낮추고 나를 받아준 것까지는 좋은데, 그 팔꿈치가 우연히 내 가슴을 압박했다. 나는 '누군가를 팔꿈치로 받다'라는 관용구가 '속이다'라는 의미라는 게 떠올랐다.

지금으로부터 한 달 전 일이다. 나는 늘 그렇듯 고독을 카디건처럼 걸치고, 그 위에 재킷을 입은 채 카이저테르멘을 거닐고 있었다. 요즘은 일 끝나고 바에 들러 카운터에서 노란 잉꼬처럼 새침한 얼굴을 하고서, 석양처럼 붉은 캄파리 소다를 마시며 말 걸어오는 남자를 기다리는 일도 없고, 동료가 파티에 초대해도 거절했다. 영화관 일정표를 훑어보는 일마저 없이, 퇴근하면 곧바로 고대 로마제국으로 향한다. 트리어는 원형극장과 바실리카, 크고 작은 다양한 목욕탕 터, 모젤강 로마 다리, 포르타 니그라 등 어디를 가도 유적지가 있다. 다양한 테르멘(목욕탕) 중에서도 카이저(황제)라는 이름이 어울리는 카이저테르멘은 상상력이 커피 잔 사이즈로 쪼그라든 나의 한심한 일상을 넓은 하늘로 되돌려주었다.

지구 반대편에는 물을 사용하지 않고 오직 돌로만 물이 있는 풍경을 표현한 정원이 있다는 이야기를 읽은 적이 있다. 단 한 번이라도 좋으니 돌로 만든 폭포나 바다를 꼭 보고 싶다. 카이저테르멘도 유적이 되어버린 지금은 온수가 나올 리 없지만, 돌로 된 벽을 보고 있으면 아주 먼 옛날로부터 뜨거운 물이 콸콸 흐르는 소리가 들리는 기분이 든다. 그러면 피부에 감돌던 긴장감이 사라지고 편안해진다. 유달리 고된 직업을 가진 건 아니다. 그래도 고용된 사람 입장에서 직장이란, 정도의 차이는 있지만 아침부터 밤까지 타인에게 상하좌우로 잡아끌리고, 꼬집히고, 만져져, 꼬깃꼬깃해지는 곳이 아닌가 한다.

그날도 늘 그렇듯 카이저테르멘 앞에 도착했다. 당장이라도 비가 쏟아질 듯 무겁게 늘어진 하늘에 문득 가느다란 조각구름이 뜨더니, 유적지에 빛이 드리웠다. 푸르스름하고 기이한 빛이었다. 목욕탕 유적은 돌로 만든 벽과 지하 통로로 이루어져 있고 지붕은 없다. 예전에는 유적지에 들어가는 데 입장료를 지불해야 했지만, 지난번 복원 공사 이후로는 누구나 무료로 들어갈 수 있게 되었다. 역사에 무관심해진 젊은이들에게 유적지를 익숙하게 만들기 위한 트리어 시의 대책이라고 한다. 그러나 젊은 사람들은 로마제국보다도 콘크리트로 만든 주차장이나 클럽을 좋아하는지, 이곳에서 친구를 만나는 일은 없는 듯했다. 유적지를 찾아오는 사람들은 대부분 관광객이고, 아주 먼 나라에서 찾아오는 사람들도 적지 않았다. 날씨가 좋은 날이면 이국적인 억양이 등 뒤에서 다가와, 슬라브어인지 중국어인지 아니면 로망스어의 하나인지조차 알아채지 못한 사이에 멀어져가는 경우도 있다. 오늘은 태풍이 오기 직전 같은 기분 나쁜 하늘 상태에 겁먹었는지 관광객마저 없다.

지하에서 가느다랗고 슬픈 울음소리가 들렸다. 그 순간 코요테인가 했는데, 그런 생각이 든 건 어제 집에서 캐나다 숲속을 무대로 촬영한 영화를 본 탓이리라. 독일에 코요테가 있을 리 없다. 한동안 귀를 기울이니, 울음소리 속에서 노래하는 듯한 이상한 언어가 피어올랐다. 뜻은 알 수 없었다. 멜랑콜리한 모음이 공기를 파랗게 물들였다. 나는 무너질 것만 같은 돌계단을 걸어 내려가서 목소리가 들려오는 지하 통로 깊숙한 곳으로 들어갔다. 그러자 목소리는 도망치듯 작아졌고, 그러는 사이 사라졌는데, 멈추면 또 다른 소리가 공간을 조여왔다. 꽤 큰 물방울이 물웅덩이에 똑 하고 떨어졌고, 3초쯤 간격을 두고 다시 똑 하고 떨어지는 소리가 들렸다. 나는 빨려들듯 걷기 시작했다. 모퉁이를 돌자 몇 미터 앞에 소년 하나가 몸을 새우처럼 말고 쓰러져 있었다. 할로, 하고 말을 걸어보았지만 움직이지 않았다. 나와 소년 사이 돌바닥이 검게 빛나고 있었다. 젖어 있는 것 같았다. 나는 미끄러지지 않도록 무릎을 구부리고 허리를 숙인 채 슬금슬금 소년에게 다가갔다. 하얀 티셔츠에 드러난 등뼈와 오래된 스니커즈. 길게 기른 머리칼에 숨겨져 얼굴은 보이지 않았다. 어깨를 흔들어보려 손을 뻗는 게 살짝 두려웠지만 용기를 내 만져보니 따뜻했다.

"괜찮으세요? 어디가 편찮으신가요."

억지로 다소 큰 목소리를 냈는데, 옆으로 누워 몸을 둥글게 말고 있던 등뼈가 펴지며 수직으로 일어났고, 검은 머리칼이 살랑살랑 어깨로 미끄러져 내려와, 이십대 중반쯤 되어 보이는 청년의 얼굴이 나타났다.

"의사를 부를까요."

한순간 두 사람을 잇는 듯한 침묵이 흘렀다.

"아니요, 그럴 필요 없습니다. 발목을 삐어서 잠시 쉬고 있었습니다."

청년은 상당히 이국적인 얼굴을 하고 있었지만, 독일어로 술술 대답했다. 굴러 넘어져도 그 즉시 독일어가 튀어나올 만큼 익숙한 말투였다. 그런 사람에게 어디서 왔냐고 물어보는 건 실례겠지만, 이 청년은 생김새뿐만 아니라 전체적인 분위기가 상당히 이국적이었다. 여유로우면서도 차분했다. 가벼우면서도 듬직했다. 이 사람의 과거를 알기 위한 실마리가 되지 않을까 싶어 이름을 물었더니, "텐조"라는 대답이 튀어나왔다. 살면서 한 번도 들어본 적 없는 이름이었다. 텐조라는 이름에 포함되어 있는 '에, ㄴ, 오'라는 소리의 나열은 '페르난도'와 같다. 오래전 스페인의 영향 아래 있었던 나라인지도 모른다. 필리핀? 남미? 그렇다 해도 생김새가 어딘가 시베리아를 떠올리게 하는 구석이 있다. 추위를 몸 안에 저장해두고 영양분으로 삼는 듯한 강인한 심지가 느껴진다.

나는 어떤 사람이 어느 나라 출신인지 되도록 생각하고 싶지 않다. 나라에 구애받는 건 스스로에게 자신 없는 사람이 하는 행동이라고 여겼다. 하지만 생각하지 말자고 하면 할수록 어느 나라 사람일까 생각하게 된다. '어디 어디에서 왔습니다'라고 하는 과거. 어느 나라에서 초등교육을 받았다는 과거. 식민지라는 과거. 사람에게 이름을 묻는 건 앞으로 친구가 될 미래를 위한 것이지만, 상대의 과거를 알고자 이름을 묻다니 나는 정말로 제정신이 아니다.

텐조는 왼발이 삐었는지 오른발을 축으로 일어서려 했는데, 왼발이 땅에 살짝 닿는 순간 격렬한 통증이 느껴지는지 작게 신음 소리를 내며 거의 쓰러질 뻔했다. 나는 나 자신도 놀랄 만큼 민첩하게 텐조의 상반신을 끌어안았다.

"병원에 가요."

"아뇨, 그럴 필요 없습니다."

"어째서요?"

"지금 보험증이 없거든요."

"집에 있나요?"

텐조는 난처한 듯 입술을 달싹거릴 뿐 대답이 없었다.

"집은 어디예요?"

텐조는 급속하게 거리를 좁혀오는 나를 손으로 저지하며, 더 이상 묻지 말아 달라고 애원하는 눈빛으로 말했다.

"뼈가 부러진 게 아니라 접질린 거니까 냉찜질을 하면 나을 겁니다."

"그걸 어떻게 알아요?"

"오랫동안 의사가 없는 곳에서 방랑 생활을 한 적이 있어서, 스스로 진단하는 법을 익혔습니다."

텐조의 피부는 '방랑'이라는 말에 어울리게, 비, 바람, 햇볕에 장시간 노출되어 무두질이 잘된 고급 가죽 같았다. 그러나 어쩐지 컴퓨터를 좋아하는 소년처럼 눈동자를 힐끔거리기도 했다. 어쩌면 아메리카합중국의 어느 도시에서 자란 네이티브 미국인, 혹은 아시아계 미국인인데 열다섯 살 무렵 집을 나와 알래스카나 시베리아를 방랑하다가 독일까지 왔는지도 모른다. 상상의 범위가 지리적으로 지나치게 확장되어 스스로도 수습이 안되었다. 나는 사람을 볼 때마다 멋대로 그 사람의 일대기를 머릿속에 그려보는 나쁜 습관이 있다. 그럴 여유가 있다면 얼른 집으로 데려가 상처를 치료해주는 게 옳다.

유적지 지하 통로에서 나오기 위해서는 계단을 올라야 한다. 한 계단 한 계단 오를 때마다 텐조의 체중이 내 어깨를 압박했고, 그것은 뼈가 짓눌리는 중노동이었다. 이윽고 지상으로 나와 무게가 사라져 한시름 놓였다. 재킷을 벗을 수 없을 정도로 쌀쌀한 날이었지만, 얇은 면 티 한 장을 입은 청년의 몸은 안에서부터 화끈거렸다. 자동차들은 인간이 없는 철의 영혼처럼 옆으로 달려나갔다. 택시가 보이면 세울 작정이었지만, 걷다 보니 어느새 내가 사는 맨션 앞에 와 있었다. 엘리베이터를 타고 문이 닫히자, 강철 상자 안에 갇힌 야생동물처럼 불안하고 초조했다. 이런 일은 처음이었다. 텐조도 같은 기분이었는지, 엘리베이터가 쿵 하는 소리를 내며 3층에 멈춰 설 때까지 눈을 감고 있었다.

요괴 쫓는 방울처럼 짤랑짤랑 소리를 내며 열쇠 꾸러미를 돌려 문을 여니, 언제나처럼 현관 정면 안쪽에 테이블이 보였다. 립스틱 자국이 묻은 컵과 빵 부스러기가 남은 접시가 놓여 있다. 거기서 누군가가 아침식사를 하고 집을 나섰다. 그 사람이 나임에 틀림없는데, 아주 먼 옛날 다른 사람이 남긴 흔적인 것만 같았다.

부엌 오른쪽 방문은 늘 아주 조금 열려 있다. 흐린 날에도 그 틈으로 햇살이 새어나오는 것처럼 보인다. 방 안에는 손님용 소파가 놓여 있고, 뒷벽에는 책이 가득 꽂혀 있다.

부엌 왼쪽 방은 침실로 쓰고 있어서, 음식 냄새가 들어가지 않도록 늘 문을 닫아둔다. 냄새뿐만이 아니다. 책을 읽다가 신경 쓰이는 말을 침실로 가지고 들어오면, 깊은 밤 모기처럼 그 말이 날아다녀서 잠을 못 자는 일이 있다. 예를 들면 얼마 전, '캄차카'라는 지명이 시끄러워서 아침까지 잠들지 못한 적이 있다. 그래서 침실은 활자금지구역으로 지정하고 잡지 한 권 안 들인다. 침대는 킹사이즈여서 세 사람이 나란히 누워 잘 수도 있다. 셋이서 잔 것은 한 번뿐이었지만. 또 다른 방은 문이 반쯤 열려 있고, 그 틈으로 1인용 침대와 책상과 등받이 없는 의자가 보였다. 여기는 손님방으로 쓰고 있다. 지난달 쾰른에 사는 친구가 놀러 와서 하룻밤 자고 갔다. 그때 사용한 시트와 이불 커버와 베갯잇은

빨아서 다림질한 뒤 잘 접어 다음 손님이 올 때를 대비해 의자 위에 올려두었다. 다음 손님이 누가 될지 모를 때부터 준비해두면, 그 행동이 다음 손님을 불러들이는 것만 같다.

텐조는 호기심 가득한 눈으로 사방을 둘러보는 일은 하지 않고, 나른한 눈으로 복도에 서서 나의 지시를 기다리고 있었다. 나는 소파 위에 양모피를 펼쳤다. 작년에 치질이 생겼을 때 친구가 선물해준 모피인데, 깔고 앉으면 통증이 완화되었다. 텐조를 부축해 방으로 데리고 와서는 조심스럽게 소파에 앉히고, 몸을 옆으로 돌리게 해서 접질린 왼발을 양모피 위에 올렸다. 붕대로 발목을 고정할까 했지만 구급상자 안에 붕대가 없다는 사실이 떠올랐다.

"근처 약국에서 사 올게."

내 말에 텐조는 고개를 가로저으며 상반신을 비틀듯이 움직여 입고 있던 티셔츠를 벗더니, 올이 나간 부분을 쭉쭉 찢기 시작했다. 익숙한 손놀림이었다.

내게는 현재 동료들에게 숨기고 있는 과거가 있다. 붕대를 잘 감는 것도 그 과거와 관계가 있다. 사춘기라는 것만으로는 설명하기 힘든 격한 반항심에서 나에게 어울리는 길을 일부러 벗어나 본 시기다. 김나지움에서는 토론으로 교사들을 나가떨어지게 하고, 독서량도 반에서 둘째가라면 서러울 정도였기에, 다들 내가 당연히 대학에 진학할 거라고 생각했다. 하지만 고등학교 졸업 시험 준비가 구체화되자 나는 갑자기 세상으로 나가보고 싶어졌다. 대학 진학은 이대로 김나지움 학생을 이어가는 일이나 마찬가지였기 때문에 시시하고 지루하게 여겨졌다. 대학생이 읽을 법한 책은 이미 다 읽었다는 자부심도 있었다. 때마침 어느 책에서 사회는 주상복합건물과 같다는 글을 읽었다. 같은 건물에 산다고 해서 같은 이상을 품고 모여드는 것은 아니다. 화재를 피하고 싶어 하는 마음은 공통되지만, 타인이 내면에 어떤 고통을 품고 있는지는 신경도 쓰지 않는다. 평등이나 인권에도 관심이 없다. 국가 차원에서 존중받는 원칙이 침해를 받고, 이웃집 사람이 분뇨를 뒤집어쓴다고 해도, 자기 집에만 냄새가 나지 않으면 간섭하지 않는다. 주상복합건물은 타인의 입장이 되어보는 능력을 퇴화시키면서 완성되었다. 화장실이 되어보지 않으면 화장실의 기분을 알 수 없다, 라는 글을 읽고, 그렇다면 나는 화장실이나 수위실이나 구내식당과 같이 다양한 장소가 되어보고 싶다고 생각했다. 어떠한 '직업'을 갖는 사람이 된다는 건 환상에 불과하며, 실제로 인간은 어떠한 '장소'에 놓이는 것이다, 라고 생각했다. 냄새나는 장소, 평화로운 장소, 언어의 폭력에 내몰리는 장소, 추운 장소, 보호받는 장소 등 다양한 장소가 있다. 대학에 들어가 자동으로 착취하는 입장이 되는 장소에 끌려

가는 것은 싫다. 그 무렵 부모님은 이혼 소송 중이라 나를 살필 겨를이 없었기에, 나의 진로에 참견하지 않았다. 나의 이상은 우선 진정한 노동자가 되는 데 있었다. 제일 먼저 떠오른 일자리가 빵집이었는데, 집 근처에는 전국 체인 빵집밖에 없었다. 낙담하던 차에 트리어 외곽에서 직접 빵을 굽는 부부가 있다고 알려준 사람이 있었다. 그곳을 찾아가보니, 부부는 내가 품고 있는 노동자 이미지와는 동떨어져 있었다. 부부는 부모에게서 상속받은 거액의 유산을 밀가루와 교환하여, 빵이라는 이상을 매일 아침 굽고 있었다. 두 사람 다 철학 박사 학위가 있었고, 부부의 입에서 '브로트(빵)'라는 말이 나왔을 때는 이미 그 울림에 이데올로기가 담겨 있었다. 자기들은 빵을 구우면서 나한테는 대학에 진학해야 한다고 설교하는 두 사람의 본심을 헤아릴 수 없었다.

빵집이 안 되면 섬유 공장이나 양재 공방에서 일하자는 생각에 양품점을 돌아다녀봤는데, 옷은 대부분 해외에서 수입한다는 사실을 알아냈다. 중국이 해외 수출을 전면 중지했을 당시에는, 국내 의류 산업이 부활할지 모른다는 소문이 돌았지만, 실제로 국내에서 생산되는 옷은 극히 일부이고 나머지는 수입품이라고 한다. 그렇게 바느질이 하고 싶다면 디자이너가 되는 게 어떠냐는 말도 들었지만, 디자이너라면 내가 품고 있는 노동자 이미지와 맞지 않는다. 제 발로 찾아들어간 막다른 길에서 이러지도 저러지도 못하고 있을 때, 버스 안에서 우연히 어릴 적 친구 질케를 만났다. 질케는 간호사 자격을 얻어 마을 병원에서 일하고 있다고 했다. 곧바로 저녁식사에 초대해 이야기를 듣는데, 간호사가 되는 일은 어려워도 간호조무사 자격증이라면 딸 수 있을 것 같았다. 내가 간호조무사 자격증을 따고 싶다고 하자 질케는 눈살을 찌푸리며, 책을 좋아한다면 대학에 가라고 했다. 간호사나 간호조무사 일은 체력이나 신경이 소모될 뿐만 아니라, 스스로 생각해서 판단하는 독립된 인격체로서 인정받지 못하는 경우가 많다. 더 좋은 병원을 만들기 위해 제안을 해도 무시당하고, 무슨 일이 벌어지면 책임을 덮어쓰는 경우도 다반사라고 했다. 세상의 불평등을 몸소 느끼고 싶었던 이십대 초반의 나에게는 더할 나위 없는 직업이었다. 나는 자격을 얻어 어느 병원에서 일했다. 나 때문에 사람이 죽을지도 모른다고 생각하니 잠시도 쉴 틈이 없었다. 환자로부터 따뜻한 감사의 말을 듣고 나면, 다른 환자가 와서 한 소리 했다. 칭찬으로 나를 자기 허리 벨트에 묶어놓고, 내가 방심하는 사이에 갑자기 언어로 얼굴을 가격하여 권력관계를 확실히 하려는 젊은 의사도 있었다. 몇 개월 지나 일이 익숙해지자 이번에는 다른 문제가 발생했다. "우리는 노동기준량을 채우기 위해 환자를 컨베이어 벨트에 올려 수리하고, 약을 뿌리고, 화학변화를 일으켜 보고서를 쓰고 있을 뿐이지."

어느 동료의 말이 가슴에 박혀 밤잠을 설쳤다. 그 동료는 나중에 병원과 약품회사 사이 유착관계 정보를 저널리스트에게 흘리고 는 스스로 그만두었다. 또 다른 동료는 어느 날 갑자기 사직서를 내더니, 장학금을 받아 의대에 간다고 했다. 나도 남을 치료하는 데 관심이 없고, 병자나 노인이나 아이들을 돌보는 일과는 전혀 안 맞는다는 걸 깨닫고는 병원을 그만두었다. 나는 대학 말고 는 갈 곳이 없는 사람이었다. 대학에서는 정치학과 철학을 전공했고 졸업 후 내가 살던 지역 박물관에 취직해 일도 금세 적응했다. 병원에서 일하던 시절은 완전히 잊고, 이대로 정년이 될 때까지 일하다가, 나중에는 연금생활자가 되어 독서나 여행을 즐기며 마침내 수명이라는 이름의 숫자에 도달하게 될 거라고 생각했다. 종종 가족을 만드는 건 어떨까 하는 생각도 해보았지만, 클레멘스와 헤어진 뒤로는 새로운 인연이 아직 없다.

그랬는데 지금, 돌연 붕대를 감고 있다. 붕대도 여러 번 세탁해서 색이 바랜 옷을 북북 찢어 만든 것이고, 심지어 붕대를 감아주고 있는 상대가 코요테처럼 수수께끼에 휩싸인 인물이다. 상대가 이국적이라는 이유만으로 곧바로 동물에 비유하는 차별적인 나를 용서할 수가 없다. 하지만 내 안에는 정말로 코요테를 경애하는 마음이 있다. 왜냐하면 나 자신이 미라처럼 전신을 천으로 둘둘 감싸고 있고, 천을 풀어보면 안에 말라비틀어진 시체

밖에 들어 있지 않기 때문이다.

붕대로 텐조의 발목을 고정한 뒤 냉장고에서 얼음을 꺼내 샌드위치 싸는 비닐봉지에 넣고 입구를 고무줄로 묶었다. 텐조는 소파에 기대 눈을 감고 있었다. 눈동자가 사라지니 눈썹이 두꺼워 보였다. 머리칼은 길지만 끝까지 반지르르 윤기가 돌고 풍성했는데, 벗은 상반신 가슴팍은 반들반들할 뿐 털이 전혀 없었다. 발에 얼음주머니를 대자 텐조가 움찔하며 눈을 떴다. 나는 침실 옷장 서랍에서 울 소재의 헐렁한 옷을 꺼내 텐조에게 건넸다.

"이거 입어. 그래도 추우면 보온 물주머니도 있고."

"고마워. 전혀 춥지 않아. 더울 정도야. 아까 묻는 걸 깜박했는데 넌 이름이 뭐야?"

"노라."

"입센이구나. 학교 다닐 때 읽은 유일한 희곡이야."

"특이한 학교네. 셰익스피어는 안 읽었어?"

"안 읽었어. 지역 특색이겠지. 대영제국을 무시하고 스칸디나비아 문화를 칭송하는 선생님이 많았어. 그나저나 대단히 평범한 고뇌가 지금 날 괴롭히고 있어."

"뭐든 말해봐."

"꽤 오랫동안 위가 비어 있어. 그래서 위액이 위벽을 긁어대기 시작했어."

"미안. 그 생각을 못 했다. 뭐 먹고 싶어? 냉장고는 비었지만 배달시키면 되니까. 시칠리아 피자 좋아해? 발칸 그릴도 나쁘진 않고. 내가 제일 좋아하는 건 스시."

텐조가 웃음을 터뜨렸다.

"왜? 뭐가 웃겨?"

"실은 나 스시집에서 요리사로 일했었어."

"정말?"

그렇구나, 이 사람은 스시의 나라에서 왔구나. 드디어 수수께끼가 풀려서 이제껏 목덜미에 엉겨 붙어 있던 모호한 감정이 단번에 사라져 속이 후련했다.

"트리어에 있는 스시집에서 일했어?"

"트리어는 어제 막 도착했고, 이제껏 와본 적은 없어. 처음엔 덴마크의 작은 마을에 살았고, 그다음엔 독일 북부로 옮겨가 후줌에서 일했지."

"그렇담, 내가 좋아하는 스시 맛 정도로는 만족을 못 하겠네."

"그렇지는 않아. 평범한 스시바에서 나오는 장국은 견딜 수 없지만, 스시는 맛없어도 신경 안 써. 사실은 국물 우리는 법을 연구하고 있거든."

"그러고 보니 국물 내는 데는 다시가 중요하다는 이야기를 얼마 전 텔레비전 프로그램에서 봤어. 그런데 다시가 정확히 뭘 말하는 거야? 우마미나 사토리*처럼 유행하는 말이라 자주 듣는데, 뜻을 아는 사람은 의외로 적을 거야."

"해저에서 자라는 식물이나 건조시킨 물고기에서 우려내는 맛을 말해."

"너는 바닷가에서 자랐니?"

"음, 그렇게 말할 수도 있겠다. 바다는 세계 어디에나 있으니까."

"트리어에 살면 바다를 느낄 일은 없는데 스시집은 있어. 전화해볼게."

나는 콧노래를 부르며 현관으로 가서, 근처 스시바에 전화를 걸어 배달을 시켰다. 텐조를 간병하고, 식사를 대접하는 뜻밖의 역할에 기뻐하는 내가 의외였다. 전화기가 놓인 현관 사이드 테이블 위 불상 장식을 손에 들고 이마에 키스했다.

배달은 평소보다 시간이 걸렸다. 텐조는 소파에 앉은 채 잠들어버렸다. 상반신을 수직으로 세우고 잘 수 있다니, 그것만으로도 존경할 만하다. 그러고 보니 아시아인은 서서도 잘 수 있다던 할아버지 말씀이 생각난다. 요가 수행승은 한 다리로 서서 보리수나무 아래서 잠든다. 만원 전철 안에서 선 채로 자는 사람도

* 깨달음이라는 뜻.

있다는 말을 들었는데, 그게 스시의 나라 사람들 이야기였나. 아직 어렸던 나는 그 이야기에 큰 감명을 받고, 선 채로 자는 연습을 한 적이 있다. 밤에 일단 침대로 들어가 엄마를 안심시키고, 기다렸다가 침대에서 기어 나와 암흑 속에 선 채로 잠들려 했다. 하지만 내가 어둠 속에 서 있다는 생각만으로도 흥분이 되어서 졸음 따위는 곧장 달아나버렸다. 그러다 균형을 잃고 바닥에 쓰러져 쿵 소리가 났고, 깜짝 놀라 달려온 엄마에게 둘러대느라 혼쭐이 났다.

벨소리에 텐조가 눈을 번쩍 떴다. 나는 배달 온 청년에게, 늦었네요, 하고 불만을 드러냈지만 팁과 미소는 아끼지 않았다. 텐조는 배가 많이 고팠는지 차를 내오는 나를 기다리지도 않고 곧장 나무젓가락을 들고 혼자 먹기 시작했다. 간장은 아주 조금밖에 찍지 않았고, 생강초절임과 와사비는 완전히 무시했다.

"이런 생강초절임이 최악이야. 약에 절인 것 같네."

텐조는 경멸을 담아 젓가락으로 생강초절임을 가리키며 말했다. 평소에 나는 생강초절임을 젓가락으로 집을 수 있을 만큼 집어 입에 넣는데, 텐조의 말에 먹고 싶은 마음이 싹 사라졌다.

"게다가 이 와사비도 틀렸어. 애들이 좋아하는 초록색 치약 같잖아."

원래는 와사비를 간장에 가득 풀어 스시를 푹 담가 먹지만, 오늘은 그것도 그만두었다. 요리사와 식사를 하려니 긴장해서 음식 맛이 안 난다.

"정말로 병원에 안 가도 되겠어?"

"벌써 나았어."

"어제는 어디 있었어?"

"계속 걸었어. 후줌에서 걸어왔거든."

"걸을 수 있는 거리가 아니잖아."

"물론 하루 만에 걸어온 건 아니야. 도중에 차를 얻어 타기도 했고."

"돈은 있어?"

"당분간 살 돈은 있어."

"짐은 없어?"

"그저께 도둑맞았어. 배낭 하나뿐이었고 크게 값나가는 물건도 없었지만."

"이제 어쩔 거야?"

"일자리를 찾아야지."

"걸을 수 있을 때까지 여기서 묵어도 돼."

텐조는 그런 말에 익숙한지 놀라지도 않고 사양하지도 않으면서 차분히 감사 인사를 했다.

그날 이후 우리 두 사람의 공동생활이 시작되었다. 나는 텐조의 어린 시절 이야기가 듣고 싶어서 가끔씩 넌지시 물었다.

"어릴 때는 뭘 좋아했어?"

"어? 밖에 나가 노는 거였나."

"뭐 하고 놀았는데? 스모? 야구?"

"동물을 좋아해서, 동물만 봤어."

"동물이 많았어? 그렇담 대도시 출신은 아니겠네. 어디야?"

구마모토, 라고 작은 목소리로 대답하자마자, 텐조는 후회하는 듯한 표정을 지었다.

"거긴 북쪽이야? 남쪽이야?"

"남쪽. 하지만 얼마 안 가 근처 큰 공장에 사고가 나서, 그 지방에서 아무도 살 수 없게 되는 바람에 온 가족이 북쪽으로 이사했어."

"북쪽 어디?"

텐조는 한동안 난처한 듯이 눈을 깜박이더니 갑자기 생각난 것처럼 대답했다.

"가라후토."*

"들어본 적 없는 지명인데."

텐조는 더 이상 말을 이어가고 싶지 않은지, 서둘러 자리에서

---

* 남사할린을 가리키는 일본식 지명.

일어나 일자리를 찾으러 마을로 나갔다.

시내에는 스시 레스토랑이 몇 군데 있었지만, 대부분 태국 카레집이나 베트남 음식점이 재미 삼아 스시를 곁들이는 정도였다. 스페인 사람이 운영하는 '타파스와 스시'나 세계 생선 요리를 다루는 '일곱 개의 바다' 등을 포함하면 스시를 먹을 수 있는 가게는 꽤 되어도, 텐조를 고용하는 곳은 없었다. 풀이 죽은 텐조가 가여웠던 나는 한 가지 묘안이 떠올랐다. 아마추어가 생각해낸 말도 안 되는 아이디어였지만 해볼 만한 가치는 있었다. 요즘 마을에서는 작은 페스티벌 아이디어를 모집하고 있다. 이렇게 작은 마을 안에서 그것도 구역별로 진행하는 페스티벌이기에, 아이디어만 있다면 채용될 가능성이 높았다. 요전에 다시와 우마미에 대한 텔레비전 프로그램을 보고 사람들의 관심이 높아지고 있다는 건 알고 있었다. 텐조가 직접 강연과 요리를 한다면 어떨까. 텐조에게 이야기하자 본인은 크게 하고 싶은 생각이 없어 보였지만, 일주일이 지나도 일자리를 찾을 수가 없었기 때문에 하는 수 없이 해볼 마음이 든 모양이었다. 나는 우선 기획안을 쓰기 시작했다.

"서류에 네 본명을 적어야 해."

"텐조."

"그게 성이야, 이름이야?"

"둘을 합쳐서 하나야. 너는 잘 모르나? 옛날에 미도리나 이치로 같은 이름이 있었잖아. 우리는 이름이 하나밖에 없는 경우도 있어."

내가 쓴 서류는 다소 엉성했지만 기획이 채택되어 예산도 받았고, 이벤트는 점차 형태를 갖추어갔다. 주요 이벤트는 강사가 다시란 무엇인가, 우마미란 무엇인가를 설명하면서, 단상에 준비된 냄비 속에 해초와 말린 생선을 넣고 다시를 우려, 그것을 이용해 간단한 요리를 하는 것이었다. 청중은 그것을 맛보며, 질문도 할 수 있다. 이탈리아 요리의 다시를 내는 법을 보여주는 요리사나, 새싹 영양학자 같은 다른 강사도 모집해 페스티벌이 체계를 갖추었다. 처음에는 주저하던 박물관 관장도 장소를 제공해주기로 했다. 나는 직접 포스터를 인쇄하고, 레스토랑과 도서관을 돌며 붙여달라고 부탁했다.

그런데 준비를 끝내고, 이벤트가 닷새 앞으로 다가온 날 아침, 텐조가 갑자기 노르웨이에 가겠다고 나섰다. 선발된 요리사 몇 명이 실력을 겨루는 공개 디너가 오슬로에서 열린다는 것이었다. 주최 측에서 노벨상 수상식 디너 준비 위원회 멤버를 뽑기 위한 일이라는 사실은 공공연한 비밀이었기에 거절할 수 없다고 했다.

"대신 이벤트 당일에는 트리어로 올게. 나중 일은 그때 가서 결정하고.”

텐조는 냉정하게 말하며 항공권을 보여주었다. 출발은 그날 저녁이었고, 돌아오는 날은 이벤트 당일 오전 비행기로 예약되어 있었다.

텐조가 하는 말을 믿지 않은 것은 아니다. 다만, 동요하는 나 자신에게 동요하고 있었다. 혼자 사는 일에 익숙한 나였는데, 한동안 텐조와 함께 살면서 집 안에 다른 신체가 있다는 데 완전히 익숙해져 있었다. ‘익숙하다’는 말에는 느긋한 느낌이 있지만, 익숙함에서 떨어져 나오는 상황이 되었을 때, 인간은 어느새 자기 안에 커다란 감정의 나무가 자라고 있었음을 깨닫는다. 텐조도 나에게 어떤 감정을 갖고 있었던 건 분명하다. 그것은 눈 쌓여 꽁꽁 언 들판을 깨는 무지근하고 따뜻한 검은 강을 떠올리게 했다. 그 흐름이 밤이 되어 열을 띠며 똑바로 이쪽을 향할 때, 격렬한 바람이 일고, 의식이 촛불처럼 훅 꺼졌다. 이튿날 아침에는 무슨 일이 있었는지 떠오르지 않았다. 영상이 없었다. 떠오르는 것은 영화에서 본 타인의 성교 장면뿐. 두 사람의 행위를 머릿속으로 재현하려 해도, 떠밀다, 빨다, 핥다, 비비다, 뒤얽히다, 요동치다 등의 동사가 우스꽝스럽게 춤을 출 뿐이고, 주어가 없는가 하면 목적어도 없었다. 기억을 보존하고 재생하는 일을 할 수 없기에, 매일 밤 성교 그 자체를 반복하는 수밖에 없었다. 텐조는 이에 대해서는 아무 말도 하지 않았고, 내가 말을 걸 틈도 주지 않았다. 전에 사귀던 클레멘스는 갖가지 세부 사항을 말로 표현하는 일 자체를 즐거워했다. 사정하기 직전에 기분의 고조가 지나치게 급커브를 그렸다, 라거나, 다리털을 너무 밀지 말까, 라거나, 상의를 벗지 않고 위에 앉아서 해주는 게 자극적인데, 같은 말을 태연스럽게 입에 담았다. 텐조의 경우는 말이 존재하지 않는 세계로 뛰어들어버려서 실마리가 전혀 없다. 같이 있는 동안은 크게 불안하지 않지만, 하루살이처럼 내일 어떻게 될지 도무지 알 수가 없었다. 가게라고는 한 군데도 없는 눈밭 한가운데서 저장해둔 식량도 없이 살고 있는 기분이었다. 갑자기 텐조가 사라진다면 계약서를 들이밀며 붙잡을 수도 없으니 내 손에는 아무것도 남지 않는다. 연인이라는 단어도, 교제라는 단어도 텐조는 내게 주지 않았다.

공항까지 배웅하려고 했는데 낮에 30분 정도 물건을 사러 간 사이에 텐조는 사라지고 없었다. 메모도 남기지 않았다. 누군가에게 텐조라는 인간이 있었고, 나와 짧은 시간 여기서 살았다고 말한다 한들, 꿈을 꾼 거 아니냐는 소리를 들을 듯했다. 텐조는 낯가림이 심해서 내가 친구에게 소개하려고 해도, 관장에게 인사하러 가자고 해도, 언제나 고개를 가로저었다. 그래서 내 주변 사람들은 텐조를 모른다.

오슬로에 도착하면 연락을 준다고 했는데, 그날도 그다음 날도 연락이 없었다. 처음으로 연락이 온 것이 이벤트 개최 당일 아침이었다.

나는 박물관 문에 이벤트 취소 공지문을 다 붙이고는, 아직 더 이야기하고 싶어 보이는 연금생활자에게 집 전화번호를 건넨 뒤 인사했다. '취소'라고만 인쇄한 가늘고 긴 종이를 들고 시내를 돌 생각이었다. 모든 포스터에 붙이는 것은 어려울지 몰라도 할 수 있는 데까지는 해야만 한다. 우선 가까운 스시바에 갔더니, 벽보는 이미 떨어져 있고, 압정 주변에 뜯긴 종이쪽이 남아 있을 뿐이었다. 아이리시 펍은 그 위에 가톨릭 록 콘서트 포스터가 붙어 있어서 눈에 거의 안 들어오는 상태였다. 제대로 붙여준 곳은 시민 도서실뿐이었다. 나는 기분이 언짢은 동시에 마음이 놓였다. 이 정도라면 취소 공고가 알려지지 않더라도 오는 사람이 거의 없으리라. 안심한 탓인지 갑자기 공복감이 밀려와 케밥 샌드위치를 사서 카이저테르멘으로 향했다. 이제 고대 로마는 마음에 드는 장소일 뿐만 아니라 텐조를 만난 추억의 장소이기도 하다. 나는 유적지 내 풀밭 바위에 걸터앉아 좌우로 빵을 물어뜯었다. 먹는 법이 예전에 키우던 개랑 똑같다. 다시 개를 키우고 싶다. 샌드위치를 다 먹고, 텐조를 만난 곳에 한 번 더 가고 싶어서 지하 통로로 들어갔다. 안에 아무도 없을 거라고 생각했는데, 정면에서 인간의 형상 셋이 다가왔다. 내 등 뒤에서 빛이 들어왔기 때문에, 이쪽에서는 상대방 얼굴이 잘 보였지만 상대방은 검은 그림자만 보이는 게 아닐까 싶었다. 금발 남성이 한 명, 텐조와 닮은 얼굴을 한 여성이 한 명, 여성 옷을 입었지만 얼굴은 남성 같아 보이는 세 번째 사람은, 아마도 인도인이 아닐까 싶었다. 어쩐지 세 사람 모두 약간 두려워하는 것처럼 보였기 때문에 안심하라는 뜻에서 할로 하고 인사했다. 설마하니 나를 로마시대 유령쯤으로 생각하는 건 아니겠지만. 우리는 1미터 정도 거리를 두고 멈춰 섰다. 금발 남성을 향해 독일어로 물었다.

"관광 오셨나요?"

의외로 옆에 있던 인도인처럼 보이는 사람이 독일어로 대답했다.

"저는 트리어에 살지만, 이 두 사람은 덴마크에서 왔어요. 뭐, 관광이라고 할 수 있으려나."

"관광이 아닌가요?"

"적어도 고대 로마 유적을 보러 온 건 아니거든요. 실은 오늘 카를 마르크스 하우스에서 어떤 이벤트가 열리는데, 이 두 사람은 그걸 보려고 일부러 오늘 아침부터 이 마을에 왔어요."

내가 너무 놀라 얼굴이 잔뜩 굳은 채 아무런 대답도 하지 못

하고 있자, 인도 출신으로 보이는 사람이 내 기분을 풀어주듯이 부드러운 말투로 덧붙였다.

"제 이름은 아카슈입니다."

금발의 남자는 독일어로 말은 하지 않아도 대략의 의미는 이해하는지 내게 손을 내밀며 자기소개를 했다.

"크누트입니다."

그 모습을 보고 텐조와 조금 닮은 얼굴을 한 여성이 가볍게 머리를 숙이며, 끊어질 것 같은 목소리로, Hiruko라고 했다. 아마도 이 여성의 이름이리라. 나는 자꾸만 고개가 숙여지는 나 자신을 북돋우며 영어로 사정을 설명했다.

"저는 노라입니다. 카를 마르크스 하우스에서 일하고 있어요. 실은 그 이벤트의 주최자가 저입니다. 강사인 텐조가 오늘 아침 오슬로에서 돌아오지 못했어요. 이벤트를 취소할 수밖에 없어서 지금 무척 난처한 상황입니다."

크누트와 Hiruko의 체격은 완전히 달랐지만, 똑같은 방식으로 한숨을 쉬었다. 아카슈는 눈썹을 찡그리며 물었다.

"마이스터 텐조는 어째서 오슬로에서 돌아오지 못했습니까."

"정세가 불안정해져서 국제선이 전부 취소되었다고 해요."

정신을 차린 크누트가 몰아붙이는 기세로 반문했다.

"노르웨이 정세가 불안정합니까?"

오늘 아침 만난 연금생활자와 달리 직구였다. 나는 마음이 아팠다. 노르웨이 정세가 불안정할 리가 없다. 역시나 텐조는 거짓말을 하고 내 곁에서 도망친 것이다. 어째서 진실을 말해주지 않았을까. 아카슈가 주머니에서 스마일폰을 꺼내 들여다보았지만, 유적 내에서는 전파가 차단되어 연결이 되지 않았다.

"밖으로 나갑시다."

우리는 빠른 걸음으로 큰길로 나와 카페에 들어갔다. 아카슈는 스마일폰으로 계속 정보를 수집하더니 영어로 말했다.

"오슬로에서 무슨 사건이 일어난 건 진짠가 봅니다. 테러예요."

나는 안심했다. 텐조는 나를 속인 게 아니었다.

"하지만 국제선 비행기는 평소대로 뜨는 것 같아요."

손끝으로 분주하게 정보를 찾던 아카슈가 말했다.

나는 한 가지 짚이는 데가 있었지만 입 밖에 내지는 않았다. 국제선 비행기가 뜨더라도 테러 사건 때문에 국경 심사가 삼엄해져서, 텐조가 국경을 넘을 수 없었던 건 아닐까 하는 점이었다. 본인은 자세한 말을 아꼈지만, 텐조는 체재 허가나 여권에 무슨 문제가 있는 듯했다. 평소라면 유럽 어디든 자유롭게 갈 수 있어도, 테러 사건 같은 것이 일어나면 국경을 넘을 수 없게 된다. 그래서 트리어로 돌아오지 못한 것이 아닐까. 그때 말이 없던 Hiruko가 돌연 영어로 이렇게 말했다.

"아마도 텐조는 여권이 없을 거예요. 우리들의 나라는 사라졌습니다. 그래서 유효한 여권이 존재하지 않아요. 보통 때라면 여권을 보여주지 않아도 유럽 어디든 이동할 수 있지만, 테러가 발생하면 공항에 들어가는 데도 신분증을 제시해야 해요."

나는 몸을 부르르 떨며 발작적으로 단언했다.

"나, 지금 당장 오슬로로 갈 거예요."

그러자 Hiruko도 대번에 응수했다.

"저도 가겠어요."

나는 그 기회를 놓치지 않고 Hiruko에게 물었다.

"실례지만, 당신은 텐조의 친척인가요?"

"아니요. 아직 만난 적은 없지만, 텐조도 저와 같은 상황에 놓여 있을 거예요. 그래서 만나보고 싶습니다."

"저도 가겠습니다. 다만, 일단 코펜하겐으로 가서 휴가를 내고 와야 해요. 연구실이라 쉬어도 문제는 없지만 절차를 밟지 않으면 귀찮아지거든요. 오늘 바로 오슬로로 가는 건 어렵겠지만, 내일이나 모레쯤에는 갈 수 있을 겁니다."

크누트가 현실적인 이야기를 했다. 이 사람은 Hiruko의 파트너처럼 행동했다.

"나도 일단 오덴세에 있는 직장으로 돌아가, 잠시 휴가를 얻겠다는 허락을 정식으로 받아야 해요. 원래는 이렇게 갑자기 휴가를 얻을 수 없지만, 여태껏 잔업 시간이 많이 쌓여 있으니 어떻게든 될 거예요. 지금 오덴세로 갔다가 가능하면 내일 오슬로로 가고 싶어요."

Hiruko가 말했다. 아카슈는 슬픈 듯 얼굴을 일그러뜨리며 말했다.

"나는 못 갈 것 같아요. 오슬로 여행이라니, 학생 입장에서는 너무 비싸거든. 하지만 어떻게 됐는지 연락해줘요."

나는 아카슈가 가여워서,

"나도 가능한 한 빨리 트리어로 돌아올 거예요. 언제든 전화하면 오슬로에서 있었던 일을 이야기해줄게요."

하고 위로했는데, 아카슈가 어째서 오슬로에 가지 못하는 걸 그토록 슬퍼하는지 이해가 가지 않았다. Hiruko가 같은 고향 사람 텐조를 만나고 싶어 하는 것은 이해가 간다. 크누트는 Hiruko를 좋아하기 때문에 같이 가려는 것이리라. 하지만 아카슈와 이 둘의 관계는 도대체 무엇일까.

"텐조가 오슬로 어디에 있는지는 아세요?"

크누트가 차분한 어조로 물었다.

"니세 후지라는 레스토랑에서 경연 대회가 있다는 이야기를 한 것 같아요."

내 대답에 이제껏 슬픈 표정으로 굳어 있던 Hiruko의 얼굴이 활짝 피면서, 진심으로 즐거운 듯 깔깔대고 웃기 시작했다. 크누트와 아카슈는 이상하다는 얼굴로 Hiruko를 바라보았다.

"니세 후지란 가짜 후지산이라는 뜻이에요."

겨우 웃음이 멎은 Hiruko의 설명에 나는 괜히 쑥스러워져서 변명했다.

"전화가 왔을 때, 바람 소리 비슷한 잡음이 섞여 들어와서 텐조의 목소리가 잘 안 들렸어요. 니세 후지가 아니라 시니세* 후지였는지도 몰라."

"하지만 니세 후지가 더 재미있어."

기분 좋게 말을 뱉은 Hiruko는 자기한테서 웃음을 이끌어낸 말에 감사하는 듯했다.

"우리는 언제 다시 만날 수 있을까."

아카슈가 크누트의 옆얼굴을 그윽하게 응시하며 감상적인 어조로 말했다. 크누트는 커다란 손을 아카슈의 호리호리한 어깨에 올리며 말했다.

"우리는 모두 하나의 공 위에 살고 있어. 머나먼 곳 같은 건 없지. 언제든 만날 수 있어. 몇 번이고 만날 수 있어. 아카슈, 너는

---

* 대대로 이어 내려오는 장인 정신이 깃든 점포를 이른다.

트리어에 남아서 텐조가 돌아오길 기다리는 거야. 우리 셋은 따로따로 오슬로로 가서, 가능하면 내일모레 낮이나 저녁에 니세후지에서 만나자."

5장

텐조/나누크는 말한다

노라는 나를 오해하고 있었다. 그리고 나는 그 오해를 풀려고 도 하지 않았다.

사실 내가 스시의 나라 주민을 연기하기 시작한 것은 노라를 만나기 한참 전부터였다. 첫 계기는 외부로부터의 유혹이었지 만, 나로서는 그냥 문득 떠오른 생각을 뛰어넘어, 연구와 노력을 기울인 작품과도 같은 연기로 발전해갔다.

내가 실제로 나고 자란 나라는 스시의 나라와 환경이 상당히 달랐다. 예를 들어 스시의 나라는 인구가 폭발할 것처럼 많아서 수도 중심부 지하철은 몇 분마다 한 대씩 와도 사람을 다 실어 나를 수 없었다고 한다. 그런 이유 때문에 승객의 등을 밀어 억 지로 지하철 안에 집어넣는 전문직이 있다고, 덴마크 텔레비전

내레이터가 흥분해서 말하던 목소리가 지금도 귓가에 생생하다. 어린 시절 내게는 동화 속 나라였다. 지하철 안은 미어터질 듯 붐벼서 앞뒤 좌우가 꽉 막혀 있기에 서서 자는 것도 가능했다고 한다. 이런 상태를 '스시즈메'*라고 부르는 모양이다. 과연 스시의 나라다. 그런 게 정말로 부러웠다.

내가 자란 그린란드 어촌은 그와는 정반대로 안 그래도 적은 인구가 더 줄어서, 초등학교가 폐교될 지경이었다. 마침 내가 초등학교 입학을 기다리며 신이 나 있던 해에, 나와 같은 나이의 어린이가 있는 가족이 잇달아 이사를 가버려서 신입생이 나 하나뿐이었다. 게다가 전년도에는 졸업생이 일곱 명이었다. 이대로 가다가는 폐교 위기였다. 폐교는 마침내 폐촌으로 이어진다. 어른들은 주름 잡힌 이마를 맞대고 상의한 끝에, 덴마크 정부에 편지를 보내기로 했다. 운 좋게 그해는 북극권 문화를 지원하는 예산이 늘어서, '초등학교는 아무리 학생이 적어도 폐교하지 않는다'는 규정이 생겼을 뿐만 아니라, 코펜하겐에서 새로운 가족 수십 명이 이사 오게 되었다.

도대체 어떤 사람들이 수도에 살다가 굳이 그린란드로 이주

---

* 즈메는 채운다는 의미의 동사 쓰메루에서 왔다. 상자 속에 스시를 꽉 채워 넣듯 사람이나 물건이 빈틈없이 가득 찼다는 뜻.

한단 말인가. 도시 생활에 지쳐 자연에서 조용히 살고 싶어 하는 사람들이라면 몰라도, 범죄자면 어쩔 거냐고 걱정하는 어른도 있었다. 덴마크는 범죄가 많이 일어나는 나라는 아니지만, 최근 들어 늘어난 범죄가 하나 있다. 바로 혐오발언죄다. 혹시라도 백인이 아닌 인종을 증오하여 폭력을 휘두르는 사람들이 이사를 온다면 큰일이다. 아직 아이였던 나는, 밤에 혼자가 되면 기대와 걱정의 파도가 교대로 밀려와, 깊이 잠들지 못하고 뒤척였다.

우리가 사는 곳으로 이주해 온 사람들은 덴마크인이 아니었다. 머리색은 검고, 이목구비가 뚜렷하며, 더 이상 커질 수 없을 만큼 큰 눈을 가진 사람들이었다. 남성은 수염을 길렀고, 여성은 스카프로 두발을 감쌌다. 그들은 전쟁을 피해 머나먼 북아프리카에서 덴마크로 도망쳐 왔는데, 도시에 주거 공간이 부족해져서 정부로부터 생활비를 포함한 보조금을 주겠다는 약속을 받고 그린란드로 이주했다는 이야기를 나중에 들었다. 여름에 도착했는데, 여름은 희망처럼 짧기만 하고, 곧장 끝도 없는 겨울이 찾아왔다. 아이들은 놀이를 통해 그린란드어를 알아들을 수 있게 되었으며 추위에도 익숙해졌다. 개를 싫어하는 풍습도 곧 사라져 개와 노는 것도 즐거워하게 되었다. 하지만 어른들은 아침부터 밤까지 집 안에 갇혀서, 종종 불안한 듯 문을 반쯤 열어놓

고, 멍멍 짖는 개와 펄펄 내리는 눈을 두려운 듯 바라보았나. 생
활보호를 받기에 일할 필요는 없었지만, 할 일이 없다는 것도 괴
로웠으리라.

물론 이주민만 일자리가 없는 것은 아니다. 오래전부터 이 땅
에서 살아온 우리 부모님도 젊어서는 실업자였다. 우선은 물고
기가 사라져 어업이 중지되었다. 해달을 쫓는 일도 사라졌고, 누
가 어쩌다 바다표범을 사냥하면 뉴스에 나올 지경이었다. 기온
이 조금씩 올라가면서 농업이 가능해졌고, 어머니는 꽤 이른 시
간부터 뜰로 나가 감자와 양배추를 심기 시작했으며, 수확은 매
년 늘어났다. 아버지는 아무리 시간이 흘러도 채소의 맛에 적응
하지 못했다. 네덜란드에서 통조림 소시지와 햄을 인터넷으로
주문하기 시작했는데, 그걸 위해 현금 수입이 필요해졌다. 그래
서 아버지는 영어 회화를 배워 미국 회사에 취직했다. 물론 미국
으로 이주한 것은 아니다. 집에 있으면서 전화로 고객 서비스를
하는 일이었다. 미국 어느 마을에서 청소기를 산 사람이 항의 전
화를 걸면 아버지에게 연결되었다.

'청소기에서 쓰레기가 꽉 찬 주머니를 꺼내어 버리고 싶은데
꺼낼 수가 없다'는 항의가 빗발치던 때가 기억난다. 설명서 안
에 '신형청소기에는 주머니가 내장되어 있지 않음'이라고 적혀
있는 모양이었는데, 설명서 같은 건 안 읽는 사람이 많았으리라.

빨려 들어간 쓰레기가 내부에서 저온 연소되어 자연히 사라진다고 했다. 남아 있는 소량의 재는 압축되어 구슬이 된다. 그 구슬은 10년 후에나 제거하면 된다. 청소기 모델은 차차 개발되기에 10년 이상 같은 청소기를 쓰는 사람은 없다는 게 아버지의 설명이었다.

신형청소기를 실제로 본 적 없는 아버지가 고객 질문에 정성껏 응답하는 것을 듣고 있으면 이상해서 견딜 수가 없었다. 나는 그렇게 귀로 영어를 배웠다. 같은 전화가 수차례 걸려 오자 아버지도 화가 났는지, "설명서를 읽으시면 이해가 빠르실 텐데요" 하고 은연중에 비꼬는 말을 끼워 넣었다. 그러면 상대방은, "설명서 영어는 컴퓨터가 쓴 거라서 읽을 마음이 안 나요. 그런 걸 로봇 문체라고 하는 걸까요. 반대로 당신 영어는 듣고 있는 것만으로도 기운이 나요" 하고 대답할 때가 있었다. 그러면 아버지는 갑자기 힘이 펄펄 나서 하염없이 이야기를 들어주었다. 청소기랑 상관없이 그저 외로워서 전화를 거는 사람도 있는 듯했다. 매주 아버지를 지명해서 전화를 거는 여성도 있었다. 내가 '콜보이'라고 부르며 놀리면 아버지는 정색하고 성을 냈다.

회사 측은 전화가 항상 연결된 상태인지 아닌지는 물론, 고객 만족도까지 멀리서 체크하고 있었다. 하루 열여섯 시간 계약이므로 아버지는 식사하는 도중에도, 화장실에서 힘을 주는 동안에도, 전화 헤드셋을 늘 머리에 끼고 있었다. 그런 탓에 나는 그 청소기가 함께 자란 남동생 같다는 기분마저 든 적이 있다.

한편 어머니는 스위스 산골에 있는 웰니스 호텔에 취직했다. 투숙객의 혈압이나 칼로리를 기록하고 분석하여, 한 사람 한 사람의 일과를 만든 다음 거기에 맞춰, '8시 10분 전입니다. 조깅 준비가 되셨습니까?' 하는 메시지를 보낸다. '오늘은 의욕이 안 생겨요' 등의 메시지가 오면, 매번 진정성 있는 위로의 말을 보내야 한다. 같은 대답을 보내면 컴퓨터 프로그램이라는 오해를 사기 때문에 그때마다 다른 메시지를 써야 하고, 심지어 가끔은 일부러 스펠링을 틀려서 인간미를 드러냈다. 다만, 개인적인 우정관계를 맺는 일은 금지되어 있었다.

덕분에 우리 집 통장에는 늘 돈이 들어왔고, 나는 사는 데 어려움 없이 자랐다. 인터넷으로 주문만 하면 파인애플 통조림이든 햄스터든 축구공이든 다 배송되었다. 이대로 가다가는 모든 세대가 집 안에서 인터넷만으로도 세계경제와 이어진 채 살아가게 되는 것은 아닐까. 하지만 혹시라도 디스플레이에 나타난 세계가 누군가 만들어낸 것이고, 실제로는 이미 존재하지 않는다고 하면 어떨까. 주문한 상품은 분명 배달이 된다. 하지만 만약 바다 건너에 우리가 주문한 제품을 생산하는 공장 하나만 남고, 세계가 이미 사라져버렸다면.

나는 해가 진 뒤 홀로 밖을 걷다가, 멀리서 개 짖는 소리가 들리거나 할 때면, 머나먼 땅에 대한 동경으로 가슴이 쥐어뜯기는 기분이 되곤 했다. 여행을 떠나고 싶다. 머나먼 땅이라 해도, 지금은 아이슬란드의 수도 레이캬비크에 늘어선 아름다운 집들 사이를 걷고 있는 나 정도밖에는 상상할 수 없지만, 가능하면 더 멀리 덴마크까지 가보고 싶었다. 덴마크 남쪽으로는 광대한 독일이 펼쳐져 있다. 독일은 그린란드보다야 훨씬 작지만 국내 문화가 다채롭다. 북으로 바이킹의 자손이 살며, 남으로 고대 로마 제국의 유적이 있고, 동으로 슬라브족의 향기가 자욱하다.

어느 날 내가 멍하니 세계지도를 들여다보고 있었더니, 아버지가 굳게 결심한 듯한 얼굴로, "나누크, 너는 장학금을 받아서 코펜하겐에 있는 대학으로 가거라" 하고 말했다. 나누크가 내 이름이다. 장학금은 종류가 많아서 받으려고 마음만 먹으면 그리 어렵지 않다고 들었다.

아버지와 달리 어머니는 나의 유학을 그리 반기지 않았다. 덴마크 대학으로 공부하러 떠난 젊은이들은 대부분 돌아오지 않았다. "나중에 우리가 나이 들어서 자식이 옆에 없으면 외롭잖아요." 어머니가 푸념하자 아버지는, "부모가 자식한테 기대어 살면 되겠어?" 하고 책망하는 투로 말했다. "게다가 이 땅에 머물러 있으면 자식이 부모와 비슷한 일밖에 할 수 없지만, 밖으로 나가면 무한한 가능성이 열려. 예를 들어, 우리 아들이 코펜하겐 왕립 병원 병원장이 되었을 때를 상상해봐." 그렇게 말하는 아버지도 텔레비전 드라마를 보고 병원 이름을 알았을 뿐, 본인은 코펜하겐에 가본 적이 없다. 게다가 텔레비전 드라마 속 그 병원은 그리 뛰어난 의료 기관도 아니었다. 환자들은 병원 내 권력 다툼과 의사들 출세욕의 희생양이 되었고, 오래전 죽은 환자의 영혼이 엘리베이터 안에 나타나기도 하는 터무니없는 병원이었다. 아버지는 그런 세부 내용들을 다 잊은 모양이다. 그게 아니라면 내가 그런 유령병원 병원장이 되기를 바랄 리가 없다. 차라리 샤먼이 되어 귀신을 퇴치하라고 한다면 납득이 가겠는데, 아버지는 어중간한 기독교인이었고, 자신이 직접 의사의 진찰을 받은 적이 없기 때문인지 현대의학을 맹신했다.

텔레비전은 그리 좋아하지 않았지만, 사실은 나도 그 드라마 재방송만은 매회 빠짐없이 보았다. 라스 폰 트리에라는 감독이 예전에 찍은 〈리게트(Riget)〉라는 텔레비전 드라마다. 매회 마지막에 감독이 직접 화면에 등장해 시청자들에게 "재미있었나요?" 하고 장난꾸러기 같은 얼굴로 말을 걸었다. 내가 트리어라는 독일 마을 이름을 들으면 지금도 친숙한 기분이 드는 것은 그 때문인지도 모른다. 감독의 집안은 트리어에서 북유럽으로 이주해 왔기 때문에 그런 이름이 되었다고 한다.

나는 통신교육으로 고등학교 졸업장을 딴 뒤, 코펜하겐으로 유학을 떠날 결심을 했다. 국가장학금은 신청 기한이 지나서, 한 개인 자선단체가 후원하는 장학금에 응모했다. 곧바로 승인 답변이 날아왔고, 잉거 닐센이라는 이름의 부인이 나의 학비와 생활비를 대주기로 했다. '우선 어학 학교에서 덴마크어를 배운 뒤 대학에서 자연과학을 전공하고 싶다'고 편지를 썼다. 의학을 전공해 유령병원에서 근무할 생각은 없었지만, 그린란드는 의사가 필요하기 때문에, 의학 전공을 희망하면 유학길이 쉽게 열린다는 이야기도 들었다. 그래서 조금은 간사한 방법일지라도 '자연과학' 뒤에 괄호 치고 (예를 들면 의학)이라고 썼다. 사실은 동물학 같은 걸 공부해서 노후에는 고향으로 돌아와 해달이나 북극곰이나 고래를 관찰하며 살고 싶었다.

"외로워지면 당장 돌아와."

그렇게 말해준 친구의 이마에는 어린 나이에 어울리지 않게 세로 주름이 가 있었다. 나는 아직 고독이 무엇인지 잘 알지 못했기 때문에 불안하지는 않았다.

"따뜻한 나라에 가서 좋겠다."

그렇게 말한 여자애도 있었다. 우리들에게 덴마크는 남쪽 나라나 마찬가지였다. 북쪽에 위치한 나라치고는 난류의 영향으로 눈도 적게 오고, 몇 개월이나 겨울이 이어지는 일도 없었다.

코펜하겐으로 가는 직항이 없어서, 먼저 레이캬비크로 가야 했는데, 그것도 봄까지는 항공편이 없었다. 돈 많은 단체 관광객이나 정치가라면 전세기로 가겠지만, 나는 아버지 신용카드로 저렴한 티켓을 샀다. 인터넷으로 어학 학교 입학 수속을 하고, 기숙사에 살게 되었다. 옷가지와 사전을 스포츠 가방 안에 가득 채워 넣고, 여권과 지갑은 상의 안쪽 주머니에 넣었다.

구름 낀 하늘이 거대한 알루미늄 냄비 뚜껑처럼 공항 상공을 뒤덮고 있었다. 그것은 마치 기억 위에 내려앉은 커다란 뚜껑처럼 보였다. 그 뚜껑이 나의 기억을 덮어 보이지 않게 될 때, 비행기의 거대한 몸체가 나를 집어삼킬 거라고 생각했다. 다들 비행기는 철판과 나사를 조합해 인간이 만든 기계에 불과하다고 생각하겠지만, 이렇게 아름다운 형태가 태어났다는 것은 새의 영혼이 인간의 정신을 조작하여, 자신을 꼭 닮은 형태의 비행기를 만들도록 한 결과가 아닐까. 물론 인간들은 자기 의지로 비행에 적합한 형태의 기계를 만들었다고 믿고 있다. 그러나 실제로는, 비행기야말로 나를 구원하러 온 신화의 새인지도 모른다. 어머니는 나를 지켜줄 십자가를 선물해주었다. 아버지는 "몸 건강해라" 하고 아버지답지 않게 작은 목소리로 말했다.

코펜하겐에 도착해 가장 놀란 것은, 나는 거리를 보며 놀라고 있는데, 거리는 나를 봐도 전혀 놀라지 않는다는 사실이었다. 지나가는 사람들은 나를 빤히 쳐다보지도 않았고, "에스키모가 걸어 다니네" 하며 손가락질하는 아이도 없었다.

도시에 가면 차가 많을 거라고 멋대로 추측했었지만, 거리 중심부에는 자동차가 한 대도 없었다. 그 대신 자전거가 도로를 맹렬한 속도로 달려나갔다. 자전거에서 홀쩍 내려 서점이나 카페로 들어가는 사람들을 보니 다들 대단히 말라 있었다. 도시에는 단 음식이나 고기 요리가 넘쳐나서 모두 살이 쪘을 거라고 생각했는데, 반대로 '무가당'이라든가 '채식'이라는 말이 여기저기 보였다. 게다가 물가가 믿을 수 없을 만큼 쌌다. 자전거에 이동가판대를 달아 핫도그를 파는 사람이 있었는데, 가격을 보고 놀랐다. 소시지 통조림 한 캔에 우리가 지불한 가격을 생각하면, 혹시 통조림회사가 사기를 친 게 아닐까 싶을 정도였다.

또 한 가지 놀라운 사실이 있다. 이 나라에서는 뜨거운 음료가 아무리 기다려도 식지 않는다. 안이 훤히 들여다보이는 카페에 들어가 카페 소이 라테라는 음료를 시켜보았다. 표면의 두껍고 흰 거품 층 아래 숨겨진 액체는 혀가 델 정도로 뜨거웠다. 나는 문득 어떤 기억이 떠올랐다. 아직 초등학교에 들어가기 전 일이다. 할아버지가 나를 데리고 낚시하러 가서, 지표면에 쌓인 눈을 치우고 얼음을 파자 어두운 바다가 드러났다. 해수는 바깥 기온에 비해 훨씬 더 따뜻했다. 하지만 그날 낚은 물고기는 한 마리 뿐이었다. 어린 마음에도 이래서는 어업으로 생계를 유지할 수 없겠다고 생각했다.

뜨거운 음료를 잘 못 마셔서 한참 기다렸다 다시 커피 컵에 입을 대고 마셔보았는데, 거품 아래 커피가 여전히 뜨거웠다. 하는 수 없이 큰 유리창 너머로 바깥 거리를 내다보고 있을 때, "여기 앉아도 돼?" 하고 묻는 목소리가 들려서 고개를 드니, 내 또래 금발 여자와 눈이 마주쳤다. 그 애는 대답을 기다리지도 않고 내 옆자리를 장미향으로 점령했다. "뭐 마셔? 카페 소이 라테? 그런 거보단 클래식 카푸치노가 더 맛있는데. 내 이름은 안나. 오늘 화요일인가 수요일인가? 그런데 얼마 전 선거 결과가 말이야."

대화는 급속도로 진행되었다. 화젯거리에서 화젯거리로, 유빙에서 유빙으로 뛰어넘듯 이야기가 흘러가서 따라가는 것만으로도 숨이 찼다. 상대는 물론 내 모어가 덴마크어가 아니라는 사실을 금세 눈치챘을 테지만, 내가 어느 나라에서 왔는지는 물어보려고도 하지 않았다. 그런 걸 꼭 물어봐야 아느냐는 태연한 얼굴이다.

안나는 자기가 대학생이라 나도 대학생일 거라고 일방적으로 단정 짓고 있었다. 기분 나쁘다는 생각은 들지 않았다. "오늘 불교 용어 강의가 취소됐지 뭐야"라고 하며 마치 가족에게 하듯 자기 이야기를 했다. 도시에는 사기꾼이 있으니 누가 말을 걸면 조심해야 한다는 조언을 들어서 처음에는 경직되어 있었는데 곧 경계가 풀렸다. 안나의 눈동자는 마법의 거울이라, 거기 비친 내가 여태껏 만난 적 없는 매력적인 청년이라는 기분이 들게 했다. 그 사실이 어쩐지 견딜 수 없이 유쾌했다.

얼마 있다가 나는 아직 대학생이 아니고 어학 학교를 다니고 있다고 솔직히 말했지만, 안나는 그 말을 듣고도 딱히 실망한 기색이 없었다.

"나는 고전만화 연구회에 들어갔는데, 언젠가 데즈카 오사무의《붓다》를 원서로 읽는 게 꿈이야. 탄뎀 하지 않을래? 어디 살아? 엇, 벌써 시간이 이렇게 됐네! 수업 늦겠다. 조만간 전화해."

그러면서 서둘러 쪽지에 전화번호를 적어 건네주었다. 탄뎀이라는 말에는 어딘가 밀교의 냄새를 풍기는 성적 울림이 있어서 경계심에 전화는 하지 않았다. 한참 뒤에야 탄뎀이라는 게 서로 모어를 가르쳐주는 일이라는 걸 알았지만, 데즈카 어쩌고 하는 이름은 들어본 적도 없었다. 그보다 그 애는 그린란드어 같은 걸 공부해서 어쩌려는 거였을까.

나의 학비와 생활비를 대주는 닐센 부인을 처음 만났을 때는, 너무 긴장한 나머지 온몸이 삐걱대서 계단도 제대로 올라갈 수가 없었다. 모르는 사람 집에 들어가는 경험이 그때까지 한 번도 없었고, 여성이 혼자 사는 곳을 보는 것도 그때가 처음이었다. 처음에는 남편이 돌아가셨나 했는데, 남편 사진 비슷한 것은 보이지 않았다. 이혼했는지도 모른다. 서랍 위에는 귀여운 남자아이 사진이 놓여 있었다. 지금은 벌써 성인이 되어 언어학 연구를 하고 있다는 아들이 다섯 살 때 찍은 사진이라고 했다. 금발 웨이브머리에 볼은 통통하고, 눈동자에서는 파랑이 넘실넘실 흘러나올 듯했다.

나는 그 뒤로도 여러 번 닐센 부인의 집을 찾았다. 벨을 누르고 무거운 문을 밀고 들어가 3층까지 올라가는 사이 여러 종류의 향수 냄새가 났는데, 닐센 부인의 문 앞에 서면 향수는 단 한 종류가 되었다. 나는 직접 무거운 문을 밀고 안으로 들어가, 등 뒤로 문을 닫은 후 안쪽 거실까지 들어갔다. 닐센 부인은 커튼에 몸을 기대듯 붙잡고 창가에 서서, 고개를 조금 숙인 어두운 옆얼굴을 내게 보이고 있었다.

"안녕하세요."

내가 방문턱에 서서 말을 걸자, 고개를 휙 돌린 부인의 표정에 기쁨의 꽃이 피었다. 그때 신기하게도 서랍장 위에 놓인 생화의 오렌지색과 노란색이 갑자기 눈에 들어왔다.

"대학에서는 의학을 전공할 생각이니?"

몇 번째인가의 방문 때 닐센 부인이 내게 물었고, 나는 엉겁결에 고개를 끄덕이고 말았다. 그 뒤로도 찾아가서 같이 차를 마셨는데, 하루는 어디선가 전화가 걸려 왔다. 말투로 판단하건대 꽤 친한 사이인 것 같았다. 닐센 부인은 수화기 너머로 내가 의학을 전공한다는 이야기를 했다. 이건 아니다 싶어서 부인이 전화를 끊은 뒤, "아직 어학 수업을 듣고 있는 단계이고, 전공은 정해지지 않았습니다. 의학 전공을 희망한다고 해도 그 희망이 꼭 이루어진다는 보장도 없고요" 하고 말했다. 그러자 부인은 미소를 지으며 대답했다. "네가 바라는 일은 뭐든 현실이 된단다."

솔직히 말하면, 의학을 전공할 마음은 눈곱만큼도 없었다. 가능하면 환경생물학 같은 걸 공부하고 싶다고 생각하고 있었다. 그런 학문이 있다는 걸 안 것도 어학 학교에서 알게 된 조지라는 미국인 덕분이었다. 조지는 어느 날 수업 후 "그린란드에서 왔어?" 하고 내게 먼저 말을 걸어왔다. 내가 고개를 끄덕이자 기쁜 얼굴로 "우리 친구 하자"고 했다. 조지는 미국 서해안에서 나고 자랐다. 왜 덴마크에 왔냐고 물어봤더니, "대국주의에 염증이 나서 작은 나라에 살아보고 싶었거든" 하고 대답했다. 그렇구나, 미국 사람들은 자기네 나라가 크다고 생각하는구나. 타인의 머릿속은 예상도 하지 못할 생각으로 가득 차 있다. 대화를 하며 끄집어내다 보면 비로소 앗 하고 놀라게 된다.

그린란드는 덴마크 본토의 약 50배 면적을 갖고 있지만, 코펜하겐에 온 내게는 '작은 나라에 왔다'는 실감이 없었다. 본디 나는 국가라고 하는 틀이 제대로 머릿속에 들어오지 않았다. 처음에는 누가 어디서 왔느냐고 하면 "북극권"이라고 대답해서 다들 이상한 표정을 지었다.

조지는 이런저런 것들을 가르쳐주었다. 포스트식민주의라는 말을 처음 들은 것도 조지를 통해서였다. 조지는 또 이런 말도 했다. '에스키모'라는 단어가 차별어라면서, 그걸 단순히 '이누이트'라고 치환하고 만족하는 사람이 많은데, 엄밀한 의미에서는 모든 에스키모가 이누이트인 것은 아니다. 모든 집시가 로마는 아닌 것과 마찬가지다.

에스키모의 어원이 '날고기를 먹는 자'라는 설이 강했던 시대에는, 많은 사람들은 그것이 멸시의 표현이라고 생각했다. 그런데 언제부터인가, 에스키모는 '눈신발 끈을 묶는 사람'이라는 의미라는 설이 우세해졌다. '눈신발 끈을 묶는 사람'이라는 표현은 시적으로 들린다. 아시아에서는 순록 가죽으로 눈신발을 만든다고는 상상도 하지 못하는지, '짚으로 눈신발을 묶는 사람'이라는 의미로 해석해서 멋대로 친근감을 느끼는 사람들도 있다고 한다. 우리가 사는 곳에는 짚 따위 없다.

그보다 '날고기를 먹는 자'라는 말이 어째서 멸시를 뜻하는지

142

나는 이해가 잘 가지 않았다. 푹 삶아서 문적문적해진 음식을 먹는 편이 신선한 고기와 생선을 날것으로 먹는 것보다 비문명적이라고 생각한다.

조지랑 딱 한 번 격한 말싸움을 벌인 적이 있었다. "지구온난화 때문에 에스키모의 수렵문화가 위협받고 있어." 조지가 꺼낸 이 말이 발단이었다. 나는 갑자기 어머니에게 빙의된 사람처럼 말했다. "하지만 온난화 덕분에 채소를 재배할 수 있게 되었어. 무조건 옛날 생활을 고집할 필요는 없지." 조지는 조금 놀라며, "그래도 수렵문화가 너희 생활문화의 중심 아니었어? 그게 쇠퇴하는 건 지구온난화랑 동물보호단체의 압박 때문이잖아" 하고 반론했다. 이번에 나는 아버지에게 빙의된 사람처럼, "애초에 에스키모도 좋아서 사냥을 시작한 게 아니라, 필요최소한으로 동물을 죽이고, 고기는 보존식품으로 소중히 여기고, 그 가죽으로 자기 옷이나 신발을 만들었어. 그랬는데 외국에서 온 모피 상인들에게 속고, 협박당하고, 모피를 높은 가격에 팔 수 있는 해달 같은 동물을 닥치는 대로 죽이는 시대가 계속되었어. 가까운 곳에 사냥감이 없으면 멀리 원정을 갔지. 떠올리고 싶지도 않은 악몽 같은 시절이야. 우리는 그런 시절이 끝나서 안심하고 있어" 하고 대답했다. 아버지가 이런 이야기를 했을 때는 귀찮다고 생각하며 한 귀로 듣고 한 귀로 흘렸는데, 이제 와서 한 자 한 자다 기억나다니 신기하다. 게다가 '우리는' 어쩌고 하면서 모두의 대표가 된 것처럼 잘난 척 떠들고 있다. 조지는 내 기세에 놀라, "알았어, 알았어. 너의 견해가 더 깊다"고 말하며 퇴각했다.

조지는 에스키모 문화를 숭배했다. 캐나다, 러시아, 그린란드와 국경을 넘어 이토록 널리 퍼진 문화는 없다고 했다. 눈과 얼음이 문명의 모양을 이루고 있으니, 억지로 조국애를 만들어내거나, 비판적 정신을 가진 사람을 비국민 취급하며 나라를 통합할 필요가 없다. 그에 비하면 조지의 나라는 누구나 탐욕스러워질 수 있을 만큼 탐욕스러운 경쟁 사회여서, 그냥 놔두면 전체가 너덜너덜하게 무너져버린다. 그래서 정치가들은 화술과 카리스마를 갈고닦아 어떻게든 하나의 국가로 통합시키려 한다는 것이다.

나는 조지와 달리 바다 건너 모르는 나라를 비판할 동기가 전혀 없었고, 에스키모라는 데에 낭만이나 긍지도 없었지만 열등감도 없었다. 그랬는데 코펜하겐에 살면서 점차 민족이라는 긍지에 내몰리게 되었다. 사람들은 나를 보자마자 곧장 어떤 카테고리로 구분 지었다. 그 카테고리에 이름을 붙이자면, '아시아인'도 '이슬람교도'도 '유색인종'도 '이민자'도 아닌, 영락없는 에스키모다. 노점에서 핫도그를 사서 잔돈을 받을 때, 상대방의 눈동자 속에 '너희 에스키모도 이런 소시지를 먹어?'라고 하는 듯한 작은 놀라움이 엿보인다. 이발소에 가서 카탈로그 사진을 가리키며, "이렇게 잘라주세요"라고 하면, "너희가 만화영화 주인공 같은 머리를 좋아할 줄은 몰랐네" 하고 가위가 중얼거린다. 클럽에서 술을 주문하면, "너희 에스키모의 간에는 알코올 분해 효소가 없잖아. 이런 걸 마시다가는 쓰러져" 하고 바텐더의 눈에 쓰여 있다. 그래도 당당히 "어이, 에스키모 군!" 하고 말을 걸어준다면 다행인데, 아무도 그런 짓은 하지 않는다. 무자비하게 굴지는 않지만, 굳이 엮이지 않는 편이 낫다고 생각하는지 눈을 맞추려고 하지 않는다. 마치 에스키모라고 쓰인 막이 내 몸을 감싸고 있어서, 외부 시선은 막의 표면에 멈춰버리고, 더 깊이 들어올 사람이 아무도 없는 느낌이었다.

조지는 어학 수업을 마지막까지 듣지도 않고 미국으로 돌아가버렸다. "덴마크어 발음은 난이도가 너무 높아서 아무리 공부해도 늘지를 않아. 더 이상 노력을 해도 의미가 없어." 그렇게 말했지만 세계에서 영어를 배우는 사람들이 영어 발음이 어렵다고 쉽게 포기해버린다면, 영어는 이토록 보급되지 않았으리라. 조지도 조금만 더 노력을 했더라면 좋았을 텐데.

조지가 떠나자 나는 대화 상대가 없어지고 말았다. 친구가 필요했다. 거리에서 내게 말을 거는 사람은 종종 있었지만, 안타깝게도 상대는 늘 여자였고, 다들 링곤베리 열매 같은 새빨간 입술을 들이대고는, 내 얼굴에 달콤한 숨을 내뿜으며 이야기했다. 아무래도 나는 사랑받는 모양이었다. 주위 시선으로부터 애무를 받다 보니, 나의 외모가 점차 변해갔다. 귀를 가릴 정도로 머리를 기르고, 수염과 눈썹은 정성껏 잘랐다. 나의 속눈썹은 추위로부터 눈을 보호하기 위해 풍성히 자라 있었다. 덴마크 남성 가운데는 창백한 피부가 마음에 안 들어 일주일에 한 번, 벌거벗은 몸으로 거대한 토스트기 같은 기계 속에 몸을 누이고 피부를 태우는 사람도 있는데, 내 피부에는 애초에 금색과 갈색과 핑크색을 섞은 듯한 색이 들어 있었다. 나는 아침마다 거울 앞에 서서, 예전에 좋아하던 만화영화 주인공 같은 표정을 지어보곤 했다.

여자에게 인기가 있다는 건 기분 좋은 일이지만 교제를 하는 건 두려웠다. 덴마크에서는 여성이 사회에 나오면 거의 대부분 직업을 구할 수 있고, 안정적인 수입이 있다고 들었다. 남녀 구분 없이 빈부 차가 적었고, 특정 인물이 큰 영향력이나 권력을 쥐는 경우도 없었다. 그래서 교제 상대 남성을 고를 때, 상대방의 경제력이나 지위는 별 상관이 없었다. 출세욕이나 돈 욕심이 많은 남성은 오히려 미움을 받는다. 상냥하면서도 아이를 좋아하는 남성을 잡아서, 되도록 빨리 임신하기를 바라는 여성이 많다고 들었다. 나는 연애 상대가 임신을 해서 고향에 돌아가지 못하게 되는 상황이 무엇보다 두려웠다.

하루는 뜻밖에 동성 친구가 생겼다. 욘이라는 이름의 학생이었는데, 인류학을 공부했지만 장래에는 영화감독이 되고 싶다고 했다. 욘과는 무슨 이야기든 할 수 있어서, 여자친구를 사귀는 게 두렵다는 이야기를 했더니 욘이 웃으며 말했다. "요즘 세상에 임신했다고 결혼을 조르는 여성은 없어. 싱글맘이 무계급 사회에 살아남은 유일한 상류계급이라고 말하는 사람이 있을 정도니까. 한때는 싱글맘이 고생스러웠던 시절도 있었지만 말이야." 그 말에 내가 대꾸했다. "하지만 나는 내 아이와 아이 엄마만 남겨두고 나 혼자 그린란드로 돌아가기는 싫어. 가족이 다 같이 그린란드에서 살고 싶거든. 다시 말해 같이 그린란드에 가서 살 덴마크인 여성이 있을지 어떨지, 그게 고민이야." 욘은 놀란 표정을 지으며 말했다. "꼭 같은 곳에 살 필요가 있을까? 내가 유치원 때 엄마는 로스앤젤레스에 회사를 차렸고, 아버지는 홍콩에서 취직을 했지만, 두 사람은 이혼도 안 했고, 나는 2주에 한 번씩 비행기를 타고 왔다 갔다 했어. 그리고 대학은 로스앤젤레스도 홍콩도 아닌 코펜하겐으로 정했지. 아빠랑 엄마는 스웨덴 사람인데, 지금 북유럽에 사는 건 나뿐이야. 두 사람 다 바쁘지만 크리스마스에는 꼭 코펜하겐에 와. 그린란드는 바로 코앞이잖아. 매주 갈 수도 있을걸."

그런 이야기를 하는 동안 내 머릿속에서 세계지도가 차차 변화하기 시작했다. 그렇구나, 멀다고 여겼던 곳도 생각하기에 따라서는 그리 멀지 않구나. 게다가 나는 고향이라고 하면 곧장 작은 어촌을 상상하지만, 그린란드와 스칸디나비아 전체를 고향이라고 생각할 수도 있구나.

고향이 그립지는 않았지만, 갑자기 어떤 맛이 그리워질 때는 있었다. 바다의 맛, 바다에 사는 생물의 맛이다. 우리 집에서는 소시지 통조림이나 햄을 자주 먹었지만, 그래도 한 달에 몇 번씩은 어머니가 바다표범 고기를 냉동실에서 꺼내주었고, 그걸 아버지와 내가 해동해 먹었다. 생선도 가끔씩 낚이면 먹을 수가 있었다. 인터넷으로 주문해서 양식 연어를 먹는 일도 많았다. 여성이 시대 변화에 적응력이 더 좋은지, 어머니는 어느새 고기 같은 걸 거의 먹지 않게 되어서, 밭을 일구고 양배추나 감자뿐만 아니라 토마토와 양상추도 길러 샐러드도 만들게 되었다.

바다의 맛을 그리워하는 나에게 어학 학교에서 만난 인도인 여성 아닐라가, 날생선을 먹을 수 있는 '사무라이'라는 가게가 있다고 가르쳐주었다. 점심에 가면 비교적 저렴하다고 해서 오후 1시 무렵에 가보았다. 가게는 붐비고 있었고, 입구 근처에 서서 순서를 기다리는 사람까지 있었다. 나도 10분 정도 기다렸다가 2인용 테이블에 안내되어, 주문한 '런치세트 넘버 파이브'를 멍하니 기다리고 있는데, 비즈니스 정장을 입었지만 얼굴은 학생처럼 보이는 여성이 다가와 내 맞은편에 앉아도 될지 물었다. 타인과 마주 앉아 식사를 하는 건 불편했으나, 혹시라도 내가 만석인 레스토랑에서 동석하기를 거절당하면 슬플 거라고 생각하자 거절할 수가 없었다.

내 음식이 나왔고, 여성은 밥 먹는 나를 정면에서 거리낌 없이 빤히 관찰하면서, 눈이 마주칠 때마다 활짝 웃었다. 다행히 젓가락질은 가능했지만, 그 밖에 다른 식사 예절이 있다면, 나는 분명 잘못된 방법을 쓰고 있었을 것이다. 얼마 뒤 그 여성이 조금 특이한 덴마크어 발음으로, "생선을 사시미로 뜰 때는, 자르는 방법이 중요하죠?" 하고 물었다. 마치 내가 당연히 답을 알고 있다고 철석같이 믿는 말투였다. 하지만 사시미라는 건 뭐지. 지금 내가 먹고 있는 요리 이름은 스시라고 알고 있는데, 아무래도 틀린 모양이다. 메뉴 사진을 보고 번호로만 주문해서 잘 기억이 안 난다. 다행히 그때, "연어를 손질할 때는 칼날이 닿는 각도를 정확히 알고 있으면 편하다"는 아버지의 말이 기억났다. 늘 손질된 양식 연어만 먹어서 두꺼운 얼음 밑에 파묻혀 있던 기억이다. 어쩐 일인지 그날은 얼음이 녹았고, 연어가 기운차게 공중으로 뛰어올라 몸을 비틀었기에, 나는 자신 있게 대답했다.

"맞아요. 생선에 칼을 댈 때 각도가 정확하지 않으면 깨끗하게 잘리지 않죠. 그 뒤에는 어떻게 힘을 주는지가 중요해요."

"칼은 수분을 완전히 제거하고, 사라시에 말아서 보관하죠?"

"사라시?"

"나도 전통문화가 있는 나라에서 태어나고 싶었어요."

여자의 부모님은 덴마크인이었는데, 젊었을 때 미국으로 이주했다고 한다. 본인은 텍사스에서 태어났고, 지금 유럽 여행 중이다. 내가 스시의 나라에서 왔다고 착각한 것은 에스키모를 본적이 없기 때문이리라. 하지만 오해라고 해도, 이처럼 관심을 받고 이런저런 질문을 해오는 게 기분 나쁘지는 않다. 에스키모라고 중립적으로 무시당하기보다는, 이국적인 인간 취급을 받는 편이 즐겁다. 인도인 아닐라도 그런 말을 했다. 아닐라가 코펜하겐에 온 것은 런던에 질렸기 때문이었다. 런던에는 오래전부터 인도계 인간이 많이 살아서, 아닐라 같은 여성을 길에서 마주쳐도 아무도 관심을 가져주지 않았다. 그렇다면 평범한 여성으로 대우를 해주느냐 하면 그것도 아니어서, 상대방 눈빛 속에, '아, 인도인인가' 싶은 불이 켜지고 구분이 지어진다. 인도와는 400년 이상 가까이 지내고 있기에 더는 물어볼 것이 없다, 라고 생각하는 듯했다. 실제로 대부분의 사람은 인도 문화를 거의 몰랐지만, 이등 시민으로서 마치 그곳에 없는 것처럼 취급당하는 기분이 들었다. 그에 반해 코펜하겐은 인도인이 흔치 않기 때문에 인도에 대해 이런저런 것을 물어본다. 덴마크에는 인도를 식민지로 삼았던 꺼림칙한 과거도 없어서, 신선한 호기심에 죄의식이 브레이크를 거는 일도 없다. 상대가 인도인이라고 인도에 대해 이것저것 캐묻는 것은 차별이라고 말하는 사람도 있지만, 아닐라는 그런 차별이라면 괜찮다, 고 웃으며 말했다.

나는 '사무라이'에서 일하는 사람들의 얼굴을 슬쩍 관찰했다. 나와 동향이라고 해도 이상하지 않을 얼굴을 한 청년이 차를 날라 왔다. 카운터를 보고 있는 청년도 안경을 벗으면 내 어릴 적 친구와 닮은 얼굴을 하고 있다.

이튿날 낮, 다시 같은 레스토랑으로 향했다. 테이블 자리가 많이 비어 있었지만 카운터 쪽에 앉았다. 그러자 안에서 스시를 만들고 있는 요리사와 장국을 뜨고 있는 남자가 영어로 이야기하는 소리가 들렸다. "어째서 당신들 말로 이야기하지 않나요?" 하고 영어로 물으니, 스시를 만들던 사람이 웃으며, "나는 미국인, 이 녀석은 베트남인이야" 하고 대답했다. "그렇다면 에스키모도 이 레스토랑에서 일할 수 있나요?" 하고 물으니, "물론이지. 지금 마침 사람 손이 부족하니 사장도 좋아할걸" 하고 말해주어서 금세 결정이 났다. 그렇게 나는 어학 공부 틈틈이 '사무라이'에서 아르바이트를 하게 되었다. 그보다는 아르바이트 틈틈이 어학 공부를 하게 되었다고 하는 게 맞을지도 모르겠다.

부모로부터 물려받은 유전자 덕분인지 나는 수업을 빠져도 덴마크어 실력이 점점 늘어서, 일상 회화뿐만이 아니라, 신문이나 전공서적에 나오는 어려운 단어도 착실히 외워 스스로 사용할 수 있게 되었다. 가게 동료와 대화를 나눌 때 쓰는 영어도 다양하게 변화를 줄 수 있어서, 홍콩에서 온 젊은 비즈니스맨이나 캘리포니아에서 온 뮤지션 지망생을 연기하는 일도 가능하게 되었다.

널센 부인에게는 아르바이트를 한다는 말을 하지 않았다. 내가 나쁜 짓을 하고 있다는 생각은 들지 않았지만, 쓸데없는 걱정을 끼치고 싶지 않았기 때문이다. 내가 레스토랑 경영이나 요리에 얼마나 관심을 갖고 있는지 안다면, 부인은 내가 대학 진학을 포기하는 게 아닐까 걱정할 게 분명했다.

아르바이트에서 하는 일은 처음에 음식을 나르기만 해서 지루했는데, 나를 스시의 나라 출신이라고 믿어 의심치 않는 손님이 말을 걸어주는 게 즐거웠다. 어디 출신이냐고 물으면 처음에는 '도쿄'와 '교토'밖에 몰랐기 때문에 도쿄 사람과 교토 사람을 섞어서 연기했는데, 그것도 금방 질려서, 조금 공부를 해 '시모노세키'라든가 '아사히카와' 같은 대답을 하며 변주를 즐겼다. 핸드백에서 젓가락받침을 꺼내, "이걸 뭐라고 불러?" 하고 물어보는 손님을 만나 식은땀을 흘린 뒤로는 사전을 손에 넣어 물건의 이름을 외우기 시작했다. 독일어와 프랑스어는 각각 집중 강좌를 들어서, 말은 할 수 있게 되었다. 하지만 아무리 유럽어를 공부해도 내가 유럽인이라고 생각하는 사람은 없으리라. 언어의 습득으로 제2의 아이덴티티를 손에 얻는 편이 훨씬 유쾌했다. 물론 네이티브가 들으면 '하시오키'*라는 단어 하나에도 발음이 있어 금방 들키겠지만, 주위 사람들을 속일 정도는 가능할 것이다.

어학 공부로 제2의 아이덴티티를 획득할 수 있다고 생각하면 즐겁기 그지없었다. 실은 '아이덴티티'라고 하는 장황한 단어도 조지가 남기고 간 산물이었다. 에스키모라서 부끄럽다는 생각은 조금도 없었지만, 하나의 아이덴티티로 살다가 마침표를 찍는 인생이라니 너무 밋밋하고 단조롭다.

하시오키, 우루시**, 곤부***, 네기****. 신기한 발음 천지였다. 어딘가 먼 데로부터 들려오는 소리이면서, 어쩐지 그립다. 발음하고 있으면 쭉 잊고 지내던 어린 시절의 풍경이 떠오를 것만 같다. 그러나 그 풍경은 영상을 떠올리기 직전에 사라져버린다.

어느 정도 아르바이트에 적응이 되자 부엌에 들어가 냄비를

---

* 젓가락받침.
** 옻칠공예.
*** 다시마.
**** 파.

씻거나, 사전 준비를 할 수 있게 되었다. 중국 푸젠성 출신 요리사 초는 지식이 풍부하고 이야기를 좋아하는 사람이었다. 먼저 말을 걸어왔기 때문에 일에 방해가 되는 게 아닐까 하는 걱정 없이 자꾸자꾸 질문을 할 수가 있었다. 어떻게 하면 맛있는 장국 다시를 낼 수 있는지, 해초에는 어떤 종류가 있는지, 각종 생선의 특징과 손질 방법은 무엇인지, 생각나는 대로 물어보았다가 잠자리에 들기 전 공책에 적었다. 초는 내가 무슨 질문을 해도 아낌없이 지식을 나누어주었다.

그러던 어느 날, 초에게 스시 만드는 법과 맛있는 장국 우리는 법과 완벽한 두부튀김조림을 만드는 법을 누구한테 배웠느냐고 물어봤더니, 파리 호텔에서 근무하는 프랑스인에게서 배웠다고 했다. 내가 깜짝 놀라자, 수수께끼 같은 말을 뱉었다. "오리지널이 소멸된 뒤로는 최상의 카피를 찾는 것 외에 다른 방법이 없어." 나는 어쩐지 두려워져서 그 의미를 되물을 수가 없었다.

가게에 오는 손님 중에는 내게 불교에 대해 물어보는 사람도 많았다. 이유는 몰라도 덴마크인 여성은 다들 집이나 사무실에 부처님 마스코트를 장식해두는지 손가락을 복잡하게 말며, "이 모양은 무슨 뜻입니까?" 하고 내게 물었다. 좌선하는 사람도 많아서, "아무리 해도 결가부좌가 안 되는데 반가부좌를 해도 깨달음을 얻을 수 있나요?" 하고 물어보는 여성도 있었다. 나는 인터넷에서 검색한 지식을 주워 모아 대략적인 질문에는 술술 대답할 수 있게 되었다. 그런데 한 가지 이상한 일이 있었다. 한번 들어간 사이트가 며칠 뒤에 사라졌던 것이다. 내가 그 사이트를 방문한 게 계기가 되어 누군가가 고의로 삭제하고 있다는 생각이 들 정도였다. 그래서 중요한 내용이 나오면 반드시 공책에 옮겨 적게 되었다.

에스키모는 사실 스시의 나라에 사는 사람들과 유전자가 상당히 일치한다고 한다. 얼굴이 닮은 것도 이상하지 않다. 이러한 유사점은 긴 시간 역사라는 눈 속에 파묻혀 있었다. 피부가 추위에 노출되고 고기와 생선을 주식으로 삼는 우리 얼굴은, 쌀과 채소를 주식으로 삼으며 집 안에서 공부하고 일만 했던 스시의 나라 사람들 얼굴과 상당히 거리가 있어 보였다. 하지만 우리도 난방이 완비되고, 채소를 먹고, 무엇보다 컴퓨터를 마주하고 살게 되면서, 틀림없는 유사점이 얼굴 표면에 드러나게 되었다. 게다가 나 같은 인간은 의식적으로 만화영화 주인공 얼굴을 닮도록 이런저런 노력을 하고 있기 때문에 비슷해지는 것도 일리가 있다.

어학 학교 수업은 너무 간단해서 지루했다. 그래서 선생님과 상담해 시험을 앞당겨 치르기로 했다. 대학 신학기가 시작하기까지는 아직 세 달이나 남아서, 잠시 여행을 떠나 견문을 넓히고 싶다는 말을 닐센 부인에게 했더니, 부인은 흔쾌히 승낙했을 뿐만 아니라 여행 경비를 대주겠다는 말까지 했다. 현금이 아니라 유전자 머니다. 이게 있으면 외국 여행을 할 때도, 은행에 가서 머리카락 한 올을 제출하고 내 유전자를 확인해, 닐센 부인 계좌에서 돈을 인출할 수가 있다.

처음에는 덴마크를 둘러볼 생각이었지만, 어느새 독일과의 국경까지 와버렸다. 만약 개가 없었다면 국경이라는 사실도 모르고 안 쓰게 된 철도 건널목이나 뭐 그런 것인가 보다 하며 그대로 지나갔을 것이다. 길에 그어진 선을 넘는 순간, 셰퍼드 세 마리가 풀숲에서 튀어나와 나를 덮쳤다. 다행히 나는 개들하고 형제처럼 자랐기에, 개의 언어는 문제없이 소통이 가능하다. 상대에게 공격할 마음이 없다는 것을 곧바로 간파하고, 목을 껴안거나 머리를 쓰다듬으며, "너희들 지루하구나. 같이 놀까" 하고 말을 걸었더니 끊어질 듯 꼬리를 흔들며, 축축하고 긴 혀로 내 뺨을 핥았다. 오래전 경찰이 고용한 개들이 지금은 실업자 신세가 되어, 지루함을 못 참고 국경놀이를 하며 놀고 있었던 것이다.

나는 독일 북부 마을을 세 곳 정도 돌아다녔다. 스시 가게를 발견하고 한동안 일을 도우면서 잠자리와 식사를 해결했다. 독일어는 발음이 덴마크어보다 딱딱했지만 덕분에 잘 들렸다. 이미 머릿속에 들어온 문법의 레일 위를 문장이 전철이 되어 쾌적하게 달려나갔다. 이름을 물어보면 반드시 "텐조"라고 대답했다.

텐조라는 이름이 실제로 존재하는지 어떤지는 알 수 없지만, 그걸 판단할 수 있는 인간을 만나는 일은 없었다. 텐조(典座)란 선사에서 부엌을 담당하는 중을 이른다. 나는 사실 스시보다는 해초를 이용한 채식 메뉴에 관심이 있었다. 해초에서 감칠맛을 낼 수 있으면, 생선을 먹지 않아도 생선을 먹었을 때 느끼는 만족감을 얻을 수 있다. 미래에 물고기가 멸종되었을 때, 바다에 사는 식물로부터 어떻게 생선의 기억을 우려낼지가 요리사의 중요한 과제가 되지 않을까. 나는 그것을 '다시 연구'라고 불렀다. 에스키모의 기나긴 문화사를 되돌아보더라도, 국물을 우려내는 연구에 몰두한 사람은 내가 최초이리라.

지금도 잊을 수 없는 것은 후줌 스시 가게에서 들은 이야기다. 가게 주인은 하이노 피슈라는 이름의 독일인이었는데, 창업자 볼프 피슈의 손자였다. 늙은 볼프는 젊었을 때 킬 대학에서 조선업을 공부했고, 거기서 유학생 여럿과 친해졌다. 그중에 후쿠이에서 온 Susanoo라는 학생이 있었는데, 그 학생에게서 처음으로 스시 이야기를 들었다. 후쿠이의 후쿠는 글뤼크(행복)라는 의미이며, 다른 곳에서도 지명으로 후쿠를 많이 썼는데, 이름에 후쿠가 붙은 지역은 전부 풍부한 자연에 둘러싸여 있었다고 한다.

독일에도 글뤼크슈타트(행복 마을)라는 이름의 작은 마을이 있다. 거기서 10킬로미터 떨어진 곳에 오래전 원자력발전소가 지어져서, 반대 운동이 활발히 일어나며 유명해졌다. 이후 '행복 마을'이라는 말을 들으면 다들 원자력발전소를 떠올리게 되었다.

오래전 Susanoo의 고향은 해산물로 유명했다. 넓적한 생선, 뾰족한 생선, 등딱지가 있는 생물, 다리가 열 개인 연체동물, 줄무늬가 있는 거드름쟁이, 빨간 혁명가, 해저를 기어 다니는 수염 있는 녀석 등 다양한 생물을 바다에서 건져 올려 먹었고, 교토로 출하도 많이 했다고 한다. 그런데 그 해안선이 어느 틈엔가 불행한 발전을 이루어 '긴자'로 불리게 되면서 어업이 쇠퇴했다.

Susanoo의 집은 마을에서 간병 로봇을 만드는 작은 공장이었는데, 고향PR센터 로봇을 제작하는 일을 도맡아 하면서, 수입이 공장 배수처럼 콸콸 쏟아져 들어오게 되었다. 그래서 작업장을 대폭 확대하고 새로 종업원을 들였다. 고향PR센터에서는 로봇이 수영장에 그물을 던지거나 낚시를 하는 모습을 보여주면서, 아이들에게 물고기를 어떻게 잡는지를 설명해주었다. 그렇게 하지 않으면 어업이 사라진 현재, 아이들이 고향의 역사를 상상할 수 없기 때문이다. 어업뿐만이 아니라 농업도 거의 다 사라져서, 밭을 가는 기계나 벼를 베는 기계를 미는 로봇도 만들어졌다고 한다. 일찍이 고향을 빛냈지만 지금은 사라진 산업을 로봇이 재현하는 고향PR센터는 관광객을 매료시켰다.

Susanoo는 고등학생이 되어, 고향PR센터에 의문을 품게 되었다. 그 계기는 흰 가운을 입고 성실해 보이는 과학자 로봇이 새로 만들어진 것이었다. 이 로봇은 "어업과 농업은 인간의 문명이 발전하면서 어쩔 수 없이 사라지게 되었다"라고 아이들에게 설명했다. 어째서 로봇이 아니라 진짜 과학자가 와서 질문에 대답하지 않는가. 어째서 정치인이 아니라 과학자 로봇인가. 윤리 바깥에 있는 로봇에게 거짓을 말하게 하면서 책임을 떠넘기려는 것은 아닌가. Susanoo는 거짓말쟁이 로봇을 만드는 가업을 잇는 게 싫어서, 대형 객선을 만들어 해외와 교류를 활발히 하고 싶다고 생각했다. 그래서 조선학으로 유명한 킬 대학에 유학생으로 오게 된 것인데, 볼프와 친하게 지내면서, 같이 낚시를 가고, 요트를 타고, 보도 여행을 하는 사이에 차츰 기계가 싫어졌다. 대학은 졸업했지만 고향에 돌아가지 않고, 후줌에서 볼프와 함께 레스토랑을 열기로 했다. 어차피 할 거라면 새로운 걸하자 싶어, 모험심과 호기심에 스시 가게를 열었다. 그렇다 해도 개점 당시에는 '스시도 나온다'는 것뿐이고, 메인은 돼지고기 요리였다. 가벼운 맘으로 가게를 열었는데, 슬슬 인기가 올라가서, 매일 밤 만석이 될 정도로 평판 좋은 식당이 되었다.

한동안 평화롭게 바쁜 나날을 보내던 어느 날, Susanoo가 갑자기 남프랑스로 떠나버렸다. 홀로 남겨진 볼프는 외로움을 꾹 참고, 돼지고기를 굽고, 배운 대로 스시를 만들었다. 그러다가 마침내 결혼해서 아이도 세 명 생기고, 막내가 가업을 이어, 손자 세대가 된 지금에 이르렀다. 볼프는 1년 전 세상을 떠났다. Susanoo로부터 연락이 끊긴 지 오래지만 어쩌면 아직 살아 있을지도 모른다. "Susanoo는 어째서 갑자기 남프랑스 같은 곳으로 떠난 건가" 하고 내가 묻자 볼프의 손자는 어깨를 으쓱하며 이런 말을 했다. "아를 여자한테 홀려서 따라간 거지. 그나저나 너나 Susanoo나 가여워. 자기가 나고 자란 나라가 멸망했으니. 해외에서 살아남은 소수의 고향 사람들이 연락을 해서 네트워크라도 꾸리고 있는 거야?" 나는 숨이 멎을 만큼 놀랐다.

애초에 가본 적도 없는 나라이고 아는 사람도 없어서, '멸망했다'는 말을 들어도 딱히 슬픈 것은 아니었지만, 모처럼 제2의 고향으로 고른 나라가 멸망했다니. 심지어 이제껏 이야기를 나눈 사람들은 모두 그 사실을 알고 있었는데, 아무도 내 앞에서 그 말을 꺼내지 않고, 비밀스럽게 동정하며 이야기를 듣고 있었던 것이다.

물론 멸망설은 소문에 불과할지도 모른다. 뭔가 정치적인 이유로 그 나라가 세계로부터 고립되어 교류하지 않게 된 것인지도 모른다. 그 Susanoo라는 녀석을 한번 만나서, 자세한 내막을 들어보고 싶다. 여기서 아를은 꽤 멀지만, 일단 남쪽으로 내려가기 시작한 나는, 남쪽으로 가기를 점점 더 멈출 수 없는 기분이 되었다. 그래, 아를로 가자.

밤에 잠을 자려고 누우면 '남쪽'이라는 말이 나의 뇌리에서 마구 증식할 때가 있었다. 아무리 잘라내도 땅 위에 남쪽이라는 이름의 잡초가 자라나, 밖에서 방을 감쌀 정도로 키가 크고, 나중에는 문도 안 열려 밖으로 나갈 수가 없었다. 실내 온도가 하염없이 상승하고, 무더워지고, 벽이 땀을 뻘뻘 흘리고, 머리가 어질어질하고, 모공에서 뿜어져 나오는 땀 냄새가 어느새 정자 냄새로 변화하여, 응애, 응애, 하고 사방에서 아기 울음소리가 들려온다. 여기도 저기도 전부 다 내 아기다.

후줌에서는 일이 끝나면 밤의 항구를 산책하다가, 빛의 기둥처럼 보이는 물에 반사된 배의 등불을 하염없이 바라보기도 했다. 북독일 마을은 각각 특색 있고 아름답지만, 익숙해지면 어느 마을이나 다 비슷하다. 그뿐 아니라 덴마크와 북독일도 그리 다르지 않다는 느낌이 들었다. 내가 꿈꾸던 것은 완전히 이질적인 세계다.

어느 날, 손님이 소설 한 권을 의자 위에 두고 갔다. 페이퍼백 표지는 뒤로 젖혀지고, 빛이 바랜 페이지가 천처럼 부드러워져 있었다. 다음에 그 손님이 오면 돌려줄 생각으로 카운터 옆에 두었는데, 심심할 때 팔락팔락 펼쳐서 여기저기 골라 읽는 사이 푹 빠지고 말았다. 로마제국을 무대로 한 역사연애소설이었는데, 그 안에 이런 구절이 있었다. "이민족의 딸이 율리우스의 마음을 사로잡아 사랑이 하염없이 팽창해가듯, 로마제국도 국경을 모르고 쉼 없이 팽창해갔다. 이 나라 영토는 그레이존으로 둘러싸여 있어서, 누가 로마에 종속되어 있고, 누가 외부인인지 확실치 않았다. 그 상태로 그레이존이 확장되었다. 머나먼 땅 출신자도 어느새 로마의 중심에 들어와 최상위계급까지 출세하는 일도 있었다." 만약 그런 공동체가 있다면 가보고 싶다. 한참 전 지나간 시대의 이야기이기는 하지만, 한번 존재한 것이 완전히 사라질 리가 없다. 찾아보면 지금도 반드시 로마제국이 유럽 어딘가에 존재하지 않을까.

그날 밤은 불길한 소리를 내는 태풍이 마을을 배회하여, '영업 중'이라는 팻말을 내걸어도 손님이 한 명도 오지 않았다. 그러는 사이에 빗줄기가 거세게 모로 내리치기 시작했다. 한 시간 정도 지나자, 젖어서 검게 빛나는 코트를 입은 손님이 누가 추격해 오기라도 한 것처럼 숨을 헐떡이며 서둘러 가게로 들어왔다. 책을 두고 간 손님이었다. 코트를 벗어 옷걸이에 걸고는, 가게 제일 안쪽 자리에 앉아, 술과 캘리포니아롤을 주문했다. 표정이 어두웠다. 내가 술병과 잔을 가져다줄 때 같이 책을 가지고 가서 건넸더니 손님의 얼굴이 환하게 밝아지며 친근하게 말을 걸어왔다. "자네 여기서 오래 일했나. 사실 나는 새우도 조개도 오징어도 연어알도 잘 못 먹어. 스시에 들어가는 재료 중에 제일 좋아하는 게 아보카도, 그다음이 계란말이, 좋아하는 생선은 연어 정도야. 자네 시각으로 본다면 스시 손님으로는 실격이겠지. 하지만 이 가게는 좋아하네." 나도 한가했기 때문에 이런저런 이야기를 주고받았다.

남자의 이름은 파비안, 나이는 서른 살이고 트리어라는 마을 출신인데, 사정이 있어 북독일에서 취직을 했다고 한다. 자기 나라 자랑은 쉰 살 넘어서나 하는 줄 알았는데 어쩐지 파비안은 나를 상대로, 마치 떠나왔어도 잊을 수 없는 애인 이야기라도 하듯 열심히 트리어 이야기를 시작했다. 이날은 뭔가 기분 나쁜 일이 있어서, 갑자기 트리어가 그리워진 것인지도 모른다.

트리어에는 바실리카라는 건물이 있다. 그 앞에 서는 것만으로도, 자신이 로마제국에 살고 있는 것만 같은 생생한 기분이 든다고 파비안은 말했다. 지금 살고 있는 후줌에서는 살아 있다는 실감이 잘 느껴지지 않는다. 일이 끝나면 맨션 방으로 돌아와 잠을 청할 뿐이다. 그러나 바실리카를 떠올리면, 발뒤꿈치에 돌길의 감각이 살아나고, 손바닥에 돌로 만든 벽이 느껴진다. 그리고 흙과 철이 뒤섞인 공기 냄새와 노골적으로 드러난 태양광, 짙은 녹색의 잎, 살이 타는 냄새, 나른한 와인의 향기, 코를 찌르는 식초, 여성의 체취 등이 몸을 감싼다. 트리어에는 바실리카뿐만 아니라, 앞에 서 있는 것만으로도 별세계에 데려다줄 것 같은 유적이 여럿 남아 있다. 그의 이야기를 들으면서 나는 트리어라는 마을에 꼭 가보고 싶어졌다.

나는 후줌과 작별을 고하고, 히치하이크로 트리어에 다다랐다. 풀다까지는 조용한 트럭 운전수가 태워주었는데, 그 뒤로는 같은 방면으로 가는 차가 나타나지 않아서, 지그재그로 나아가게 되었다. 게다가 마지막에 탄 아우디 운전자가 갑자기 광활한 목초지 한가운데 차를 세우더니, "문득 노모 댁에 들르고 싶어졌어. 여기서 들어가는 골목길 안쪽에 살고 계시거든. 그냥 지나칠 생각이었는데 갑자기 마음이 바뀌었어. 미안하지만 여기서 내려주게" 하고 나섰다. 슬슬 해가 져서 지나가는 차도 없었기에, 나도 같이 데리고 가달라고 부탁했지만, 남자는 냉정히 거절했다. 분명 어머니가 아니라 남편이 외출 중인 유부녀라도 만나러 가는 것이었으리라.

어디 하룻밤 묵어갈 따뜻한 창고라도 없을까 기대하며 터벅터벅 길을 걷는데, 앞에서 작은 승용차 빛이 다가왔다. 서둘러 길 한가운데로 달려가, 두 손을 와이퍼처럼 흔들며 차를 세웠다. 급브레이크를 밟는 쇳소리에 이어 차가 멈추었다. 운전을 하고 있던 사람은 금발을 짧게 자르고 비즈니스맨 같은 양복을 입은 남성이었다. 울음이 터져 나올 것만 같은 목소리로 "타도 될까요?" 하고 물어보았다. "어디로 가십니까?"라고 하기에, "트리어"라고 솔직히 대답했다. 남자는 굳었던 얼굴을 찡그려 미소를 지으며 말했다. "그것 참 우연이네요. 타십시오."

'우연'이라는 건 그 사람도 트리어 방면으로 가고 있다는 의미로밖에 받아들여지지 않았기에 나는 운명에 감사하며 차에 올랐다.

남자는 이름이 율리우스라는 것 이외엔, 자기 이야기를 하지 않았고, 트리어에 무엇을 하러 가는지, 출신지는 어딘지, 그런 누구나 할 법한 질문을 전혀 하지 않았다. 좌우로 검은 초원 같은 바다가 펼쳐져 있어서, 흰 눈 없는 세계란 이토록 어두운 것인가 하고 섬뜩한 생각이 들었다. 라이트가 비추는 단조로운 도로로 뛰어들었다 순식간에 도망치는 작은 동물의 검은 그림자에서, 나 자신의 모습을 발견하기도 했다. 그사이 나는 꾸벅꾸벅 졸다가 어느 틈엔가 푹 잠이 들고 말았다. 눈을 뜨자 차는 멈춰 있었고, 운전수는 자취를 감추었다. 주변은 새까맣고, 사람이 사는 빛도 없었으며, 어렴풋이 나무의 그림자가 보였다. 내려서 용변이라도 보나 보다 하고 기다렸지만 돌아오지 않았다. 이름이 율리우스였던가. 뭐라 말할 수 없는 불안감이 엄습해 눈앞의 서랍을 열어보았는데, 안에는 지도나 서류뿐만 아니라 컵 한 잔 분량 정도 되는 재가 나왔다. 숨이 막힐 듯하여 서랍을 닫고 차에서 내렸다. 싸늘한 공기 중에 어렴풋이 연기 냄새가 섞여 있다. 문득 자동차 유리창을 통해 안을 보자, 뒷좌석에 두었던 내 배낭이 없다. 그런 걸 훔치고 차를 두고 간다니 말이 안 된다. 배낭 속에는 갈아입을 옷과 책밖에 없다. 그때 나는 전에 읽은 추리소설을 생각해내고는 가슴이 철렁 내려앉았다. 어쩌면 율리우스는 훔친 물건을 혼자 차지하고 도망치다가, 동료에게 쫓기고, 차에서 끌려 나와, 밤의 초원 어딘가에서 피를 흘리며 쓰러져 있는 게 아닐까. 율리우스의 동료는 내 배낭에 훔친 물건이 있다고 착각하고 들고 도망친 것이 아닐까. 그 외의 시나리오는 떠오르질 않았다.

나는 차 문도 닫지 않고 그대로 걸었다. 지평선에 어렴풋이 불빛이 보였다. 그 밖에 표지가 될 만한 것은 없었다. 어둠이 어깨에 무겁게 내려앉았고, 불안이 무릎관절을 뻣뻣하게 했다. 나는 그저 아무 생각 없이 터덜터덜 외길을 걸어나갔다.

이윽고 하늘이 밝아올 무렵, 트리어 마을이라는 이름이 적힌 도로표지판이 눈에 들어왔다. 드문드문 집들이 있고, 자동차 엔진 소리가 들리며, 새 지저귀는 소리가 두통처럼 뇌를 찔렀다. 자전거 탄 여성이 바로 옆으로 지나가며, 살짝 앞에서 한 발을 지면에 대고 자전거를 세우고는 뒤를 돌아보더니, "괜찮으세요?" 하고 물었다. 나는 젖 먹던 힘을 짜내 억지로 웃으며, "술집에서 장기 체류한 걸 후회하고 있어요. 집은 바로 요 앞입니다" 하고 대답했다. 어딘가에 드러눕고 싶었지만, 벤치도 없고, 호텔 간판도 눈에 들어오지 않았다.

그때 고대 로마제국 공중목욕탕 벽이 눈앞에 나타났다. 꿈이라도 꾸는 게 아닐까 싶었다. 나는 빨려 들어가듯이 중앙으로 들어갔다. 고대가 얼마나 빛났는지를 보여주는 돌계단이 있다. 이 계단을 내려가면 공중목욕탕이 있고, 몸에 흰 천을 두른 남자들이 포도주를 마시며 정치를 논했을 터다. 일정한 간격을 두고 돌에 물방울이 떨어지는 소리가 들린다. 그때 눈앞이 흐릿해지면서, 발목에 힘이 빠져 휙 꺾였고, 몸이 비틀리듯 넘어져 계단에서 굴러 떨어졌다. 그리 긴 계단은 아니었지만 제일 아래까지 떨어져서, 다시 일어서려 했을 때는 발목에 불이 붙은 것처럼 아파 나도 모르게 강아지 울음소리 같은 신음 소리를 내고 말았다. 누군가가 내 머릿속을 스푼으로 마구 휘젓기 시작했다. 나는 다리를 절며 안으로 나아갔지만, 힘에 부쳐 얼마 못 가 정신을 잃었다.

그게 카이저테르멘이라는 이름의 공중목욕탕 유적이고, 실제 로마 유적이라는 사실은 나중에 알았다. 우연히 그 시간에 나를 발견해 도와준 노라라는 이름의 여성은, 이제껏 내가 만난 그 어떤 여성과도 달랐다. 그 여성은 주변에 있는 물건을 전부 자기 의지대로 움직이게 만드는 힘이 있었다. 노라가 담요를 손에 쥐면 담요는 노라의 심복이 되어 나의 신체를 따뜻하게 하기 위해 움직였다. 노라가 '붕대'라고 부르자 처음으로 붕대가 붕대답게 보였다. 노라가 방에 들어오면, 노라의 몸 자체가 내가 있는 공간이 되어, 가구나 창문은 드러나지 않는 삽화처럼 안으로 숨어버린다. 나는 압도되었다. 그때까지 가벼운 기분으로 사용했던 '귀여워'나 '친절해'나 '미인' 같은 장식적인 문구가 쩨쩨해지면서 졸지에 다 날아가버렸다.

내가 아무 생각 없이 테이블 위에 올려둔 한쪽 손에 노라가 자기 손을 포개면, 테이블이 생명을 얻어 깊은 곳에서부터 빛이 났고, 쓰러진 컵에서 모젤강이 흘러나왔다. 강물 속에서는 무수한 빛의 아이들이 춤을 추었다. 모두 우리들의 가족이었다.

쾌락의 강에 푹 빠져 있으면서도 동시에, 나는 내가 노라가 만든 작은 로마제국의 일부가 되어가고 있다는 데 불안을 느끼기 시작했다. 무엇을 하든 그것이 나의 의지인지, 노라가 계획한 것인지, 구별할 수 없게 되었다. 내가 나임을 지킬 수 있는 유일한 영역은 코펜하겐에 올 때까지의 기억이었다. 노라는 내가 스시의 나라에서 왔다고 멋대로 믿고서, 에스키모인 나에 대해 잘못 알고 있다.

　두 사람이 하나가 되어버리는 일은 두렵다. 노라가 커피를 한 모금 마시는 걸 보는 것만으로도, 나의 입 속에 커피 맛이 번졌다. 노라가 눈을 뜨면, 나도 눈을 떴다. 노라가 공복을 느끼면, 나도 위에서 꾸르륵 소리가 났다. 우리는 두 사람이면서 한 사람이었다. 그러니 노라가 제대로 된 일을 할 수 있는 것만으로도 충분했고, 나는 일자리를 찾을 수가 없었다. 이런 일은 처음이었다. 나는 조바심이 났다. 바나나 한 개를 살 때도 노라에게 돈을 받아 샀다. 닐센 부인 계좌에서 돈을 인출할 수도 있었지만, 코펜하겐으로 돌아가겠다고 약속한 날은 이미 한참 전에 지나버렸고, 이대로라면 장학금 사기에 걸린다. 나를 인질로 삼고 있는 것은 노라인가, 로마제국인가. 몸부림을 쳐서 가능한 한 빨리 북유럽으로 돌아가야 한다.

　노라는 일자리를 찾지 못하고 썩어가는 나를 눈치채고, 우마미 페스티벌을 제안했다. 나는 우마미에 대한 흥미로운 이야기를 할 자신이 있었고, 계속 아무것도 하지 않고 노라의 집에 얹

혀살 생각은 없었기 때문에 찬성했다. 다만 한 가지 불안한 점이 있었다. 혹시라도 이벤트에 정말로 스시의 나라에서 온 사람이 참가한다면 어떻게 대처해야 할까 하는 점이었다. 나의 정체는 탄로 날 것이다. 노라는 내가 엄청난 거짓말쟁이라는 사실을 알고 헤어지자고 할 것이 뻔하다. 이상하게도 노라로부터 도망치고 싶다는 기분과, 노라와 헤어지는 게 두렵다는 기분이 비례하여 막상막하로 팽창해갔다.

나는 밤에 잠도 이루지 못하고 막다른 길로 내몰려, 어떻게 하면 도망칠 수 있을까 하고 머리를 짜낸 끝에, 오슬로에 가야 한다고 노라에게 선언했다. 완전히 헤어지지는 않더라도 우선은 거리를 둘 수가 있다. 인터넷으로 찾아보고, 실제로 오슬로에 있는 '시니세 후지'라는 레스토랑에서 요리 경연 대회가 열린다는 사실을 알아냈다. 코펜하겐으로 도망치면 노라가 쫓아왔을 때 내 신분이 드러날 우려가 있고, 아를에 가려면 파리행 열차를 타야 했기에 노라가 역까지 따라와 억지로 같이 올라탈지도 몰랐다. 그렇다고 뭄바이나 홍콩까지 도망칠 돈도 없고, 그렇게 먼 곳까지 가고 싶지는 않았다. 노르웨이라면 거리가 딱 좋다.

노르웨이로 결정한 진짜 이유가 사실 다른 데 있었다는 것을 깨달은 것은 한참 뒤였다. 'NORWAY'의 앞의 두 글자 NO가, '노'라는 나의 기분과 마침 딱 들어맞았던 것이다.

6장

Hiruko는 말한다(2)

하늘을 올려다보는데, 그 파랑 탓에 가슴 깊숙한 곳이 텅 비어간다. 은빛 5층 건물에는 로봇의 눈동자 같은 사각 창문이 시원스레 나 있고, 그 창문에도 파란 하늘이 비치고 있다. 안에 사람이 살고 있을 테지만 나는 모르는 사람이며, 한평생 알 일도 없으리라. 이웃한 건물은 높이만 같을 뿐 분위기가 전혀 다르고, 자주색 외벽에 투명한 발코니가 규칙적인 리듬을 이루고 있다. 거기에 작은 테이블을 내놓고 자동차 소리 같은 건 안 들리는 척하며, 함께 조용히 차를 마실 친한 사람이 있는 것도 아닌데 도착해버린 이 마을은, 모든 선과 각도가 흔들림 없이 냉정하게 계산되어 솜씨 좋게 아름다움을 만들어내고 있었다.

무관심한 얼굴로 길을 가는 보행자의 발걸음이 조금 빠르다.

내부가 어두운 가게, 셔터를 내린 가게. 멈춰 선 자동차 안에서 밖을 관찰하는 매서운 눈초리의 남자들이 있다.

이미 오슬로 공항에 도착했을 때부터 낌새가 이상했다. 공항 여기저기 경찰이 서 있고, '국경'이라고 적힌 창구에 줄이 길었다. 북유럽 내를 이동할 때는 본래 입국심사를 하지 않는다.

"이 여권은 갱신 기한이 지났군요."

"갱신 불가능."

"이유는?"

"국가가 소멸. 나는 덴마크 거주 허가를 받았다."

나는 심사원에게 가지고 있는 서류를 전부 보여주었다. 공무원을 상대로 이야기할 때면, 판스카가 믿음직스럽지 않게 들린다. 가느다란 실을 꼬아 겨우 만든 공예품과 같은 언어의 아름다움이, 넉살 좋고 힘 있는 언어에 짓밟혀 뜻이 제대로 전해지지 않을 것만 같다.

"일하는 곳은?"

"메르헨 센터."

"사무를 봅니까?"

"종이에 동물 그림을 그린다. 이민 아이들에게 동화를 읽어준다."

공무원은 내 설명을 더 듣는 것이 귀찮았는지 시선을 돌리며 쾅 하고 큰 소리 나게 스탬프를 찍어주었다.

통로 곳곳에 총을 쥔 제복 남성들이 배치되어 있었다. 경찰이 아니라 군복 같은 것을 입고 있었다. 그쪽을 보지 않으려고 일부러 고개 숙여 걸었다. 일종의 경직 상태가 내 다리에 보이지 않는 깁스를 채웠다.

극장 앞에서 전철을 내려 밖으로 나가니 매점이 있었다. 형형색색의 껌과 신문 사진 너머 점원의 얼굴은 산뜻했고, 별자리처럼 난 주근깨가 젊은 여성의 매력을 한층 돋보이게 했다. 그 여성에게 '시니세 후지'가 어디 있는지 물으니, 위치를 찾아 지도를 인쇄해주었다.

"고마워요. 노르웨이인은 친절."

내 말에 여성의 얼굴이 복잡하게 일그러지며,

"살인자도 있어요. 테이크 케어!"

하고 뜻밖의 말을 던졌다.

땅과 물이 밀치락달치락하는 마을 한 귀퉁이에 적갈색 목재로 만든 커다란 테라스가 있었다. 그 위는 스커트를 펼치며 앉은 여자아이 같은 유리 건물이었다. 유리로 된 벽으로 둘러싸인 팔각형 건물로, 지붕은 남성 기모노에 묶는 '가쿠오비'*처럼 보였

---

* 폭이 좁고 빳빳한 남성용 기모노 허리띠.

다. 그런 단어는 이미 잊고 지낸 지 오래다. 조만간 텐조를 만나 대화를 나누면, 머릿속 연못이 마구 뒤섞여 이제껏 바닥에 가라앉아 있던 단어도 수면으로 떠오르리라.

가까이 다가가니 '레스토랑'이라고 쓰인 간판은 눈에 들어왔지만 영업은 하지 않는 듯했다. 유리창 너머로 가게 안을 들여다보는데, 검은 옷을 입은 젊은 남녀가 한쪽 구석에 낮은 무대를 만들고 있었다. 안쪽에는 카운터석이 있고, 그 맞은편에 '스시'라고 쓰인 남색 포렴이 걸려 있었다. 포렴이라는 말도 안 쓴 지 오래다. 포렴 너머가 부엌이었고, 그 안에서 머릿수건을 두른 남자가 혼자 서서 일을 하고 있었다. 나는 그 사람이 텐조인지 아닌지 알아보기 위해 유리창에 코가 닿을 만큼 얼굴을 가져다 대고 보았지만, 곧 모습이 보이지 않았다.

등 뒤로 다가오는 경찰관의 모습이 유리창에 비쳤다. 나는 뒤가 켕길 일도 없으면서, 쫓기듯 가게 안으로 들어갔다. 테이블을 옮기던 청년이 내 쪽을 보기에 물어보았다.

"텐조, 여기 있나요?"

텐조라는 이름을 특히 정성스럽게 발음했다.

청년은 무표정한 얼굴로 고개를 가로저었다.

"오늘 밤, 여기서 이벤트? 어떤 이벤트?"

상대방은 어깨를 으쓱할 뿐 대답하지 않았다. 나는 포기하고 밖으로 나갔다. 군복을 입은 남자들은 이제 보이지 않았기에 안심하며 벤치에 앉아 버려진 신문을 손에 들고 펼쳐보았다. 1면에 오렌지색 작업복을 입은 사람들이 잿빛 잔해를 정리하는 사진이 실려 있었다. 폭파 사건이 있었던 것 같다. 신문을 거기 두고, 대피소를 찾아들듯 다시 레스토랑 안으로 들어갔다. 두 청년이 의자를 놓고 있었다. 그 작업을 멍하니 보고 있으려니까 작업이 끝나서, 나는 제일 뒷줄 의자에 앉았다. 그 자리에서 계속 기다렸지만 텐조의 모습은 보이지 않았고, 크누트나 노라도 오지 않았다. 밖이 어스름해져서 우선 혼자 숙소를 찾아 나섰다.

카운터에서 커피를 마시며 쉬고 있는 청년에게 근처에 저렴한 숙소가 없느냐고 물었더니, 곧바로 연필을 손에 쥐고 솜씨 좋게 지도를 그려주었다. 이처럼 쉽게 지도를 쓱쓱 그리는 사람을 본 지도 아주 오래되었다. 어쩌면 건축가 지망생인지도 모른다. 선이 정확했고 적어준 도로 이름도 읽기 쉬웠다. 그 지도만 따라간다면 헤맬 여지가 없었다. 좌우로 늘어선 건축물들은 세련된 우등생 같았고, 벼락부자가 지은 것은 결코 아니었다. 돈에 여유가 있으면서도 겸손하고 세련된 마을이었다.

그런데 걷다가 문득, 외따로 가난한 부모를 둔 아이 같은 집이 보였다. 벽돌도 아니고 콘크리트도 아닌, 나무로 지은 단층집이었다. 빼곡히 붙어 있는 붉은 널빤지도 색이 바래고, 창틀의 흰

페인트도 벗겨져, 애처로울 정도로 허름한 모습이었다. 유리창을 경쟁적으로 크게 내는 요즘 시대에는 이상하게 보일 정도로 창문이 작았고, 심지어 얼룩져 지저분했다. 다가가 안을 들여다보니, 천장이 낮은 방구석에 턱수염을 기른 남자가 혼자 앉아 있었다. 옆으로 돌아가자 입구가 있었고, 흰 초크로 'HOTEL'이라는 다섯 글자가 아이들 낙서처럼 삐뚤빼뚤하게 쓰여 있었다.

용기를 내 벨을 누를까 했는데, 벨이 없어서 노크를 했다. 안에서 대답이 들렸지만 어느 나라 말인지 알 수 없었다. 하지만 노크 소리를 듣고 "들어오지 마"라고 대답하는 사람은 없을 터라, 아마도 "들어오세요"라는 의미일 거라고 멋대로 해석하고 문을 밀며 안으로 들어갔다. 들어가고 난 뒤에야 노크를 듣고도 불친절한 목소리로 "아무도 없습니다"라고 대답하는 사람도 있을 거라는 데 생각이 미쳤지만 되돌리기에는 이미 늦었다.

남자의 피부는 반들반들하고, 피가 잘 통해 발그스레했으며, 고드름이라도 늘어뜨린 것 같은 턱수염을 기르고 있었다. 떡갈나무 테이블 위에 스케치북을 펼쳐두고 열심히 들여다보고 있었다. 내가 다가가도 눈을 들지 않았다. 역시 들어오지 말 걸 그랬나. 밤이 되기 전에 묵을 곳을 찾아야 한다. 의지할 사람 하나 없는 마을이 아닌가. 그런 조바심이 나를 대담하게 만들었다.

"여기는 호스텔?"

내가 묻자 남자는 고개를 끄덕이며, "3호실" 하고 대답하며 턱짓으로 안쪽 문을 가리켰다. 말수가 없는 남자다.

안쪽 문을 밀고 들어가자 천장이 더 낮아진 것만 같았다. 좌우로 작은 문이 늘어서 있었다. 자세히 보니 각 방에 우표 크기의 번호표가 붙어 있었는데, 1, 9, 2, 6 등 순서가 제멋대로여서 3을 곧바로 찾을 수 없었다.

제일 안쪽 방이 3호실이었고, 바깥으로 열쇠가 꽂혀 있었다. 창문은 작고 빛이 잘 드는 듯 보이지는 않았다. 하지만 목재가 따뜻한 빛을 발하고 있어서 그리 어두운 인상은 아니었다.

짐을 의자 위에 올려두고 남자가 있는 곳으로 돌아갔다. 스케치북은 덮여 있었고, 표지에 그림엽서 한 장이 놓여 있었다. 들여다보려고 하다가 남자와 눈이 마주쳐 황급히 눈길을 돌리자, 남자는 내게 직접 그 엽서를 건네주었다.

겨울 풍경 그림이었다. 눈은 어렴풋이 노란빛이 도는 달콤한 색을 띠고 있었다. 까치 한 마리가 접힌 사다리처럼 생긴 물건 위에 앉아 있다. 배를 대고 앉아서 다리는 보이지 않는다. 나의 시선은 다리를 살포시 감춘 날개에 머물러 있었다.

"무얼 보는가?"

고개를 들자, 호기심이 가득한 남자의 눈과 마주쳤다. 내 입에서 돌연 판스카가 흘러나왔다.

"이 새는 다리가 없다. 화가는 다리를 그리지 않았다. 나도 새의 다리를 그리지 않았다. 그 새는 학이었다. 동료는 집오리라고 했다. 내가 다리를 그렸다. 동료는 학이라는 걸 이해했다. 학이라고 인식하게 만드는 일은 예술이 아니다. 나는 잘못 알고 있었다."

남자는 놀란 눈으로 내 얼굴을 보며, 처음으로 인간을 발견한 사람처럼 오른손을 뻗어, "클로드"라고 자기 이름을 밝혔다. 나는 그 손을 마주 잡으며, "Hiruko"라고 이름을 댔다. 남자가 쓰는 노르웨이어는 알아듣기 쉬웠다.

"나의 선조는 남프랑스에서 오슬로로 건너왔어. 이곳은 빛이 아름답지. 지중해의 빛도 분명 아름답지만, 느긋하고 꾸물거리고, 너무 방심한 탓에 탁해. 그와 달리 스칸디나비아의 빛은 투명하고 게다가 시시각각 바뀌지."

"어째서 오슬로?"

"이곳에는 후지산이 있으니까."

나는 가슴이 철렁했다. 오슬로에 후지산이 있을 리가 없다. 하지만 후지산이 하나밖에 없다고는 단정할 수 없다. 그러고 보니 노라가 '시니세 후지'를 잘못 발음해서 '니세 후지'라고 불렀었다. 어딘가에 진짜가 있고, 여기는 가짜가 있다고 한다면 납득할 수 있다. 하지만 만약에 진짜로 후지산이 여기밖에 없는 거라면. 어째서 오슬로에 후지산이 있느냐고 묻는 게 두려워졌다.

"지금, 나간다. 친구를 만난다."

나는 그 말을 남기고 밖으로 뛰어나왔다. 친구를 만난다는 건 거짓말이 아니다. 크누트가 와 있을지도 모른다고 생각하자 걸음이 빨라졌다. 레스토랑 입구에서 경찰과 양복을 입은 남자가 마주 보고 이야기를 나누고 있었다. 둘 다 눈썹을 찡그리고, 장갑을 낀 채 위험물을 다루는 듯한 표정을 하고 있었다. 이윽고 경찰이 고개를 끄덕이며 자리를 뜨자, 양복 입은 남자도 몸을 획 돌려 등을 보이며 레스토랑 안으로 들어가버렸다. 나는 입구에서 안으로 들어갈까 말까 망설였다. 그때 누가 뒤에서 기세 좋게 어깨를 탁 치기에 깜짝 놀라 돌아보니 노라가 서 있었다.

노라는 나보다 머리 하나 정도 키가 컸고 체격도 듬직했다. 영어를 내뱉는 기운으로 폐활량이 얼마나 좋은지 느낄 수 있어서 든든했다. 나는 외톨이가 아니다, 친구가 있다. 그렇게 생각했다. 하지만 '외톨이'라는 단어가 정말로 있었는지 갑자기 자신이 없어졌다.

"할로, Hiruko. 언제 왔어? 오래 기다렸어? 다른 사람들은?"

"크누트는 아직 안 온 것 같아."

"텐조는?"

"없는 것 같던데. 아직 만난 적이 없어서 얼굴은 모르지만."

"안으로 들어가자. 어두워지니까 추워지네."

안으로 들어간 노라는 주저 없이 거기 있는 의자에 앉았다. 나는 옆자리 의자에 앉았는데, 노라가 흥분해서 이야기를 시작하자 거리가 너무 가깝다는 기분이 들어서 의자 위치를 살짝 뒤로 뺐다.

"텐조가 떠날 땐 쇼크였어. 예상도 못 했으니까. 하지만 지금 와서 되돌아보면, 어렴풋이 예상했는지도 몰라. 텐조와 나의 거리는 급격하게 가까워졌거든. 지나치게 급격했던 것인지도 모르지. 그러니 거기서 도망치고 싶은 기분도 상상이 가."

나는 노라가 꺼내는 이야기의 파도에 제대로 몸을 맡기지 못했고, 조금이라도 긴장을 늦추면 이미 다른 생각을 하고 있었다. 이 마을에서 일어났을지도 모르는 테러에 대하여, 숙소 주인과 후지산에 대하여, 크누트가 언제 올지 신경이 쓰이는 나 자신에 대하여 생각했다. 처음에는 텐조를 만나고 싶다는 마음이 대부분을 차지했다고 해도 과언이 아니었다. 텐조가 나타난다면 벌써 몇 년이나 쓰지 못한 언어로 말할 수가 있다. 그것이 이번 여행의 목적이기도 했다. 손을 뻗어도 닿지 않는 곳으로 멀어져간 과거. 그 언젠가 공기와 함께 나의 입으로 들어와 폐를 가득 채우고, 미림과 간장을 섞은 달면서도 짭짤한 맛과 함께 식도를 내려와 배 속으로 스며들어, 혈관에 잠입하면서 끊임없이 뇌로 투입되었던 그 언어를 이해해줄 상대가 조만간 눈앞에 나타나리라.

텐조와 나는 몇 분만 말을 나누면, 그것으로 이미 헤아릴 수 없을 만큼 많은 실로 이어져 있다는 걸 알게 되리라. 그것은 언어의 실이다.

텐조와 호르몬의 밀물 썰물로 이어진 노라는 어떤 재회를 맞이할까. 번뇌하는 듯한 표정으로 텐조에 대해 이야기하는 노라가 거북해져서, 나는 의자 위치를 더 뒤로 빼고 노라로부터 몸을 멀리했다. 그때 테라스 판자의 갈색과 하늘의 밝은 파랑 사이에 가느다란 띠 형태의 물이 나타났다.

물의 색은 어두운 파랑에서 녹색이 감도는 파랑, 잿빛에 가까운 파랑으로 시시각각 변화했다. 구름이 끊임없이 이동하여 그것을 비추었고 물도 점차 빛이 바뀌어갔다. 인간의 얼굴은, 물의 표면만큼이나 섬세하게 표정을 바꿀 수 있을까.

내가 자기 말에 귀를 기울이고 있지 않다는 걸 눈치챈 노라가 물었다.

"무슨 생각 해? 무슨 걱정거리라도 있어?"

아까까지는 목소리가 끈적끈적했는데, 이때 목소리는 산뜻했다.

"인간은 슬픔에 잠겼다가 다음 순간 기쁨에 들뜨며, 기분이 점점 변해가지. 이 마을은 하늘 같아. 하늘이 변하면 그걸 비추는 물색도 바뀌어."

나는 영어로 말했지만 어쩐지 판스카로 말하는 듯한 문체가 되어가고 있다는 걸 깨달았다. 하지만 고칠 마음은 없었다. 영어를 잘하는 것도 아닌데, 영어가 아주 익숙한 것만 같은 말투가 되어버렸다. 그에 반해 판스카는 나만의 작품, 나의 진검승부, 나 그 자체이기에, 캔버스에 닿는 붓끝 하나하나에 타인에게는 넘겨줄 수 없는 무언가가 있다. 붓이 남긴 흔적은 가까이에서 보면 불규칙적이고 무의미한 얼룩처럼 보일지도 모른다. 하지만 조금 거리를 두고 캔버스 전체를 바라보면, 수련이 피는 아름다운 연못이 떠오르리라.

"모네의 수련 그림, 알 거야. 인간의 감정은 얼굴보다도 연못 표면에 드러나. 하지만 물만으로는 안 돼. 빛이 필요해."

나는 마음의 화랑에 발을 들여놓으며, 거기 걸린 그림을 한 장씩 감상했다. 하늘이 파랗게 빛나면, 녹음은 더욱더 푸르게 빛난다. 그러니 파랑과 초록이 마주하면 잘 어울릴 법도 한데, 어딘가 둘 사이에 알력이 감추어져 있어서, 두 색이 서로 물어뜯고 있는 것처럼 보이기도 한다. 연못에 비친 하늘과 연못에 떠 있는 수련잎은 캔버스 위에서 접점을 갖지만, 실제로는 서로 닿지 않는다. 그런 사실을 오직 캔버스의 표면에만 존재하는 그림이 표현하고 있으니 놀랍다.

노라는 텐조 생각이 머리에서 떠나지 않았기 때문에, 연꽃 이야기를 들어도 모네가 아닌 불교 쪽으로 연상이 작동하는 모양인지,

"부처는 수련꽃 위에 앉아 있잖아. 그건 왜 그래?"

하고 갑작스러운 질문을 해서 나를 놀라게 했다.

"수련은 늪에서 꽃을 피운다. 부처의 발밑 세계는 속세의 진흙탕."

나는 그렇게 대답했다. 오래전 어디선가 그런 해석을 들은 적이 있었다. 노라는 완전히 감탄한 얼굴로 여러 번 크게 고개를 끄덕였는데, 내 마음의 눈에 떠오른 모네의 수련 연못은 물이 맑아 진흙탕처럼 보이지는 않는다. 나는 화장실에 간다고 하고 노라에게서 벗어났다.

거울은 연못이 아니다. 손을 씻으며 거울을 들여다본 순간, 거기서 또 연못이 보여서 깊은 곳을 응시하자, 시간이 급속히 낙하했고, 정신이 들었을 때는 이미 아는 사람 하나 없는 먼 미래다. 그런 옛날이야기가 있었던가. 아이들에게 괴롭힘을 당하는 거북을 도와준 청년의 이야기다. 그 청년 이름이 생각나지 않는다. 가메타로?* 용궁의 왕자? 그 청년이 용궁에서 놀다가 원래 세계

---

* 　가메는 거북을 뜻하며, 타로는 남자아이에게 흔히 붙이는 이름이다. 이 전설 속 청년의 이름은 우라시마 타로. 우라시마 전설이라고도 한다.

로 돌아와보니, 상황은 완전히 바뀌어 있었다. 화장실에 갔다가 왔더니, 테이블에 남겨두고 온 사람들 사이에 설명할 수 없는 변화가 생길 때가 있다.

내가 돌아오자, 남겨두고 온 노라의 상황도 완전히 바뀌어 있었다. 한 청년이 노라 맞은편에 서 있었다. 노라가 고개를 갸웃하며 부드러운 말투로 이야기하면서 팔을 대려고 할 때마다, 청년은 몸을 뒤로 빼며 물러섰다. 두 사람은 키가 거의 같았지만, 노라가 더 커 보였다. 두 사람이 독일어로 이야기했기 때문에, 내가 알아들은 것은 '우마미'라는 단어뿐이었다. 몰래 엿듣는 것 같아 미안해진 내가 마른기침을 하며 다가가니, 노라가 나를 발견하고 환한 얼굴로,

"소개할게. 이쪽은 텐조. 이쪽은 Hiruko. 두 사람은 같은 나라에서 왔어."

하고 우리 얼굴을 번갈아 보며 응원하듯이 영어로 말했다. '같은 나라에서'라는 부분이 허무하게 겉돌았다. 청년은 경계심 많은 들고양이처럼 내 표정을 살폈다.

"텐조, 드디어 자기 언어로 말할 수 있게 되었네. 나는 신경 쓰지 말고 Hiruko와 맘껏 얘기해."

노라는 혼자 들떠서 영어로 말했다.

"하지메마시테."*

텐조가 그렇게 말하며 어색하게 웃었다. 발음이 딱딱했다. '하지메마시테'의 머리글자인 '하'는 허공을 찢을 듯 날카로운 '하'였고, '지'는 '주'에 가까웠으며, '마'는 지나치게 강조되어, 거기서부터 억양의 경사가 언덕을 이루고 있었다. '외국인'이라는 그리운 단어가 떠올랐다. 이 단어도 이미 사어가 되었겠지만. 텐조는 외국인일까. 아닐 수도 있다. 여자아이와 이야기할 때면 긴장해서 발음이 이국적이 되는 남자아이가, 까마득한 옛날 다니던 중학교에도 있었던 것을 기억하며 내가 말했다.

"당신이 텐조 씨군요. 이 레스토랑에서 열리는 요리 솜씨 겨루기에 참가하신다고 들었어요."

말을 뱉고 나서야, '솜씨 겨루기'라는 표현은 너구리와 여우의 '둔갑술 겨루기'가 떠올라 너무 고풍스러운 게 아닐까 하는데 생각이 미쳤다. 요리 솜씨를 겨루는 대회를 뭐라고 부르면 좋을까. 의외로 많은 사람들은 '컴퍼티션'이라는 영어 단어를 무단으로 빌려와 얼버무리는지도 모른다. 그래서 별로 맘에 들지는 않았지만,

"다시 우리기 컴퍼티션인가요?"

하고 말했더니 텐조는 안심한 얼굴로 여유롭게 대답했다.

* 처음 뵙겠습니다.

"그렇습니다. 간바리마스.*"

'간바루**'는 이미 사어가 되었다는 이야기를, 그것도 꽤 오래 전에 들었다. 텐조는 오랜 기간 해외에 살아서 여전히 쓰고 있는 것이리라.

텐조는 강한 사투리 발음을 썼는데, 그것은 여태 들어본 적이 없는 부류였다. 할머니 할아버지를 떠올리게 하는 호쿠에쓰 발음과 비슷한 것 같으면서도 달랐다. 초등학교 저학년 무렵 제일 친했던 토미쨩이 쓰던 오사카 리듬도 아니다. 텐조가 어디 출신 인가 싶어서,

"오쿠니***가 어디예요?"

하고 물었더니,

"오쿠니? 나라? 없어."

하고 대답했다. 그래, 나라는 없어졌고, 텐조에게는 자기 출신 지라고 부를 수 있는 지역이 딱히 없는지도 모른다. 어릴 때는 그런 사람들이 부럽다고 생각한 적도 있다. 부모가 은행원, 양봉 업자, 재판관, 지방순회극단 배우 같은 직업을 갖고 있어서, 전 근이 잦고, 여러 지역의 소리가 뒤섞여 특별한 브랜드가 된 언어

---

*　열심히 하겠습니다.
**　열심히 하다.

로 말하는 사람들.

그때 노라가 격려하듯 텐조의 어깨에 손을 얹으며 무슨 말인가 독일어로 이야기했다. 아마도, "왜 그래? 텐조, 부끄러워? 이야기 많이 해" 같은 말이었으리라.

텐조는 시험관을 보는 학생처럼 진지한 눈으로 나를 보았다. 나도 자연스럽게 대화를 할 수가 없었다. 혹시라도 내가 오래전 텐조와 친구 사이였다면, 그때의 분위기로 돌아가면 된다. 하지만 처음 만나는 사람이고, 자연스러운 대화라는 게 이 경우 어떤 것인지 떠오르지 않았다. 그보다 내 입에서 나오는 언어를 놓치지 않으려고 나에게 집중하는 텐조의 긴장감이 전해져서 대화를 나누기가 어려웠다.

"컴퍼티션, 몇 시부터야?"

나는 어느 틈엔가 어학 초심자에게 말할 법한 대화를 하고 있었다. 단어를 구분해서 분명히 발음하고, 쓸데없는 군더더기를 붙이지 않았다. 텐조는 안심한 얼굴로 대답했다.

"몇 시는 내일 오전 10시부터."

"누구야?"라는 질문에 "누구는 스즈키 씨"라고 대답하고, "어

*** 쿠니는 나라 국(国)의 훈독이다. 여기에 경어를 만드는 접두사 오(お)를 붙여 흔히 고향을 뜻하는 말로 쓴다.

디야?"라는 질문에 "어디는 도쿄"라고 대답하는 문법은 어디선가 만난 적이 있다. 어디였는지는 분명히 생각나지 않지만, 그건 사투리가 아니라 외국어의 영향으로 생겨난 말투라고 생각한다. '고젠*'의 '고'를 발음하기 어렵다는 듯이 길게 늘여 '고오젠'이라고 발음하는 것도, 언젠가 북유럽 학생에게서 들은 적이 있었다. 그렇다, 텐조에게 '고젠'은 외국어인 것이다. 어렸을 때부터 썼던 말이 아니다. 하지만 무슨 사정으로 노라에게 그 사실을 알리고 싶지 않은 것이다.

"숙소는 어디야?"

하고 물으면, '숙소'라는 단어를 모를 가능성이 있기에,

"호텔은?"

하고 물었다. 이것은 노라에게도 통했다.

"호텔을 찾아야 해. 실은 나도 아직 호텔 예약을 안 했어."

노라는 그렇게 말하며 뒤돌아 트렁크를 보았다. 나는 내가 찾은 숙소와 수상한 프랑스인 후예의 이야기를 영어로 해주었다.

"재미있어 보이는 펜션이네. 나도 거기 묵고 싶은데, 근데 텐조는 어디 묵고 있어?"

노라가 영어로 묻자 텐조는 레스토랑 안쪽을 턱으로 가리켰

---

*   오전이라는 뜻.

다. 그런 다음 두 사람은 독일어로 무슨 말인가 나누었다. 노라가 자기도 같이 묵고 싶다고 주장했고, 텐조는 그건 어렵다고 대답하고 있는 게 아닐까 하고 나는 멋대로 상상했다. 노라는 조금 기분이 상한 것처럼 일그러진 표정을 내게로 향하며 말했다.

"나는 그 펜션에 가서 체크인 하고 올게. 장소 알려줘."

주머니에서 꺼내보니, 지도가 우는 얼굴처럼 엉망으로 구겨져 있었다. 노라는 부자연스러울 정도로 가슴을 펴고, 트렁크를 기르는 개처럼 끌면서 큰 발걸음으로 가게를 나가버렸다.

뒤에 남은 나와 텐조가 얼굴을 마주했다.

"너는 노라 앞에서 시바이**를 하고 있구나."

"시바이?"

"입센, 스트린드베리, 셰익스피어."

"아아, 연극. 노라는 오해. 나는 거짓 없음."

"오해를 받긴 받았지만 그걸 풀지 않은 거네. 하지만 어째서? 다시의 장인에게는 그게 더 유리해서?"

** 연극. 특히 가부키와 같은 일본전통무대를 가리킨다. 시바(芝)는 풀, 이(居)는 앉아 있다는 뜻으로 무대와 귀족 관람석 사이에 서민들이 풀밭에 앉아서 연극을 볼 수 있는 자리라는 뜻에서 유래한 말.

"유우리? 유리는 백합?*"

"너는 요리사잖아?"

"독일 스시 가게에서 일했다. 하지만 나는 스시보다 국물 우리는 게 더 재밌습니다."

"어째서 노라를 속이는 거야? 연극하는 이유가 뭐니?"

"제2의 아이덴티티는 아주 편리합니다. 무척 행복합니다."

문득 나의 판스카가, 스칸디나비아 사람들 귀에는 지금 텐조의 말투처럼 들릴지도 모른다는 생각이 들었다.

"텐조는 본명?"

"아니."

"그럼 알려줘. 너의 진짜 이름은?"

"나누크라고 합니다. 불민한 몸이지만 앞으로도 쭉 잘 부탁드립니다."

"네가 쓰는 어학 교재, 조금 오래된 거 같은데? 나누크라니 멋진 이름이네. 그린란드 사람이야?"

"그린란드 풍경은 대단히 아름답습니다. 한번 놀러 오세요."

"그것도 교재에 실려 있는 예문이잖아. 독학한 거야? 나, 정말

---

* 유리(有利)는 유우리, 백합(百合)은 유리로 두 단어의 발음은 비슷하지만 '유'가 장음과 단음이라는 차이가 있다.

로 그린란드에 가보고 싶어. 어릴 때 에스키모 소년이 나오는 그림책을 갖고 있었거든. 책이 너덜너덜해질 때까지 몇 번이나 읽고 또 읽었어. 그 소년은 해달과 말이 통했지. 얼굴이 우리 옆집 살던 애랑 똑같았어. 신기해. 어린 시절을 떠올리면, 정말로 있었던 사람들과 그림책에 나온 사람들이 거의 비슷하게 진짜 있었던 현실처럼 느껴져. 그림책에는 다양한 나라 사람들이 나오잖아. 인간뿐만이 아니라 동물도 많이 나왔지. 어쩌면 나의 출신국은 그림책인지도 몰라."

나누크는 멍하니 있었다. 언어의 홍수는 상대방이 이해하지 못해도 기분 좋게 흘러갔다.

"하지만 널 만나서 정말로 다행이야. 전부 이해해주지 않아도 돼. 이렇게 내뱉으니까 언어가 전혀 무의미한 소리의 연쇄가 아니라, 제대로 된 언어라는 실감이 솟아. 이것도 다 네 덕분이고. 나누크, 너에 대해 노라에게 말해도 돼?"

노라라는 이름을 듣자 나누크는 고개를 숙이고 한동안 생각하더니 이윽고,

"거짓말은 나빠. 노라에게 진실을 말하겠어. 내가 직접."

하고 말하며 힘없이 미소 지었다.

"그래. 직접 이야기하는 게 제일 좋지. 내가 말하면 고자질이 되어버리니까. 하지만 기운 내. 거짓이 꼭 나쁜 건 아니야. 연극

도 거짓이잖아. 연극은 예술. 네가 만들어낸 텐조도 예술. 그런 의미에서는 진짜야."

나누크의 얼굴에 어렴풋이 밝은 빛이 돌았다. 문장 하나하나의 뜻을 모조리 다 아는 건 아니지만, 내가 내 기분을 언어에 실어 흘려보냈기에, 그 안에서 많은 것을 건져 올린 모양이었다. 영어를 쓰지 않아서 다행이었다.

그때 새빨간 실크가 나비처럼 가게 안으로 팔랑팔랑 날아 들어왔다. 사리를 입은 아카슈였다.

"아카슈, 어떻게 된 거야? 못 온다더니."

아카슈는 거친 숨을 몰아쉬며 겨우 언어를 꿰어 말했다.

"크누트한테서 연락이 왔어. 자기가 못 가니까 대신 오슬로로 가달라는 부탁을 받았어. 비행기 티켓도 크누트가 끊어줬어."

크누트가 못 온다는 사실을 안 순간 폐가 무거워졌다. 내 마음이 아직 봄이라고는 말 못 해도, 크로커스의 생생한 하양과 노랑이 겨울 땅을 뚫고 나오고 있었다. 아직 사랑이라고는 부를 수 없지만, 다시 겨울로 돌아가지는 못한다. 아카슈와 나누크는 신기하다는 얼굴로 서로 마주 보고 있었다.

"아카슈, 이 사람은 국물 내기의 장인 텐조. 하지만 본명은 나누크이고 그린란드 출신이야. 독일의 여러 스시 가게에서 일한 경험이 있는 진짜 스시 장인이고, 국물 내는 데 관심이 많아서 연구를 하고 있어."

아카슈는 나누크를 노려보며 갑자기 독일어로 무슨 말인가 했다. 나누크는 어른스럽게 보이고 싶었는지 목소리를 낮게 깔고 대답했다. 그 소리를 들은 아카슈가 아수라처럼 눈썹을 찡그리고 질문을 연발하며 들이대자, 나누크는 어깨를 움츠리며 희미하게 웃었다. 그 모습에 얼굴이 새빨개진 아카슈가 갑자기 붉은 실크 사리에서 가느다란 구릿빛 팔을 뻗어 나누크의 목덜미를 잡았다. 나는 재빨리 두 사람 사이에 끼어들며 영어로 부탁했다.

"무슨 일이야? 무슨 이야기 해? 제발 번역 좀 해줘."

'번역'이라는 말에 두 사람 사이 싸움의 불꽃이 곧장 힘을 잃었다. 번역하며 싸우는 일만큼 흥이 깨지는 일은 없다. 아카슈가 영어로 설명해주었다.

"텐조의 거짓말 때문에 우리가 전부 이 먼 오슬로까지 오게 되었잖아. 그래서 책임지라고 했어."

나누크가 반론했다.

"나는 노라에게 거짓말했어. 하지만 너희에게는 거짓말한 적 없어."

나는 한숨을 쉬며 말했다.

"우리가 오슬로에 온 의미가 무엇인지, 다시 한번 생각해보

자. 나는 나의 언어로 말할 수 있는 사람을 만나고 싶었어. 언어학자인 크누트는 같이 오겠다고 했지. 여기까지는 언어학적인 흥미야. 노라는 연인을 만나기 위해서 왔어. 하지만 아카슈, 너는 왜 온 거야?"

아카슈는 창피하다는 듯한 얼굴로 가느다랗게 대답했다.

"크누트와 친구가 되려고."

"하지만 크누트는 못 오게 됐잖아. 그런데 어째서 온 거야?"

"크누트의 부탁이라 거절할 수 없었어."

"그렇다면 크누트의 부탁을 들어주고 싶다는 목적은 달성했어. 그런데 어째서 그렇게 화를 내는 거야? 그나저나 크누트는 왜 못 온대?"

"엄마가 아프시대. 양자인지 뭔지가 가출을 해서 행방불명이 됐고, 그 일이 너무 걱정돼서 병이 나셨대. 그래서 크누트에게 빨리 와달라고 전화가 온 거야. 크누트는 오슬로에 가야 해서 어렵다고 거절했어. 그러자 크누트 엄마는 몸도 아프면서 본인도 같이 가겠다면서 자기 마음대로 오슬로행 비행기 티켓을 사셨대. 크누트는 당황해서 오슬로행을 포기했고. 크누트는 엄청 화가 나 있어. 그런데 노라는 왔어?"

"지금 호텔에 체크인 하러 갔어. 아카슈, 넌 묵을 곳 있니?"

"친구의 친구의 또 그 친구의 집에 묵기로 했어. 그 사람도 푸네 출신이야."

"대단하네. 전 세계에 네트워크가 있구나. 난 단 한 명의 고향 사람도 못 만나는데."

이제 곧 노라가 돌아올 거라는 생각에 마음이 무거워졌다. 텐조가 나누크라는 것을 나와 아카슈가 노라보다 먼저 알고 말았다. 노라가 이 사실을 알면 분노해서 트리어로 돌아가버릴까. 목적을 잃어버린 이 기묘한 집단은 해산할지도 모른다.

"너희 그룹 여행의 목적을 한 번만 더 설명해줘."

나누크가 영어로 물었다.

"나는 지구상에서 사라진 나라 출신이잖아? 그래서 유럽에 사는 고향 사람을 찾아 오랜만에 내 언어로 이야기하고 싶었어. 그뿐이야."

"그런 거라면 한 사람 알아."

갑자기 나누크가 큰 소리로 말했다. 의외로 우리에게 도움이 될 거라는 생각에 흥분했는지 눈을 크게 떴다.

"후줌에 있는 스시 가게에서 일할 때 들은 이야기야. 그 사람은 지금 아를에 살고 있대."

"이름이 뭐야?"

나누크는 천장을 노려보며 한동안 생각에 잠겨 있더니 이윽고 생각이 났는지,

"Susanoo였나. 아마도."

하고 별로 자신이 없는 어조로 말했다.

"설마 그 사람도 그린란드인은 아니겠지."

"아니, 후쿠이인가 하는 마을 출신이야."

"후쿠이는 마을이 아니라 도나 현을 말하는 것인데. 그나저나 Susanoo라니, 어쩐지 텐조랑 비슷한 수준으로 현실감각이 없는 이름이네."

"옛날 이름 아닐까? 아직 살아 있다면 꽤 나이가 많을 거야."

"이름만 보면 이천육백 살쯤 먹은 것 같아."

"뭐?"

"장난이야. 주소는 알아?"

"후줌에서 스시 가게를 하는 하이노 피슈에게 물어볼 수는 있어."

그때 펜션에서 돌아온 노라가 웃는 얼굴로 다가왔다.

"할로, 아카슈, 오슬로에 못 온다고 하더니 왔구나. 기쁘다. 이제 크누트만 오면 되겠네."

"크누트는 못 와."

"어째서?"

"엄마가 아파."

나는 노라의 팔을 잡고 말했다.

"그보다 텐조가 너한테 긴히 할 이야기가 있대. 둘이서만. 나랑 아카슈는 밖에서 기다릴 테니까 천천히 나와."

노라는 수수께끼 같다는 표정을 지었지만, 나는 더 이상 설명하지 않고 아카슈의 팔을 잡고 밖으로 나와버렸다.

"저 두 사람, 어떻게 될까."

"글쎄. 애인이 노르웨이인이라고 철석같이 믿고 있었는데, 어느 날 그게 거짓말이었고 사실은 덴마크인이었다고 판명이 난다면 더는 사랑할 수 없을까."

아카슈가 장난꾸러기처럼 눈을 반짝이며 말해서, 나는 기분이 조금 가벼워졌다.

"크누트가 못 와서 슬프네."

"응. 크누트가 왔으면 좋겠어."

"크누트가 여기 있다면 얼마나 좋을까."

"맞아. 그냥 있는 것만으로도 좋아."

나와 아카슈는 서로 크누트의 이름을 입으로 내뱉으며 위로받는 기분이 들었다.

20분 정도 지나 나누크와 노라가 밖으로 나왔다. 나누크는 노라와 무슨 이야기를 나누었는지는 언급하지 않고 우리를 향해 무표정하게 말했다.

"내일 오전 10시부터 저녁 5시까지 요리사들이 많이 나오는 콘테스트가 열릴 테니까 시간이 있으면 와줘."

아카슈는 나누크에게 무언가 더 말하고 싶은 얼굴이었지만, 나는 노라가 팔을 잡고 끄는 바람에 곧장 그 장소를 떠날 수밖에 없었다. 아카슈도 하는 수 없이,

"그럼, 내일 10시에 여기서 만나자."

하고 작별 인사를 고한 후 빠른 걸음으로 자리를 떴다.

"이제 더는 여기에 볼일이 없으니 펜션으로 돌아가자."

노라는 나를 향해 굳게 결심한 어조로 말하며 병사처럼 저벅저벅 걸어나갔다. 나는 넘어질 것처럼 비틀거리면서도 어떻게든 그 기세에 발을 맞췄다. 저물녘 길모퉁이에 총을 든 제복의 남자들이 서 있었다.

"테러에 대해서 뭐 아는 거 있어?"

나는 나누크에 대해 말하기 거북해서 테러에 대해 물었다.

"테러? 그래, 인종차별주의자가 비참한 테러 사건을 일으켰어."

"이국적인 얼굴을 한 인간은 바깥을 걸으면 위험할까."

"아마도 전혀 위험하지 않을걸. 범인은 백인 인종차별주의자이지만 죽인 것도 다 백인이야. 먼저 정부 건물을 폭파하고, 그런 다음 자기와 같은 노르웨이인 젊은이를 하나하나 총살했어. 펜션으로 가는 길에 신문을 읽고 있던 남자가 알려줬어."

"내일은 어떤 하루가 될까."

"글쎄."

"같이 보러 갈 거지? 나누크가 이기는 거."

그 말에 노라는 복잡한 표정으로 잠시 침묵했다. 나는 숨이 막혀서 아까 아카슈가 '애인이 노르웨이인이라고 철석같이 믿고 사랑했는데, 어느 날 그게 거짓말이었고 사실은 덴마크인이었다고 판명이 난다면 더는 사랑할 수 없을까'라고 했던 비유를 들려주었다. 노라는 의외로 아무 거리낌 없이 웃으며 말했다.

"사랑할 수는 있겠지만 쭉 속아왔다는 게 상처가 될 거야. 이제껏 생각해본 적도 없는 그린란드로 머리가 지끈지끈해. 머릿속에서 세계지도가 뒤틀려서 두통이 일어."

나는 안심했다.

"내일 이벤트, 진짜 기대된다. 국물 맛만 좋으면 출신 국가가 어디든 상관없잖아."

펜션으로 돌아오니 클로드는 벌써 자는지 모습이 보이지 않았다. 우리도 각자 방으로 들어가 침대에 파고들기로 했다.

꿈속에서 커피콩이 타기 시작했다. 좋은 냄새가 난다. 코끝이 나비를 쫓듯 공중을 헤매다 들이마신 냄새가, 코 안에서 뇌로 조용히 스며들었다. 커피향이다. 클로드와 노라는 벌써 테이블에 마주 앉아 아침식사를 하고 있었다.

"굿모닝. 이렇게 좋은 커피향을 맡은 건 오랜만이에요."

"향은 금세 사라져요. 빛도 마찬가지고. 빛이 훨씬 더 빨리 사라지죠. 순식간에 사라지니까. 그래서 우리 선조는 여러 장의 캔버스를 세워놓고, 같은 풍경이 빛의 변화에 따라 다른 풍경이 되어가는 모습을 포착했어요. 13시의 풍경, 13시 반의 풍경, 14시의 풍경. 한 장의 유화를 완성하고 나서 다음으로 넘어가는 것이 아니라, 매일 같은 시간에 같은 그림으로 돌아갔습니다."

하지만 내일 13시의 내가 전날 13시의 나와 같은 화가이리라는 보장은 없다. 그런 내 생각을 입 밖으로 꺼내지는 않았다.

어제는 폭신폭신한 스웨터를 입었던 노라가, 오늘은 스탠딩 칼라가 달린 군청색 실크 블라우스를 입고 진하게 화장을 했다. 나는 노라처럼 멋을 낼 기분은 나지 않아서, 가능하면 오래된 마대 자루라도 뒤집어쓰고 걷고 싶은 기분이었다. 느슨하고 기분 좋은 천에 따뜻하게 싸여서 터덜터덜 걷고 싶다. 덴마크에서 모처럼 평온한 생활을 찾아 이대로 살면 되겠다고 생각했는데, 어느 틈에 다시 여행에 나섰다. 게다가 여러 타인들이 눈사람처럼 휘말려들어 사람 수가 점점 늘어갔다. 그나마 크누트가 있었다면 이 의미를 잃어버린 이동에 축이 생겼겠지만, 크누트 딱 한 사람만 빠졌다. 이제 앞으로 어떻게 될지 생각하는 일은 그만두었다. 미래를 디자인할 수 있는 시대는 이미 끝났다. 오늘은 나누크가 우승을 하든 아니든, 우선은 나누크의 실력을 노라와 아카슈와 함께 지켜보고 다 같이 식사를 하는 즐거운 하루가 되리라. 예상 가능한 것은 겨우 그 정도였다.

하지만 분명 확실할 거라고 생각했던 사소한 예상마저도, 완전히 어긋나고 말았다. 내가 노라와 함께 '시니세 후지' 앞에 도착하자마자 기다리기라도 했다는 듯이 안에서 나누크와 아카슈가 나왔다. 두 사람은 고개를 숙인 채 인사도 없이 강 쪽으로 걸었다.

"무슨 일이야? 이제 곧 시작하지 않아?"

나는 나누크보다는 말을 걸기 쉬운 아카슈를 쫓아가 물어보았다. 아카슈의 장점은 실망하건 화를 내건, 쭉 불이 켜져 있는 방처럼 언제든 들어갈 수 있다는 점이다.

"이벤트는 취소됐어."

"왜?"

"그게 좀 복잡해. 여기서는 말하기 어렵고, 다 같이 어디 들어가서 커피라도 마시자."

돌아보니 노라는 나누크를 통해 무슨 말을 들으려는 듯 끊임없이 말을 걸었지만, 나누크는 꺾일 정도로 고개를 푹 숙인 채 아무 말도 하지 않았다.

근처 카페에 들어가자, 절망에 빠져 아무 말도 하지 못하는 나누크 대신 아카슈가 밝은 목소리로 사정을 설명해주었다.

주최자는 브레이뷔크라는 이름을 가진 사람인데 노르웨이 사람치고는 드물게 격분을 잘하는 성격이라, 국제적으로 활동하는 자연보호단체로부터, "이대로 가다가는 태평양 참다랑어에 이어 황다랑어까지 멸종될 것이다. 그러니 이들 참치 종류를 이벤트에 써서는 안 된다"는 전화를 받고 화가 난 나머지 도발적으로, 참치이기만 하면 어떤 참치이든 식재료로 쓸 수 있으며 그뿐 아니라 고래를 먹는 것이 노르웨이의 전통이라는 사실을 이벤트 홍보 도입부에 어필했다. 국수주의자 브레이뷔크에게도 노르웨이의 가치관이 유럽 다른 나라들과 어떻게 다른지 설명하는 것은 매우 어려웠다. 유일하게 다른 것은 고래와의 관계였다.

그래서 노르웨이의 전통으로 고래 요리를 선보임으로써, 자연보호단체를 화나게 만들자고 생각했는지도 모른다. 그런데 막상 고래 요리를 할 줄 아는 요리사를 찾기가 어려웠다. 텐조라는 참가자가 유일하게 자신이 몇 가지 고래 요리를 할 수 있다고 했고, 그 프레젠테이션으로 이벤트 개막을 하기로 어제 결정되었다. '고래를 먹는 기쁨'이라는 도발적인 광고가 밤사이 전자를 타고 마을로 흘렀다.

그런데 오늘 아침 경찰서에서 전화가 와서, 해안에 고래 사체가 떠올랐으니 서로 출두하라고 했다. 브레이뷔크는 우리하고 상관없는 일이라며 철저히 부인했지만, 그래도 당신은 고래 요리를 선보일 이벤트의 책임자가 아니냐는 추궁을 당했고, 그때쓸 고기는 벌써 몇 개월 전부터 냉동고에 저장해두었고 구입증명서도 있다고 대답했다. "설마하니 고래를 죽여서 오늘 요리할 계획을 세우는 사람이 어디 있겠습니까?" 하고 브레이뷔크는 강하게 반론했지만, 내심 경찰을 두려워했기 때문에 고래 요리뿐만 아니라 이벤트 자체를 취소하기로 했다. 출두 명령을 무시할 수도 없는 일이라 브레이뷔크는 벌써 경찰서로 갔다. 나누크도 점심때까지는 경찰서로 가서 얼굴을 보여야 하고, 몇 가지 질문에 답해야 했다.

"우리도 같이 갑시다."

정신을 차려보니 내가 어학 교재에 나와도 이상하지 않을 법한 문장을 내뱉고 있었다. 의미는 제대로 전달된 모양인지 굳었던 나누크의 표정이 조금 누그러졌다. 나는 아카슈와 노라의 얼굴을 번갈아 보며 영어로 말했다.

"다 같이 경찰서로 가자. 고래의 죽음만큼은 나누크에게 책임이 없지만, 이민자는 말도 안 되는 이유로 체포될지도 모른다는 불안감에 끊임없이 시달려. 그러니 친구가 옆에 있는 게 좋아."

"나도 같이 갈게."

아카슈가 그렇게 말하며 수녀처럼 방긋 웃었다. 노라도 당연히 같이 가겠다는 얼굴로 고개를 끄덕였다. 시들어버린 식물 같았던 나누크의 상반신이 똑바로 일어섰다. 영어로 토의를 하는 우리 네 명은 테이블에 달린 네 개의 다리처럼, 더는 기울어질 일이 없었다.

침묵이 찾아왔다. 네 명이 각자 다른 생각을 하고 있는 것만 같았다. 노라는 나누크가 아닌 텐조에게 하고 싶은 말이 아직 있을 것이다. 그것은 섹스가 침투한 두 사람 관계에 얽힌 일이기에, 지금 이 자리에서 이야기하고 싶지 않으리라. 아카슈는 나와 둘이서 크누트 이야기가 하고 싶은지도 모른다. 그렇다 해도 나와 아카슈 둘 다 크누트와 함께한 시간이 길지 않아서, 미지수의 동경에 이름을 부여하고 꿈을 꾸고 있을 뿐이리라. 나에게는 나누크와 단둘이 서툴게 더듬더듬 대화를 이어가 보고 싶다는 마음도 있었다. 이것은 예상도 못 한 일이지만, 어쩌면 텐조가 아니라 나누크와 이야기해서 좋았던 것인지도 모른다.

나는 그런 것들을 생각하며, 센베이처럼 딱딱하게 구운 크네케빵에 캐러멜 같은 갈색 양 치즈를 발라 입에 넣었다. 노라와 아카슈는 샐러드를 주문했고, 나누크는 아무것도 먹지 않고 물만 계속 더 달라고 했다.

"네가 먹고 있는 건 대체 뭐야?"

아카슈가 물었다.

"예토스트."

나의 대답에 다들 신기한 표정을 짓는 것을 보고 처음으로, 단기간이기는 하지만 이 나라에 살아본 사람은 나밖에 없다는 사실을 깨달았다. 내셔널리스트인 브레이뷔크에게 말해주고 싶다. 이 중에서는 내가 가장 노르웨이인입니다, 라고.

나누크는 경찰한테서 받은 종이를 펼치며, 거기 있는 지도를 불안하다는 듯이 바라보았다. 노라가 영어로 "걱정되는 일이 있으면 말해봐"라거나 "뭐든 도울 일이 있으면 도울 테니까"라고, 계속해서 나누크에게 말을 걸었지만, 나누크는 그게 오히려 부담이 되는 듯했다.

경찰청 앞까지 오자, 깃발과 피켓을 든 열다섯 명 정도의 젊은이들이 모여 있었다. 피켓에는 대충 그린 고래 그림이 있었다. 내가 그린 그림동화는 그래도 나은 편이었다. 일러스트를 간단한 선으로 그린 것까지는 좋았는데, 뭉크를 동경하기라도 하는지 선을 일부러 일그러뜨렸다. 아울러 메시지를 전달하고 싶다는 조바심이 고래를 단순한 비유로 깎아내리고 있었다. 그림 속 고래는 전파 같은 것에 닿아 깜짝 놀라서 눈과 입을 크게 벌리고 있었다. 전파는 돈다발에서 흘러나오고 있었다.

금발의 천진난만한 젊은 남녀들이 피켓을 위아래로 흔들며,

리드미컬하게 슈프레히코어를 반복하고 있다. 그중 한 명이 웅크리고 앉아 신발 끈을 묶고 있기에 다가가 무슨 일이 있었냐고 물었더니 바로 알려주었다.

해안으로 떠밀려 온 고래의 사체에는 외상이 없다. 그래서 경찰은 자연사라고 하지만, 사실은 해양유전을 찾는 배가 해저로 보내는 레이저광선에 고래가 맞아서 죽은 것이라고 한다. 이 방법은 금지되었는데, 국제시장에서 석유의 가치가 크게 떨어지면서 정부가 석유회사의 부정을 눈감아주고 있다고, 걱정 없이 밝은 얼굴로 말했다.

묵직한 건물 안으로 사라지는 나누크의 뒷모습이 맥 빠져 보였다. 노르웨이는 정부 차원에서 고래잡이를 허가하고 있지만 국제적인 비난이 거세다는 이유로, 고래의 죽음을 나누크의 죄로 덮어씌우고 그린란드 탓으로 돌리는 건 아닐까. 그래도 글로벌 경제의 희생자인 에스키모가 오래전 수렵 습관으로 딱 한 번 예외적인 일을 저질렀다고 하면 죄는 가벼울 것이다. 하지만 나누크가 출신 국가를 위장했다는 점이 화근이 되어, 에스키모라고 믿어주지 않으면 어쩌나. 해양 연구라는 겉치레로 멸종 위기에 몰린 포유류를 죽이고, 팽이버섯과 각종 채소를 넣고 냄비요리를 만들고, 튀김으로 튀기고, 고래의 혀를 사에즈리*라 부르며 회로 뜨고, 스시나 튀김이나 스테이크로 만들어 먹는 일 이외에 즐거움이 사라진 나라의 일원으로 오해받아 나누크가 종신형을 선고받는다면 어쩌나. 만약 그런 일이 생긴다면 나는 육중한 죄의 무게를 느끼며, 어떤 일이라도 하여 이 땅에서 최선을 다해 매일 면회를 가자. 이런 엉뚱한 생각까지 했지만, 실제로 나누크는 고래를 죽이는 짓 같은 거 하지 않았다는 생각에 울음 같은 웃음이 치밀어 올랐다.

노라는 물론 아카슈도 창백한 얼굴로 보도를 왔다 갔다 하고 있었다. 나는 앉고 서기를 반복했다. 추운 날도 아닌데 어깨 부근에 한기가 들었고, 심지어 이마에는 아무리 닦아도 땀이 계속 나서 축축했다. 구름들이 하얀 드레스를 끌며 하늘을 사뿐사뿐 이동했다.

한 시간이 지나, 나누크가 경찰청 건물에서 나왔다. 무표정했다. 우리가 세 방향에서 달려들자 나누크는 갑자기 두 손을 하늘로 뻗으며,

"무죄다."

하고 외치더니 돌고래처럼 생긋이 웃었다.

---

*   지저귄다는 뜻의 고래 혀 부위 요리.

7장

크누트는 말한다(2)

Hiruko를 만나고, 봄날 선잠 같은 인생에도 종지부를 찍게 되었다. 종지부 뒤에는 이제껏 본 적 없는 문장이 오기 마련인데, 그것은 문장이라 부를 수 없는 무언가인지도 모른다. 왜냐하면 아무리 걸어도 종지부가 나오지 않기 때문에. 종지부가 존재하지 않는 언어도 분명 있을 것이다. 끝나지 않는 여행. 주어가 없는 여행. 누가 시작해서, 누가 이어가는지 알 수 없는 여행. 머나먼 나라. 형용사에 과거형이 있고, 전치사가 뒤에 오는 먼 나라로 여행을 떠나고 싶다.

트리어에 갔을 때까지는 모든 게 좋았다. 다음은 오슬로라고 기대하고 있었다. 언젠가는 로마를 찬찬히 보리라. 해양으로, 공항으로, 산꼭대기로 의식의 새를 날려 보내며 설레어 하고 있었는데, 갑자기 하늘이 어두워지더니 번개가 쳤다. 근데 번개가 아니라 전화였다.

"오늘 같이 저녁 먹지 않을래?"

수화기 너머로 엄마가 말했다. 제대로 거절하지 못할까 봐 벌써부터 불안했다. 싸워야 할 상대는 우유부단한 나 자신이다. 정수리에 압력을 가해 낮은 목소리로 말해보았다.

"오늘 밤은 어려워. 내일 아침 6시 15분발 비행기로 오슬로에 가야 해."

상대방은 내 목소리가 낮게 바뀌었다는 건 신경도 쓰지 않고, 마치 변성기 이전 아이 다루듯 보채며 밀고 들어왔다.

"오슬로에서 뭐 하는데?"

격하게 술렁이는 마음을 억누르며, 나는 더욱더 낮은 목소리로 대답했다.

"연구 조사."

"무슨 연구?"

"그 이야기는 다음에. 지금 바쁘니까 끊을게. 다음 주에 또 전화할 테니까."

전화가 끊어질 것 같았는지 엄마는 다급하게 말했다.

"잠깐만. 나, 사실은 병에 걸렸어."

여기서 전화를 끊을 수는 없었다. 새로운 병이 아니라 쭉 앓

던 병이겠거니 싶어 그리 걱정되지는 않았지만, 그 '쭉 앓던 병'
에는 이름이 없어서 증상을 매일 처음부터 자세히 듣는 수밖에
없다.

엄마는 집 밖으로 나갈 수가 없어서 장을 보러 가지도 못 하고,
외식도 못 하고, 벌써 사흘이나 아무것도 먹지 못했다고 했다.

"어째서 밖에 못 나가?"

나는 최단거리 질문을 던졌지만, 엄마는 대답을 회피하며,

"어두운 이야기만 해서 미안한데, 매일 비가 오니까 기분이
너무 울적해."

하고 하염없이 내리는 비처럼 이야기를 시작했다.

"덴마크에 비가 오는 건 하루 이틀이 아닐 텐데."

슬며시 그렇게 말을 돌렸더니, 엄마는 화가 치밀었는지 갑자
기 심술궂은 목소리를 냈다.

"그래서, 너는 옛날부터 덴마크 왕자님이라 이거야?"

갑자기 튀어나온 뜬금없는 비난에 나도 울컥해서 받아쳤다.

"구체적으로 뭐가 문제인지 얘기해줘. 비가 온다고 밖에 못
나간다는 게 말이 돼? 아니면 얼굴에 종기라도 나서 사람들한테
보여주기 싫은 거야?"

엄마는 축축하게 입을 꾹 다물었다.

침묵에는 축축한 침묵과 건조한 침묵이 있다. 언젠가 침묵의

습도와 온도에 대한 연구를 해보고 싶은데, 과연 침묵이 언어학 연구 대상으로 적합할까. 엄마의 침묵이 자근자근 내 뒤를 쫓아왔다.

"알았어. 그럼 오늘 밤늦게까지 영업하는 가게에 가서 식료품을 사 갈게."

나는 하는 수 없이 마음에도 없는 제안을 하고 말았다. 장을 보는 건 어렵지 않지만, 산 물건을 가져다주러 갔을 때 나를 붙잡을 것 같아 불안했다.

내일은 꼭 오슬로에 가고 싶다. Hiruko가 오랜만에 모어로 이야기하는 장소에 같이 있고 싶다. 언어학자는 오래 산다고들 하지만, 설령 백 살까지 산다고 해도 이런 기회가 자주 오지는 않으리라.

오늘 밤은 엄마 일을 잊고, 내일 일만 생각하며 혼자 보내고 싶었다.

"장 봐줄래? 고마워."

기쁨의 불꽃이 붙은 엄마 목소리를 들으니 무를 수도 없었다.

토막 낸 북해 연어, 사람 머리처럼 크고 무거운 양배추, 껍질이 얇고 작은 감자, 노랗게 빛나는 남국의 레몬 따위가 들어간 무거운 천가방을 들고 열쇠를 돌려 문을 열자, 안에서 엄마가 나왔다. 종기 같은 건 찾아볼 수 없었고, 피부는 반들반들 윤기가 흘렀으며, 혈색도 좋아서, 마치 누가 칭찬이라도 해준 듯한 표정을 짓고 있었다.

"피부에 이상도 없고 마른 것 같지도 않네."

한껏 비꼬는 나의 말투에 엄마가 말했다.

"아무튼 앉아."

사 온 물건을 부엌에 털썩 놓고 거실 소파에 몸을 파묻었을 때, 나는 나를 낳은 인간과 마주 보게 되었다. 마음이 편치 않았다. 모체는 아직도 더 낳을 게 있는 사람처럼 행동했다. 당장이라도 일어나 집에 가고 싶었지만, 지금 도망친다면 망상이 쫓아오리라.

엄마는 요즘 밖으로 나갈 기력을 완전히 소진했단다. 식욕도 없다. 밥 먹을 때도 늘 텔레비전을 틀어놓는데, 지난주에 텔레비전을 켜자, 몇 초 정도 좌담회가 흐르더니, 천을 북북 찢는 듯한 소리와 함께 화면이 새카맣게 되었고, 그날 이후 입을 꾹 다물어버렸다. 텔레비전이 수다를 떨어주지 않으면 혼자서 식사를 할 수가 없다.

"유수프에게 전화해서 수리해달라고 하면 되잖아."

"모르는 사람하고 이야기할 기분이 아니야."

"유수프하고 알고 지낸 지 벌써 20년이 넘잖아. 환풍기랑 세탁기도 고쳐주고, 전화하면 전구 하나 갈아 끼우는 일에도 달려와. 그 정도면 가족 같은 사이지."

"가족은 너 하나뿐이야."

그 말에 나는 흠칫했다.

"게다가 밤에 잠이 안 와. 명상을 하고, 욕조에 몸을 담그고, 소파에서 음악을 듣다가 침대로 들어가지만 정신은 또렷하기만 해서, 불을 꺼도 머릿속에 샹들리에가 켜져 있는 것 같아."

"책이라도 읽어보면 어때?"

"매일 읽어. 하지만 정신이 더 맑아져."

의사한테 가보라고 할까 망설이고 있는데, 엄마가 먼저 이렇게 말했다.

"이유도 없이 기분이 가라앉는 거라면 병일지도 모르니까 병원에 가겠는데, 사실 이유는 있어."

엄마는 외국인 유학생에게 생활비를 대주고 있다. 일종의 자선 사업이다. 지금 도와주고 있는 학생은 어학에 재능이 있어서 예정보다 빨리 어학 코스를 수료했다. 대학 신학기까지는 아직 시간이 있어서 유럽을 여행하고 싶다기에 여행 자금을 대주었다.

엄마의 이야기는 반복이 많은 것도 아니었고, 형용사를 남발하시도 않았다. 그런데 어째서 이렇게 길게 느껴질까. 나는 몇 번이나 침을 삼키며 꾹 참고 들었다. 엄마가 하는 이야기를 듣지 않던 아빠만큼은 닮고 싶지 않다고, 예전부터 쭉 생각했는데, 지금은 아빠의 짜증이 내 것이 되어 신경의 들판에 자라고 있다.

엄마의 이야기는 그저 길기만 한 것이 아니다. 억지로 질질 끄는 부분이 있는데, 듣는 사람은 거기서 호흡곤란이 일어난다. 특히 엄마가 학비를 대주는 그 청년이 얼마나 우수한지 설명하기 위해 깔아두는 복선이 집요하다. "의학 공부를 한다지 뭐니"라고 말할 때, 목소리가 살짝 상기되었다. 엄마는 의사가 언어학자보다 훨씬 더 훌륭하다고 생각하는 듯했다.

그런데 그 우수한 청년이 여행을 떠난 뒤로 행방불명이 되고 말았다는 것이다. 그 전까지는 정기적으로 연락이 왔는데, 갑자기 소식이 탁 끊겨버렸다. 핸드폰으로 전화를 걸어도 "이 전화번호는 해지되었습니다"라는 메시지만 돌아왔다. 경찰에 상담을 해봤지만, 그 청년이 어린이도 아니고, 엄마는 그 청년의 육친도 아니다. 더구나 덴마크 국내에 있는지 없는지도 확정 지을 수가 없어서 수사가 불가능하다고 했다.

"여행지에서 잇달아 새로운 친구들을 만났거나, 어쩌면 연애하느라 바빠서 연락하는 걸 잊은 것뿐이야."

"하지만 그 아이는 순수하니까 어디서 사기를 당했을지도 몰라."

"순수? 에스키모라서 순수하다고? 그런 걸 두고 차별이라고 하는 거야. 그린란드를 돕는다고 거대한 덴마크왕국이 돌아오는 건 아니라고. 덴마크는 작아도 돼. 지구만 크면 됐지."

늘 있는 논쟁에 불이 붙을 것만 같아서 서둘러 입을 다물었다. 엄마는 고개를 숙이고 있었다. 나는 기다릴 수만도 없어서 부엌으로 가 채소를 씻기 시작했다. 식료품을 사다 주고 금방 나올 생각이었지만, 내가 엄마를 그냥 두고 올 수 없는 상황으로 나를 몰아넣고 말았다.

나는 어릴 때부터 친구들과 말싸움에 져본 적이 없고, 말싸움이 몸싸움으로 번진 적도 없다. 상대방을 말의 힘으로 조종해 분노가 폭발할 틈을 주지 않았고, 상대방이 완전히 지칠 때까지 마구 말을 흩뿌렸다. 나는 친구나 선생님 부탁을 거절할 수 없어서 하고 싶지 않은 일을 떠맡은 적도 없다. 거절할 때는 부드럽게, 그러나 확실히 거절하고 조용하고도 분명하게 문을 닫는다. 대화가 끝나는 것은 언제나, 내가 대화를 끝마치고 싶을 때다. 그러나 엄마와의 대화만큼은 눈을 가리고 체스를 두는 것처럼 승산이 없다.

이윽고 저녁을 다 먹은 뒤, 링곤베리 잼을 가지고 가라는 엄마와 또 논쟁이 벌어졌는데, 더 늦으면 곤란하겠다 싶어 하는 수 없이 두꺼운 잼 유리병을 담은 천가방을 받아들고, 자전거로 가랑비 속을 달려 집에 왔다. 소파에 누워 쿠션을 낀 채 한숨 돌리는데 전화벨이 울렸다. 엄마였다. 내일 아침 같은 항공편 티켓을 끊었으니 같이 오슬로에 가겠다는 거다. 나는 전화기를 마룻바닥에 내던지고 싶은 걸 꾹 참고 냉담한 목소리로 물었다.

"오슬로에 무슨 볼일이라도 있어?"

"옛날 친구가 살아서 방문하기로 했어. 벌써 몇 년 전부터 놀러 가겠다고 약속했는데 기회가 없었거든. 네 연구는 방해하지 않을게. 하지만 밤에는 같이 저녁 먹자."

"미안하지만 저녁 시간은 내기 어려울 거야. 아까 얘기 안 했는데 오슬로는 애인이랑 같이 가기로 했거든. 저녁 약속도 물론 했고. 미안."

공방전을 펼치려고 꺼내놓은 거짓말이 상대방에게 타격을 주지 않았을까 하고 기대했지만, 엄마는 꿈쩍도 하지 않고 오히려 기뻐하며,

"그럼 새 여자친구, 소개시켜줘. 또 연락할게."

하는 말을 남기고 전화를 끊었다. 나는 수돗물을 컵 가득 받아 벌컥벌컥 마시고는 호흡을 가다듬었다. 내일 다시 몇 번이고 전화해서, 지금 어디냐, 30분이라도 좋으니 같이 커피 한잔 하자, 이런 말들을 쏟아내리라. 이렇게 된 이상 오슬로행 비행기를 취소하는 수밖에 없다. Hiruko와 사람들을 못 만나는 것은 분하지만, 새로 사귄 친구들과 함께 있는 자리에 엄마가 나타나는 건 대재앙이다.

텐조를 마주한 Hiruko는 단정한 얼굴로 단어를 쌓아 올리고 있을까. 아니면 가족이나 친구와 이야기하듯이 '말 안 해도 알지' 같은 투의 짧은 문장으로 대화를 나누고 있을까. 오래 못 만난 사람을 다시 만났을 때처럼 자기 이야기를 줄줄 이어나갈까. 아니면 모어를 쭉 사용하지 않아서, 그 언어로 이야기하고 싶었던 내용도 고갈되었나. 어떤 형용사를 사용할까, 과거형으로 말할까, 아니면 현재형일까. 알고 싶은 게 산더미다. 설령 의미는 이해하지 못하더라도, 그 자리에 함께 있으면서 관찰하는 것만으로도 많은 것을 느낄 수 있을 테고, 이야기가 끝나자마자 Hiruko를 인터뷰하는 것과 한 달 뒤 그때 이야기를 듣는 것은 전혀 다르다.

분하다. 오슬로에 가고 싶다. 하는 수 없지만 아카슈에게 나 대신 가달라고 할까. 아카슈도 Hiruko와 마찬가지로 만난 지 얼마 안 된 사이이지만, 전달자로서 훌륭한 자질을 갖추었다는 느낌이 든다. 노라는 자기 연애 문제로 머리가 복잡해서 나를 대신하여 Hiruko와 텐조의 대화에 귀를 기울이는 일은 불가능하리라.

아카슈에게 문자를 보냈다.

'엄마가 병이 나서 오슬로에 못 가게 되었어. 꼭 가고 싶었는데 이런 상황에 정말로 화가 난다. 네가 나 대신 가주지 않을래? 비행기 티켓은 선물로 줄게.'

전화가 아닌 문자를 선택한 것은, 그 이상 설명하고 싶지 않았기 때문이다. 곧장 '너는 못 가는구나. 아쉽다'라는 답장이 왔다. 그 순간 좋은 생각이 나서, '내 비행기 티켓을 네 이름으로 바꿀 수 있어. 나 대신 네가 가주면 정말 기쁠 거야' 하고 거짓말을 써서 보냈다. 내 티켓은 무효가 될 테지만, 돈을 더 내서 새 티켓을 선물한다고 하면 거절할까 봐 거짓말을 했다. 아니나 다를까 이런 답장이 왔다. '그런 거라면 내가 대신 오슬로에 갈게. 고마워. 나중에 거기서 일어난 일을 전해줄게.'

이튿날 아침, 침대 속에서 꾸물대고 있는데, 엄마한테서 핸드폰으로 전화가 왔다.

"지금 공항 어디쯤 있어? 설마 늦잠 잔 건 아니지?"

나는 어젯밤 생각해둔 거짓말을 술술 내뱉었다.

"실은 내 비행 일정에 변동이 생겨서, 앞선 비행기 편을 타고 벌써 오슬로로 왔어."

"어머, 그래. 그럼 오슬로 공항에서 기다려."

"안 돼. 시간 없어. 연구 조사 하러 가야 해."

"어느 호텔에서 묵는데?"

"시리 호텔."

그런 호텔이 있는지 없는지 확인할 여유조차 없었다. 승리를 의미하는 '빅토리'라는 이름의 호텔이 세계 어디에나 있듯이,

'시리'라는 이름의 호텔이 북유럽에 있다고 해도 이상할 건 없다. 시리는 승리와 아름다움을 상징하는 여신 이름이다.

오슬로에 갔지만 길이 엇갈렸다는 각본은 내가 생각해도 훌륭하다. 만약 감기에 걸려서 오슬로 가는 걸 취소했다는 거짓말을 한다면, 엄마도 비행을 취소하고 이리로 와서 나를 간병했겠지. 호텔 이름까지 지어낼 생각은 없었지만, 묻는데 곧장 대답하지 못하면 의심을 살 테고, 실수로 '시니세 후지' 같은 이름을 댈까 봐 걱정이 돼서 다른 생각은 할 수가 없었다.

"접속이 안 좋아서 목소리가 잘 안 들리니까 끊을게."

그렇게 말하고 일단은 전파의 탯줄을 끊었다.

소파에 몸을 파묻고 텔레비전을 켜니, 미술 프로그램이 나왔다. 해설자가 프랑스어로, 모네는 연못 속에서 물고기가 헤엄치는 호쿠사이의 작품을 보고, 자기도 연못을 그리고 싶다고 생각했는지도 모른다고 말했다. 모네가 그린 수련 연못에 자막이 떠올라, 장구벌레가 헤엄치고 있는 것처럼 보였다. 나는 연못으로 빨려 들어갔다. 장구벌레가 떠 있고, 화면 프레임이 캔버스보다 세로로 길어도, 그런 건 신경 쓰이지 않았다. 귀찮아서 미술관에 가지도 않는 내가 텔레비전으로 모네에게 영감을 얻고 있다. 그 사실이 터무니없이 우스꽝스러웠다.

모네는 우키요에 수집가였는데 그림을 200장이나 모았다고 한다. 나와는 전혀 상관없는 이야기이지만, 머릿속 한구석 풀숲에서 "상관있지, 상관있어" 하는 속삭임이 들려왔다.

다음 그림은 연못이 아니라 바다였다. 짙은 파랑이 하얀 모래사장으로 밀려드는 해안. 멀리 곶이 돌출되어 있다. 바다는 좋구나. 파도 소리가 들린다. 까슬까슬한 바람, 눈꺼풀을 무겁게 만드는 강한 햇살. 하늘도 곶도 바닷물도 모래도 사실은 한가지 색이 아니고, 태양광에 포함된 여러 색이 뒤섞여 있다. 이 무수한 색을 언어로 뭐라고 표현하면 좋을까. 내가 세상 모든 색의 이름을 늘어놓는다면, 그걸 끝까지 보고 있을 사람은 없으리라. 모네의 붓질 하나하나에 색은 계속 변화하지만 풍경은 하나의 전체로서 드러난다. 그러나 모네는 만족하지 못한 듯 중얼거린다.

"이게 아니야. 이 바다가 아니야."

"하지만 당신은 푸르빌의 바다를 쭉 그리워했잖아요."

옆에 서 있던 젊은 남자가 위로하듯 말했다. 젊은 남자는 청바지를 입고 있다. 19세기 말 프랑스인의 복장은 아니므로, 모네 시대로 미끄러져 들어간 현대인이 말을 걸고 있는 것이리라. 배경에 비쳐 있던 바다가 모네의 붓끝에서 탄생한 바다로 변모했다.

장면은 실내로 바뀌어, 모네가 한 장의 우키요에를 바라보고 있다. 밝은 하늘에서 쓸쓸함이 느껴지는 건, 인간이 필요 없는 존재처럼 보이기 때문이었다. 모네가 중얼거렸다.

"이런 아름다움이 유럽에 있을까. 만약 있다면 북유럽에 있겠지."

그 말을 듣고 보니 내게도 짚이는 게 있었다. 고등학교 여름방학 때 혼자 지중해를 보러 갔다. 아름답기는 했지만 언젠가 미술관에서 본 적이 있는 풍경들뿐이었다. 태초에 그림이 있고, 그것을 흉내 내어 풍경이 생기는가. 만들어진 아름다움에 갇힐 것만 같아서, 나는 도망치듯 북유럽으로 돌아와, 그다음 여름방학에는 노르웨이 로포텐제도로 여행을 떠났다. 하늘까지 솟은 바위산은 인간이 만들어낸 아름다움의 기준을 비웃었다. 연약한 호모사피엔스여, 너희는 완만한 언덕과 푸른 초원, 온화한 기후, 물고기가 잡히는 잔잔한 든바다나 호수만을 아름답다고 생각하지. 너희가 살아남을 수 있는 곳, 그런 가치밖에 없는 풍경을 말이다. 그런 것을 아름답다고 부르고 떠받들며 득의양양해한다. 자연은 너희 존재 따위 신경도 쓰지 않아. 나는 선뜩했지만, 어쩐지 신체가 투명해지면서 가벼워지는 기분이 들었다.

멍하니 나의 생각을 따라가는데, 어느새 텔레비전 속 풍경이 휙 뒤바뀌어, 모네가 싸늘하고 스산한 역에 홀로 서서 난처한 듯 주위를 둘러보고 있었다. "모네는 마침내 크리스티아니아에 당도했다." 내레이션을 듣고 나는 엉겁결에 몸이 튕기듯 벌떡 일어났다가, 균형을 잃고 소파에서 떨어질 뻔했다. '크리스티아니아'는 덴마크인이 붙인 이름으로 당시 오슬로를 그렇게 불렀다.

Hiruko와 친구들이 있는 오슬로에 나도 와버렸다. 우리 집 소파에 엎드려 있는 채로, 모네에게 이끌려 오슬로에 당도했다.

노르웨이에 도착한 모네가 한숨을 돌렸다. 숨이 막힐 정도로 무거운 눈이 풍경을 온통 하얗게 칠하고 있었다. "눈을 기대하고 온 건 사실이다. 하지만 이건 너무 심해. 내가 그리고 싶은 눈의 경치는 잔설인데." 모네가 중얼거렸다. 사람에 따라서는 그런 발언이 제멋대로로 들릴지도 모른다. 눈이라는 건 자기 상황에 맞춰 딱 알맞게 쌓이는 게 아니다.

다음 장면에서는 모네가 추운 듯 손을 비비며 산의 윤곽을 그린다. 눈 속에 세워둔 이젤이 살짝 기울어 있다. 캔버스는 눈보다 노랑기가 감도는 흰 눈으로 뒤덮여 있고, 산은 뒤에서 본 두꺼비 형상을 띠고 있다. 왼쪽 겨드랑이에 두꺼비 새끼 같은 언덕이 보인다. 새끼를 데리고 있는 두꺼비인가. 우아한 자태는 아니지만 미워할 수 없다. 너무 추웠는지, 모네는 쫓기듯 그림 도구를 정리하고, 나무로 만든 오두막으로 돌아왔다. 실내에서 캔버스를 이젤에 올리고 다시 붓을 들었다. 그러자 숄을 어깨에 두르고, 머리를 둥글게 묶은 여성이 뒤에서 다가와 말을 걸었다.

"오늘은 콜소스산을 그리셨군요."

"콜소스산이 아니야. 후지산이다."

모네는 기분 나쁜 듯 대답했다. 여성은 이상하다는 듯한 얼굴로 되물었다.

"후지?"

모네가 눈을 감자, 호쿠사이의 후지산이 나타났다. 눈이 덮여 있다. 산 전체가 눈에 싸인 게 아니고, 거무스름한 부분이 오히려 더 눈에 띄어, 그것이 글자처럼 보이기도 한다. 깊이나 무게도 느껴지지 않지만 습한 공기가 전해져서, 차갑기도 하고, 어렴풋이 따스하기도 하다.

후지산과 콜소스산은 형태가 전혀 다른데. 나는 생각했다. 핀란드어와 덴마크어의 관계와 비슷하다. 하지만 두 장의 산 그림은 모두 산을 마주한 인간을 떠올리게 한다. 산의 모습에서 자신을 발견한다, 는 것과는 또 조금 다르다. 나 따위 사라질 정도로 산은 거대하다. 산을 마주한 까닭에 자신의 무거운 부분이나 어두운 부분이 느껴진다. 봄 들판에 아련하게 서 있을 때는 보이지 않던 자신의 모습이다.

전화벨이 울렸다. 엄마였다. 화낼 걸 각오하고 받았는데 목소리가 밝았다.

"지금 호텔 로비에 있어. 썩 괜찮은 호텔이네. 너는 아직 체크 인 안 했구나. 지금 마을 어디쯤 있어? 연구는 잘되어가?"

"어, 뭐, 그냥."

"오늘 밤에 꼭 여자친구 소개시켜줘."

핸드폰은 거짓말할 마음이 없는 인간에게도 언제나, '거짓말 이 뭐 어때서' 하고 속삭이고 또 속삭인다. 엄마는 내가 우리 집 소파에 드러누워 텔레비전을 보고 있으리라고는 꿈에도 상상하 지 못했다. 시리라는 이름의 호텔이 실제로 있었던 덕분에 집행 유예가 되긴 했지만, 빨리 전화를 끊고 싶었다.

"이제 친구 만나러 가야 해. 나중에 또 전화할게."

"그래. 지금 바쁘니까, 나중에."

그렇게 말하며 간신히 목소리가 갈라지지 않도록 조심했다. 전화를 끊는데 아카슈한테서 새 음성 메시지가 와 있었다.

"크누트, 잘 지내? 엄마 건강은 어때? 네가 오슬로에 못 와서 아쉽다. 다들 네가 없어서 무척 쓸쓸해해. 시니세 후지라는 이름 의 레스토랑을 찾았어. Hiruko와 노라도 만났고. 그리고 우리 는 텐조를 찾았어. 그런데 텐조가 사실은 에스키모였고 이름은 나누크였어. 출생국을 속인 건 아니고 노라를 포함해서 주변 사 람들이 제멋대로 오해한 거였대. 나누크가 스시 요리사인 건 사 실이고, 다시 연구를 하는 것도 진짜야. 그래서 텐조라는 이름도 거짓은 아니고, 요리를 할 때 쓰는 예명이라고 생각하면 크게 화는 안 나. 나누크는 어학에 재능이 뛰어나서 여러 언어를 습득했어. 그래서 Hiruko를 상대로 사라진 나라 언어로 대화도 나누었고. Hiruko는 텐조가 나누크라는 사실을 알고도 화를 내지 않았어. 오히려 네이티브 스피커라는 발상이 유치했었대. 이 부분은 너도 굉장히 관심이 많을 것 같은데."

나는 몸이 근질근질해졌다. 당장이라도 모두들 모여 있는 곳으로 날아가고 싶었다. 텐조가 에스키모였다니 더 재미있어졌다. Hiruko가 모어 화자와 그렇지 않은 사람을 구별하는 일에 의심을 품게 된 지점도.

실은 나도 네이티브라는 단어가 예전부터 마음에 걸렸다. 네이티브는 영혼과 언어가 완전히 일치한다고 믿는 사람들이 있다. 모어는 태어날 때부터 뇌에 심어져 있다고 믿는 사람도 아직 있다. 그런 건 물론 과학의 투명망토조차 걸치지 않은 미신이다. 아울러 네이티브가 쓰는 말은 문법적으로 옳다고 믿는 사람도 있는데, 그것도 '많은 사람들이 쓰는 표현에 충실하자'는 것일 뿐 반드시 옳은 것도 아니다. 또 네이티브는 어휘가 풍부하다고 믿는 사람도 있다. 하지만 바쁜 일상에 쫓겨 정해진 말만 쓰게 된 네이티브와, 다른 언어를 번역하는 수고로움을 반복하는 가운데 언제나 새로운 언어를 찾는 비네이티브 중, 누가 더 풍부한 어휘를 가지고 있을까.

Hiruko를 직접 만나 그런 이야기를 하고 싶다. 지금 당장 그 언어, 그 목소리가 듣고 싶다. 전화하자. 거기까지 생각했을 때 벽에 부딪혔다. 전화번호를 모르는구나.

텔레비전 앞으로 돌아오자 아까까지 신경질적인 표정을 짓고 있던 모네가 양복을 입고 즐거운 듯 웃고 있었다. 극장 로비인 듯하다. 사막으로 끌려왔던 두꺼비가 습지로 돌아온 것처럼 기운을 차린 모습이다.

"입센의 연극을 보다니. 이렇게 먼 곳까지 온 보람이 있었습니다."

뭐야, 명색이 풍경화를 그리는 화가가 자연보다 극장에서 보는 연극을 더 좋아하는군. 그렇다고 나한테 모네를 비판할 자격이 있는 건 아니다. 극장까지 가지도 않고 텔레비전 앞에서 예술이니 언어니 잘난 척 떠들어대고 있으니.

모네에 대한 프로그램이 끝나자 돌연, 정치 보도기자의 익숙한 얼굴이 화면 가득 나와서는, 오슬로에서 테러 사건이 일어났다는 뉴스를 전했다. 나는 귀를 의심했다. 그렇구나, 오슬로에 테러가 있었다는 건 진짜였구나. 카메라가 크게 흔들리며 마을 한구석을 비추었다. 폭발한 건물 파편이 사람이 없는 번화가에 흩어져 있고, 가끔씩 경찰이 화면 전방을 빠른 걸음으로 가로질렀다. 중상자를 옮기는 들것. 일그러진 타원형으로 입을 벌리고 있는 여성. 비명 소리와 흐느끼는 소리까지 들리지는 않는다. 범인은 아직 체포되지 않았습니다. 보도기자가 기묘하게 침착한 목소리로 전했다. 걱정이 돼 대번에 아카슈에게 전화를 했지만 부재중 전화로 넘어갔다. "테러가 있었던 것 같은데 다들 다친 데 없지?" 그렇게 짧은 메시지를 남기고 소파로 돌아왔는데, 어느새 소파는 내가 있을 곳이 아니었다.

무언가를 찾아 헤매듯 마을로 나왔다. 꽃집 앞에 내놓은 신선한 난과 장미가 시야로 달려들었다. 모네가 그린 꽃과 달리, 색이 아주 깊숙이 파고들었다. 누가 끄집어내주지 않으면 앞으로 나오지 않을 것만 같은 빛. 카페에 들어가 오믈렛과 커피를 주문했다. 창가에 토끼 장식과 부처 장식이 나란히 사이좋게 놓여 있었다. 모네는 어째서 연꽃을 좋아했을까. 아시아의 종교를 동경했기 때문일까. 불교의 신은 아무리 봐도 예수보다는 뚱뚱한데 체중은 가벼운지, 연꽃에 올라타도 연못에 가라앉는 일은 없다.

눈을 감으니, 모네가 그린 연못 수면이 보인다. 짙은 녹색 연잎이 끈끈하게 떠 있다. 같은 수면에 연못 뒤편 나무가 비친다. 둘 다 같은 수면에 머물러 있는데 만났나, 만나지 못했나. 하늘도 있다. 하늘은 멀어서인지 깊어서인지 자주색에 가까운 청색을 띠고 있다. 풀숲과 다리 부근에 자란 꽃은 자주색에서 분홍색까지 다양한 색을 과시하듯 흐드러지게 피었다.

　나는 핸드폰을 집에 두고 왔다는 사실마저 잊고 있었다. 집에 돌아오니, 소파 밑에 가만히 떨어져 있었다. 예상대로 아카슈의 목소리가 녹음되어 있었다.

　"테러는 있었지만, 우리는 아무도 피해를 입지 않았어. 나는 오늘 밤 아는 사람 집에 묵을 거야. 나누크는 시니세 후지에 묵는대. 노라와 Hiruko는 펜션에 묵는다고 해. 내일 다시 시니세 후지에서 만나기로 하고 헤어졌어. 요리 경연 대회가 기대돼."

　아카슈는 여행을 즐기고 있는 듯했다. Hiruko는 이렇게 구경꾼이 늘어난 걸 어떻게 생각할까. 첫 번째 구경꾼은 나다. 여행을 떠날 이유도 찾아내지 못하던 남자가, 한 여성의 여행에 편승했다. 맨 처음 Hiruko의 이야기를 들었을 때, 이제껏 밋밋하게 써오던 모어의 매끄러운 표면이 갈라졌고, Hiruko의 혀 위에서 반짝반짝 빛나는 파편들이 보였다. Hiruko가 쓰는 언어는 모네가 그린 수련이다. 색이 부서지고 흩날려, 아름답지만 아프다.

　나는 Hiruko와 단둘이 여행하고 싶은 것일까. 그런 생각도 해봤다. 그렇지는 않다. 다른 사람들이 귀찮다고 생각한 적은 한 번도 없었다. 그렇기는커녕 다른 사람들이 없으면 여행을 계속할지 어떨지 알 수 없다는 생각마저 들었다. 이제껏 하나의 이름에 불과하던 텐조가, 트리어에서 이야기를 듣는 동안 살아 있는 인간으로 느껴진 것은 노라 덕분이었다. 노라에게 텐조는 모어기계가 아니라 상처 입은 육체이며, 눈앞에 나타난 연인이었기에. 오슬로까지 쫓아가서라도 텐조를 만나보고 싶다고 생각한 건 노라 덕분이라 해도 좋다. 그런 텐조가 사실은 나누크라는 걸 알았을 때 노라의 심정이 어땠는지에 대해, 아카슈는 아무 말도 하지 않았다. 겉으로 보기만 해서는 추측할 수 없었는지도 모른다. 적어도 Hiruko의 생각은 조금 알 수 있었다. 제일 알 수 없는 사람은 아카슈다. 아카슈는 구경꾼도 아니고, 물론 방해꾼도 아니다. 오히려 아카슈가 중심축이 되어, 우리가 솜사탕처럼 얽히고설키며 붙어 있는 날이 올지도 모른다.

전화벨이 울렸다.

"저녁 7시부터는 시간이 비는데, 너랑 네 여자친구를 저녁식사에 초대하고 싶어. 강가에 있는 맛있는 생선 요리 레스토랑을 추천받아 왔거든. 내 친구도 같이 가도 되지?"

엄마의 목소리는 설레고 있었다. 나는 생각해둔 거짓말을 내처 뱉어냈다.

"실은 큰일이 생겼어. 오늘 우리 대학에 심포지엄이 있다는 걸 까맣게 잊고 있었지 뭐야. 교수님 전화를 받고 정신없이 오슬로 공항으로 뛰어서 지금 막 코펜하겐에 도착했어. 심포지엄은 참석 못 했지만 저녁에 있을 식사 자리는 나가야지. 일부러 미국에서 온 연구자도 있어서 진땀 뺐다니까."

엄마는 놀라서 말했다.

"그럼 벌써 오슬로에 없는 거야? 코펜하겐으로 돌아갔어?"

"그렇다니까."

수화기 너머로 한숨으로 추정되는 소리가 들렸지만, 내 이야기를 의심하는 것 같지는 않았다. 죄의식은 없었다. 아들 여행에 멋대로 끼어들겠다는 생각부터가 말이 안 된다. 게다가 이 작은 여행으로 엄마도 기분 전환이 되었을 것이다. 근처에 장도 보러 가기 싫다던 인간이 비행기를 타고 하늘을 날았으니.

전화를 끊고 소파로 돌아와 아카슈가 한 말을 다시금 떠올리며, 풀을 씹는 소처럼 몇 번이고 생각에 생각을 거듭했다. 나누크라는 그 스시 요리사는 독학으로 Hiruko의 모어를 공부했겠지. 누구나 할 수 있는 일은 아니다. 어느 정도 말을 할 줄 알까. 어쩌면 Hiruko의 모어가 에스키모의 언어와 비슷할 수도 있다. 표면적으로는 닮지 않았더라도 저변에 숨겨진 구조에 공통점이 있고, 나누크에게는 그것을 잡아내는 능력이 있는지도 모른다.

에스키모의 언어를 지금까지 조금도 공부하지 않았다는 사실이 새삼 후회스럽다. 관심이 없었던 것은 아닌데, 에스키모의 언어 같은 걸 연구한다면, 엄마가 기뻐할 터라 무의식적으로 피해 왔을지도 모르겠다.

이튿날 아침 눈을 뜨자 눈부신 햇살이 천장 가득 넘쳐흘러, 한순간 남프랑스에 온 게 아닌가 싶었다. 실제로는 거실 소파 위에서 잠옷도 안 갈아입고 자고 있었다. 커튼을 쳐서 어둡게 한 침실과 달리, 거실의 아침은 이렇게나 밝다. 시계를 볼 마음도 없었다. 샤워도 하지 않고, 그대로 밖으로 나갔다.

제일 가까운 빵집에 들어가 빵을 사고 커피를 시켜, 서서 먹는 자리에서 마셨다. 정신을 차려보니 핸드폰 불이 깜박이고 있었다. 아카슈가 메시지를 남겼다.

'시니세 후지에서 열릴 예정이던 경연 대회는 취소되었어. 고래 사체가 발견되어서 나누크가 체포될 뻔했어. 다행히 무죄판결이 내려졌지. 그리고 또 한 가지 재미있는 이야기가 있어. 나누크가 그러는데 프랑스 아를에 Hiruko와 같은 언어를 쓰는 사람이 산대. 다음번에는 다 같이 아를로 가자.'

고래 사체가 발견된 일과 나누크가 체포된 일, 경연 대회가 취소된 일 사이에 어떤 관계가 있는지 짐작도 가지 않았지만, 나누크가 무죄를 받았으니 더 파고들 필요는 없으리라. 무엇보다 기뻤던 것은 이 여행이 오슬로에서 끝나는 것이 아니라, 아를로 이어진다는 사실이었다. 텐조가 사실은 나누크였다는 이유만으로 내 인생에 모처럼 등장한 엔진이 꺼져서는 아니 될 터.

오슬로에서 코펜하겐으로 돌아온 엄마가 곧장 전화를 걸어올

것을 대비해, 어제 심포지엄 내용과 미국에서 온 학자 이름 등을 생각해두었는데 좀처럼 전화벨이 울리지 않았다. 나는 문득 모네의 화집을 가지고 있었던 것 같다는 생각에, 책장 제일 아래 단을 찾기 시작했다. 거기엔 전람회 카탈로그나 사진집처럼 커다란 책이 꽂혀 있었다. 하룻밤 자고 나니, 어쩐지 전에도 모네가 그린 콜소스산을 본 적이 있는 것 같았기 때문이다. 미술관에서 모네전을 본 기억은 없고, 화집을 살 정도로 관심 있는 화가도 아니다. 하지만 콜소스산을 그릴 때 모네가 후지산을 생각했다는 이야기를 들은 적이 있는 것 같았다. 어제는 그런 생각이 안 들었다. 새로운 단어를 배운 뒤 하룻밤 자고 나서 다음 날 아침 눈을 뜨면, 기억이 둘로 쪼개져서, 한참 전에 이미 그 단어와 만난 적이 있는 것만 같은 기분이 들 때가 있다.

정말로 처음 만나는 단어를 보는 건 드물고, 대체로 어디선가 한번 본 적이 있어서, 그때 뇌에 어렴풋한 흠집이 생긴다. 그 흠집이 두 번째 만남에서 활성화된다는 색다른 의견을 읽은 적이 있다. 그래서 어학을 학습할 때도 완전히 새로운 것을 외운다고 생각해서는 안 된다. 오래전 내가 쓰던 언어를 떠올릴 뿐이라고 생각하는 게 낫다.

모네의 화집은 없었지만, 책장 앞에 쌓아둔 잡지에 눈이 갔다. 당장 읽을 마음은 안 생겨도, 버릴 결심은 서지 않은 잡지가 가득했다. 제일 위에 놓여 있던 것이 건강보험회사에서 나온 잡지였는데, 평소에는 읽지 않고 버리지만, 언어와 건강의 관계에 대한 특집호여서 놔두었다. '나이 들어서도 외국어 공부를 계속하면 암에 걸릴 확률이 5분의 1로 감소한다'라는 제목이 표지를 장식하고 있었다.

그리고 엄마가 우리 집에 올 때마다 가져오는 자연보호단체의 월간지 과월호. 필요 없다는데도 "돌고래 언어에 대한 재미있는 기사가 실려 있었어"라고 하며 억지로 테이블 위에 두고 갔다. 나는 "돌고래 언어 연구는 한때 유행했는데, 이후 진전이 없어. 딱히 새로운 내용은 없을걸" 하고 투덜거리면서도 집에 가져가라고 하지 않고 읽지 않은 채 쌓아두었다.

'돌고래와 고래의 언어생활 파멸. 사망하기도'라는 제목이 별안간 눈을 찔렀다. 기사를 속독했다. 해저에 폭발음을 보내서 되돌아오는 소리를 측정하는 것으로 석유를 찾는 방법이 미국 캘리포니아주나 노르웨이에서 자행되고 있다. 그 폭발음은 돌고래와 고래에게 견딜 수 없이 큰 고통을 줄 뿐만 아니라, 하루 스물네 시간 10초 간격으로 전송되기 때문에 그들의 청각을 파괴하여, 지금까지 십만 마리 이상이 피해를 입었다. 그들은 먹이가 있는 장소를 서로 소리로 알리며 살아왔다. 커뮤니케이션이 불가능해지면 생존에 위협을 받는다.

또한 '고래'와 '돌고래'의 분류는 생물학적으로 보면 큰 의미가 없지만, 문화적으로 보면 고래라는 단어를 듣고 연상되는 이미지와 돌고래라는 단어를 듣고 연상되는 이미지가 다르므로, 나란히 두고 쓸 경우 일부러 주를 단다.

그러고 보니 아카슈의 메시지에 고래 사체가 발견되어 나누크가 체포되었다는 내용이 있었다. 이것과 관계가 있을까. 고래를 죽인 범인을 찾는 척하지 않으면 자연보호단체로부터 비난을 면치 못하기에, 나누크를 잡아들였다는 이야기인가. 에스키모라면 고래를 잡겠지, 스시 요리사라면 고래로 회를 뜨겠지, 라는 추정으로 나누크를 체포했다는 건가. 경찰이 스테레오타입만 가지고 무죄인 사람을 구속할 리가 없다. 아니, 그런 사례는 얼마든지 있다.

평온하던 해수면이 갑자기 들고일어나, 검게 반짝이는 거대한 고래의 등이 나타나듯이, Hiruko와 대화를 나누고 싶다는 기분이 부상했다. Hiruko의 전화번호를 물어보려고 아카슈에게 전화를 걸자 이번에는 바로 받았다.

"어, 나 크누트. 이런저런 이야기 전해줘서 고마워, 아카슈."

"네가 없어서 외로웠어. 다음에는 다 같이 아를에 가기로 했어. 이달 마지막 주 주말에 가자고 했는데, 네 일정은 어때?"

"나도 갈 수 있어. 당연히 가야지. 근데 지금, 옆에 Hiruko 있어?"

"없어. 벌써 오덴세로 떠났어."

"연락하려면 어떻게 해?"

"직장 전화번호를 받아두었어. 알려줄까?"

"뭐, 아무래도 상관없지만, 기왕 이렇게 된 거 알려줘."

아무래도 상관없다는 건 거짓말이었다. 나는 메모장에 연필로 전화번호를 적어 넣었다. 그때, Hiruko한테서 이미 예전에 한번, 전화번호를 받았던 것 같은 기분이 들었다. 하지만 그렇게 소중한 것을 잃어버렸을 리가 없다. 핸드폰 속 통신기록은 모두 곧장 지워지도록 설정해두었기에 없는 게 당연하지만, 메모장에 이 번호를 적는 건 처음이었다.

아카슈가 알려준 번호로 전화했는데, Hiruko는 오늘 휴가를 내서 없다고 했다. 내일 준비를 위해 저녁에 잠깐 직장에 들른다고 했으니, 혹시라도 나중에 올지도 모른다고 했다.

몇 번이나 전화를 거는 건 내키지 않았지만, 이야기할 기회를 놓치고 싶지 않아서 창피함을 무릅쓰고 40분마다 한 번씩 전화를 걸었다. 세 번째 걸었을 때 드디어 Hiruko 본인이 받았다. 나한테서 전화가 와서 깜짝 놀란 기색은 적어도 목소리에는 나타나지 않았다. Hiruko는 차분히 물었다.

"크누트, 엄마는, 전보다 더 건강?"

"좋아진 것 같아. 그보다 오슬로는 어땠어?"

"텐조는 나누크. 모어를 말하는 사람이 모국인은 아니다. 네이티브는 일상, 비네이티브는 유토피아."

"너랑 나누크가 나누는 대화를 듣고 싶었어. 하지만 나누크도 아를에 같이 가지? 그때 들을 수 있겠네."

"트리어와 아를, 둘 중 어디가 진짜 로마?"

"응? 글쎄. 고대 로마제국은 어떤 마을이든 로마로 바꿔버리는 힘이 있었을지도 모르지. 하지만 실제로 가보지 않고는 알 수 없어. 조만간 로마에 가보고 싶네. 모든 길은 로마로 통한다고 하잖아. 우리는 북유럽과 고대 로마제국 사이를 오락가락하는 지그재그 여행단이잖아. 오슬로에 갔던 건 헛수고였다고 생각해?"

"오슬로 여행은 나의 보물. 오슬로에는 후지산이 있어."

"오호, 후지산이 노르웨이로 망명했었구나."

"아니. 후지산은 두 개야. 세 개일지도 몰라. 훨씬 더, 많을지도 몰라."

8장

Susanoo는 말한다

언제부터인가 나이를 먹지 않게 되었다. 시간은 바람처럼 나의 좌우로 스쳐 지나간다. 시간과 나를 옭아매던 실이 뚝 하고 끊어져버린 건 언어를 잃어버린 찰나였는지도 모른다. 아를에서 애인에게 내던져지고, 다시 말해 사랑했던 사람에게 버림받고 그 사람의 애인에게 내던져졌다는 의미인데, 그 후 무기력하게 집에 틀어박혀 지낸 시기가 있었다. 주변 1000킬로미터 이내에 '벗'이라 부를 만한 인간이 없었고, 프랑스어라고는 '봉주르'와 '코망탈레부'* 정도밖에 몰랐다.

그사이 귀에 들어오는 프랑스어가 점차 의미를 품기 시작했

---

* 원문에는 프랑스어가 아니라 '盆汁(본주)', '胡麻ㇰタㇾ(고만다레)'로 표기되어 있다.

다. 입에서도 감탄사나 홑문장 정도는 튀어나올 것만 같았으나, 목젖에 힘이 들어갈 뿐 혀와 입술을 어떻게 움직여야 할지 몰라 헤맸다. 언어가 목구멍에서 나오지 않다니, 이런 불가해한 일이 있나 싶어, 눈을 꼭 감고, 후쿠이에 살 때 사귄 친구나 킬 대학에서 알고 지낸 친구가 눈앞에 서 있다고 상상하고 "몸 건강히 잘 지내고 있나" 하고 말을 걸어보려 했다. 안 된다. 입은 크게 벌어졌는데, 안 된다. 가슴을 찌르는 통증이 엄습할 뿐 목소리는 나오지 않는다.

어린 시절 나는 말이 많은 장난꾸러기라 어른들한테 "넘찐* 놈"이라는 소리를 자주 들었다. 아버지는 말이 없는 분이라, 작업장에서 혼자 도면을 펼쳐 금속을 자르고 굽히고 용접하고 다듬었다. 나는 학교에서 집에 돌아오면 곧장 작업장에 얼굴을 내밀고 아버지가 하는 일을 지켜보며, "이게 로봇 머리가 되나? 눈은 어디 갔노? 심장이 웃기게 생겼네. 이건 태엽이가? 다리는 언제 나오노?" 어쩌고 하며 숨 쉴 틈 없이 질문을 이어갔다. 아버지는 목구멍 속으로 음―음―거리기만 했으나, 그런 아버지가 냉정하다고 느낀 적은 없었다.

---

*   건방지다는 뜻의 후쿠이 방언 고자니쿠이(こざにくい)를 경상남도 방언으로 옮겼다.

어머니는 집에 없을 때가 많아서, 작업하는 아버지를 지켜보는 일이 질리면 동네 아이들과 공터에서 야구나 축구를 했다.

아버지가 종종 입에 담던 "기계가 뜨끈뜨끈해서 큰일이네" 하는 말이 귓가에 남아 있다. 금속은 아무리 잘 돌아가도 온도가 너무 높아지면 안 된다. 그래서 아버지는 "식혀라"라는 말을 자주 했다. 내가 말을 쏟아내다가 내 언어에 흥분해서 멈추지 못하게 되면, 아버지는 내 머리에서 나사라도 뺄 것처럼 손가락으로 빙빙 어루만지며, "식혀라, 식혀" 했다. 정수리에 난 소용돌이 모양의 가마를 아버지는 '아슬아슬'이라고 불렀는데, 나는 그게 로봇공학 전문용어라고 생각했다. 로봇이 완성되면 정수리에 마지막 나사를 끼운다. 그때 '아슬아슬' 하는 소리가 난다. 아니면 내가 찬 슛이 아슬아슬하게 골이 되지 못한 것과 마찬가지로, 로봇이 아슬아슬하게 인간이 되지 못한 가여운 녀석이라는 뜻일까. 아버지가 가엾다는 말을 '에은하다'고 하기에 흉내 내었더니, "니는 도쿄 갈 거니까 사투리 쓰지 마라" 하고 말했다. 나는 어째서 도쿄에 가야 할까.

"그럼 로봇이라는 말도 사투리가?" "아니다. 체코어다." 초코어? 그런 초콜릿처럼 달콤한 언어가 있다니. 만약 초콜릿으로 기계를 만든다면, 깎여나간 찌꺼기도 맛있겠네. "체코라는 데는 교토보다 머나?" "훨씬 멀다."

아버지는 기계 부품을 조립해 뼈대로만 이루어진 우주정거장을 만들었다. 톱니바퀴가 돌고 돌면, 옆에 있던 톱니바퀴도 돌고 돌았다. 톱니바퀴에 용접된 가로막대기가 위로 올라가자, 그 막대기에 눌려 다른 부분이 솟아올랐다. 에너지가 바통 터치 되어 가는 과정이 처음부터 끝까지 훤히 다 보이는데도 그저 신기해서, 아무리 보고 있어도 질리지 않았다.

장치가 완성되자 아버지는 작은 금속판으로 전체를 감싸기 시작했다. 그러자 장치가 보이지 않게 되더니, 인간의 형상이 만들어졌다. 녀석의 피부를 볕에 그을린 색으로 칠하고, 굵고 짙은 눈썹을 그리고, 눈동자를 넣고, 잿빛 작업복을 입힌 다음, 오래된 고무장화를 신겼다. "자, 이 녀석 이름은 가쿠다." 아버지는 만족스럽게 말했다.

내면이 전혀 보이지 않게 된 가쿠는 고개를 좌우로 흔들고, 고개를 끄덕이고, 손을 흔들었다. 장치가 보일 때는 정말 제대로 만들었구나 하고 감탄했는데, 인간의 동작을 흉내 낼 뿐이라는 걸 안 순간, 유치한 움직임으로밖에 보이지 않았다. 가쿠는 서투르고 가여웠다. 나는 아버지가 화장실에 간 틈을 타 가쿠를 꼭 안고 뺨을 비볐다.

아버지는 가쿠를 실제 존재하는 모델을 두고 만들었다고 알려주었다. 이름은 하라다 가쿠조. 선주 집안 장남으로 태어나,

기계라면 사족을 못 쓰고, 어선에 달아둔 레이저 탐지기는 언제나 최신 기기가 아니면 성이 차지 않았다. 오십대 중반쯤 고향에 있는 전력회사 꼬임에 빠져, 그물을 접고 배를 매각한 뒤, 파도와 비늘 모양의 넥타이를 맸다. 전력회사에서 하는 일이 어떤 것이었는지는 아버지도 알지 못했다. 가쿠조는 모아둔 급료 대부분으로 대저택을 지었는데 곧 암에 걸려 세상을 떠났다. 그런 가쿠조를 모델로 한 로봇이 새로 생긴 박물관에 들어가, 아이들에게 고향 발전사를 들려준다고 한다.

아버지는 인간의 신체를 '깡통'이라고 불렀다. 로봇 기사여서 부품이 들어가지 않은 진짜 인간의 신체는 텅 비었다고 여기는 거라고 어린 마음에도 생각했다.

가쿠 외에도 아버지는 계속해서 단순한 형태의 로봇을 완성해 나갔다. 배 위에 서서 낚싯줄을 바다에 던져 한 마리씩 낚아 올리는 명인. 해변에서 그물을 끌어올리는 어부. 그 사람들은 같은 움직임을 반복할 뿐 입을 열지는 않았다.

하루는 아버지의 작업장 책상 위에 잡지 한 권이 놓여 있었는데, 표지만 봐서는 포르노 잡지가 아닐까 했다. 주뼛주뼛 손을 뻗어 페이지를 넘겨보았다. 놀랍게도 표지 사진 속에서 매력적으로 이쪽을 응시하고 있는 간호사가 사실은 로봇이었다. 잡지에는 그 밖에도 살아 있는 인간처럼 보이는 승려, 경찰, 발전소

인부 등의 사진이 실려 있었다. 심지어 그것들은 최신 로봇이 아니라, 아주 오래전 만들어진 로봇이라고 한다. 승려 5호라는 로봇은 반야심경을 외면서 목탁도 두드리고, 독경이 끝나면 몸을 구부려 손님들을 향해 인사도 했다. 그때 눈을 감는 모습이 귀족들의 마음을 흔들어놓았다고 쓰여 있었다.

어느 틈엔가 아버지가 옆에 와서 나를 내려다보았다. 멋대로 잡지를 꺼내 봤다고 혼날 줄 알았는데, 아버지는 기쁜 듯이, "그래, 니가 벌써 전문지를 읽을 때가 되었구나" 했다. "왜 이런 로봇은 안 만드노?" "이런 로봇?" "진짜 인간 같은 로봇 말이야." "로봇은 로봇다운 게 제일이다. 인간과 구분이 안 가는 로봇을 개발하는 건 시대착오지. 심지어 위험하고. 순진한 아이들에게 로봇이 하는 말을 그대로 믿게 해서는 안 된다." "무슨 말이고?" "로봇이 하는 말은 말이 아니다. 수식이다."

아버지가 박물관 주문을 받아 로봇을 만들고 있다는 건 알고 있었지만, 무엇을 위해 그런 박물관이 필요한지 납득할 수 없다는 기분이 나눗셈하고 남은 우수리처럼 늘 마음에 남았다. 박물관은 고향의 자랑스러운 역사를 다음 세대에 전하기 위해 짓는 거라고 공사 현장에 세워진 간판에는 쓰여 있었다.

이 부근이 작은 어촌이었을 무렵, 다른 바다에서 잡히지 않는 고급 생선을 교토의 요릿집에 출하했었다는 이야기는 아버지한테 들었다. 자랑스러운 역사란 그걸 말하나. '후쿠이(福井)'라는 이름은 아무리 길어 올려도 행복이 마르지 않는 우물이라는 뜻이라고 선생님이 말했다. 그런데 어째서 행복의 우물이 말라 어촌이 사라졌는지 알 수 없는 일이다. 박물관은 그 수수께끼를 풀 열쇠를 가지고 있을까.

초등학교 외부 수업 때 막 개관한 박물관을 찾았다. 아버지는 늘 '박물관'이라고 불렀지만 실제로 가보니 입구에 커다랗게 'PR센터'라고 쓰여 있었다. 자세히 보니 그 앞에 작게 '고향'이라는 글자가 보인다. 그러니까 '고향PR센터'라는 건가. 나는 피아르라는 단어가 너무 싫었다. 속은 기분이 들어서 보자마자 기분이 나빠졌다. 안으로 들어갔더니, 정면에 가쿠가 거대한 스크린에 비친 바다를 배경으로 바위에 앉아 있었다. 나는 가족이 전시되어 있는 것처럼 쑥스러운 기분이 들어서, 옆에 서 있던 겐타의 소매를 잡아당기며, "저거 우리 아빠가 만든 거다" 하고 자랑했다. 겐타는 그런 건 누구나 다 안다는 듯이 고개를 끄덕였다. 이 지역에서 로봇을 만드는 건 우리 집뿐이니 알고 있는 게 당연할지도 모른다.

스크린 안에서 바다가 철썩철썩 흔들리고, 파도 소리가 들렸다. 천장에서 내려온 플라스틱 갈매기의 배 속에 소형 스피커가 숨겨져 있기 때문이다. 그럴 리가 없는데도, 바닷바람이 살갗을 어루만지고, 바닷물 냄새가 났다. 그때 갑자기 가쿠가 목을 움직이니까, 달그락달그락하고 꼴사나운 소리가 나서, 아이들의 시선이 일제히 그쪽으로 모였다. 작업복 주머니에 설치된 소형 스피커에서 낮게 갈라지는 목소리가 들려왔다.

"어이, 모두들 잘 와주었어. 오늘은 너희가 살고 있는 마을이 어떻게 발전했는지 이야기해볼게. 오래전 이 근방 바다에서는 물고기가 많이 잡혔지. 친구들이 작업하는 모습을 잘 봐줘."

가쿠는 뚝뚝 끊어지는 서투른 말투로 이야기했기 때문에 시고토부리*의 부리가 방어로 들렸다. 억지로 도시 젊은이들처럼 말하려고 하는 게 문제다. 하지만 완벽한 어부의 언어로 말한다면 거꾸로 붕 뜰 것이다. 뜨는 건 부레 하나로 충분하다.

등 뒤에서 그물을 던지고 끌어올리는 것도 전부 로봇이다. 가쿠는 선주다. 하지만 그렇다면 가쿠는 어째서 발전소에 근무하는 겐타의 아버지와 같은 잿빛 작업복을 입고 있을까. 나는 섬뜩했다. 어쩌면 아버지는 로봇에게 실수로 저런 옷을 입혔을까.

다행히 그 부분은 나의 기우에 지나지 않았고, 가쿠가 직접 설명해주었다. "생선은 잡을 수 있는 시기와 잡을 수 없는 시기가

---

*   일하는 방식이라는 뜻. 부리는 동음이의어로 방식이라는 뜻과 방어라는 뜻이 있다.

있지. 산기슭에서는 물론 농업도 하지만, 대단한 현금 수입이 되는 건 아니야." 가쿠가 손가락으로 가리키자, 옆에 있던 스크린에 아름다운 계단식 논이 펼쳐졌다. 이제까지 마음에 담아둔 적은 없었지만, 사진으로 보니 논두렁을 그린 곡선이 아름다웠다. 키가 20센티미터 정도 되는 모내기 인형이 일제히 모내기를 시작하자, 아이들이 처음으로 밝게 웃었다. "우리는 좁은 토지를 정성껏 경작해서 맛있는 쌀을 거둬왔다." 어부인 가쿠가 '우리'라는 일인칭 복수형을 쓰다니 의외였다. 그러고 보니 텍스트 담당 직원이 집에 상담을 하러 와서, 아버지와 싸울 듯이 몇 시간이나 열정적으로 대화를 나눈 적이 있었다.

"정체되어 있던 나라 경제가 이윽고 회복되어, 우리 지방만 뒤처지는 게 아닌가 하는 초조함이 엄습했다. 옛날처럼 도쿄로 돈 벌러 나가야 하는 것인가. 하지만 가족과 헤어져 살고 싶지는 않다. 다들 방황하며 고민할 때, 오랫동안 잊고 있던 발전소가 재가동하게 되었다. 게다가 발전소는 하나가 아니었다. 이 지방은 아주 오래전, 전기의 수도라고까지 불렸다. 우리는 얼마나 기뻤는지 모른다." 가쿠의 연설이 끝나자 동시에 베토벤 교향곡 9번 '환희의 송가'가 흘러나왔다.

집에 돌아온 나는 작업장으로 달려가, "아버지, 오늘은 학교에서 박물관에 가서 가쿠의 이야기를 들었어. 다들 감탄했어"

하고 보고했다. '감탄했다'라는 부분은 내가 지어낸 것이고, 실은 더할 나위 없이 썰렁한 분위기가 감돌았으며, 무엇보다 가쿠를 보고 있으면 내가 식은땀이 흘렀다. 아버지는 아무런 대답 없이 금속 막대 손질을 계속했다.

중학교 1학년 봄, 어머니가 양산 하나 들고서 집을 나갔다. 그때까지도 어머니는 집에 없는 적이 많아서, 나는 밤마다 밥을 짓고, 생선을 굽고, 표고버섯과 죽순을 굽고, 절임 음식까지 할 줄 알게 되었다. 하지만 어머니가 이제 두 번 다시 돌아오지 않는다는 이야기를 듣자, 전신의 피가 다 빠져나간 듯 온몸의 살이 차갑게 굳었다. 눈물은 나지 않았다.

어머니는 말장난을 좋아해서, 가끔씩 저녁에 집에서 기분이 좋을 때면 나랑 놀았다. 집 나갈 때 가지고 간 양산을 이 지방에서는 '누렌자'라고 불렀는데, 엄마는 내가 의기소침해 있으면, "지지 마, 넌 마켄자잖아"라고 하거나 "울지 마, 넌 나칸자잖아"라고 해주었다.[*] 나는 어머니가 일하는 가게 이야기를 듣는 게 무엇보다 좋았다. 그 가게에는 서른 종류쯤 되는 술이 갖춰져 있고 고급 생선 안주가 나왔다. 선글라스를 쓴 채 목욕탕에 들어간다는 정치가, 추리소설의 고스트라이터, 가게의 좁은 화장실에

---

[*] '지지 않다'라는 뜻의 마케나이, '울지 않다'라는 뜻의 나카나이를 이용한 표현.

들어가지 못할 정도로 체격이 좋은 스모 선수, 암컷 푸들을 남자처럼 치장시켜 데리고 오는 대기업 사장 등이 매일 밤 놀러 온다. 도쿄나 교토의 유명인이 이 지방으로 도망쳐 오는 일도 적지 않다고 한다. 어머니는 그런 사람들을 위로도 해주고, 치켜세워주기도 하고, 농담도 하면서, 회사가 도산한 사람도 언어의 힘으로 웃게 만들었다. 말하자면 어머니의 직업은 언어를 이용하여 인간의 마음을 얻는 일이었다. 하지만 그렇기에 약간의 언어를 사용해 사람을 상처 주는 기술도 몸에 갖추고 있었다. 나는 어머니가 심한 말을 하지 않을까 내심 두려웠다. 어머니가 아름답고 세련된 사람이라 "부럽다, 부러워" 하며 우러러보는 동급생도 있었지만, 나는 다른 집 어머니가 부러웠다. 예를 들면 겐타의 어머니는 묵직한 암컷 하마처럼 아이에게 바싹 붙어서, 아이가 제대로 먹는지 가끔씩 확인하며 쳐다보기만 할 뿐, 거창하게 칭찬하거나 혼내지 않았다. 그래도 밀렵꾼이 총을 두르고 가까이 오면 커다란 몸을 방패로 아이를 지킨다. 화려한 말을 쏟아내며 분위기를 고조시키고, 아이를 밀쳐내고, 소리 내 흐느끼며 아이에게 위로받는 연극 같은 일은 일절 없다. 그래, 우리 어머니는 극장 무대에서 살면 좋을 것이다. 하는 일이 모조리 연극이니까.

하교 시간이 다가오면 혹시나 오늘은 어머니가 집에 있을까 하는 기대로 심장이 두근거려 숨을 쉬기 힘들었다. 없으면 낙담할 터였고, 있으면 어머니 기분이 나쁜 게 아닐까 그게 걱정이었다. 기분이 나쁘다면 집에 없는 게 낫다. 어머니도 같은 생각인지, 내가 없으면 좋겠다고 생각할 때가 있는 것 같았다. "네가 태어나지 않았더라면"이라는 말이 종종 어머니 입에서 흘러나왔다.

그런 어머니였지만, 이제 두 번 다시 돌아오지 않을 거라고 생각하자 비참한 기분이 들었다. 비참함은 얼굴에 드러나는 것일까. 나는 버려진 새끼 강아지처럼 따돌림을 받게 되었다. 그때까지는 불량한 짓에 관심을 둔 적이 없었지만, 하굣길에 학교 근처 좁은 길에서, "너는 사회의 쓰레기통이야"라거나, "싸구려 신발 신고 학교 오지 마"라거나, "얼빠진 새끼"라며 상급생 세 명에게 둘러싸여 얻어맞았고, 한번 그런 일이 생기자 비슷한 사건들이 연이어 일어났다. 처음 세 번 정도는 다행히 멍이 든 곳이 옆구리나 가슴 부위처럼 사람들에게 잘 안 보였기에, 아버지에게는 얻어맞았다는 사실을 비밀로 했다.

그러던 어느 날, 얼굴을 맞아서 눈 주변이 부어올랐다. "잘생겼다고 우쭐대지 마, 개새끼야"라는 소리를 들으며 얻어맞았는데, 정말로 내 얼굴이 인기가 많나 하고 내심 기분이 좋기도 했다. 집에 돌아와도 작업장에는 가지 않고, 그대로 뒤쪽 폐품 모아두는 곳으로 가서 찬물에 적신 수건을 가볍게 눈에 댔다.

　폐품 모아두는 곳에는 필요 없어진 부품이나 만들다 만 로봇이 여러 개 있었다. 그 가운데 하나, 마음에 드는 상반신 로봇이 있었다. 얼굴도 그리지 않았고, 머리는 반질반질한 민머리였는데, 가슴이 살짝 부풀어 있었다. 그 가슴을 손바닥으로 감싸고 조심스럽게 어루만지니, 로봇이 으음 하는 소리를 냈다. 쾌락. 나는 가방 속에서 검은 매직펜을 꺼내, 눈동자를 그려넣어보았다. 속눈썹도 길고 짙게 그려넣자, 누가 봐도 여자아이 같은 얼굴이 되었다. 나는 실종 후 그대로 둔 어머니의 방으로 숨어들어, 화장대를 열고 짧아진 립스틱을 훔쳐, 로봇에게 없는 입술을 정성껏 그려넣었다. 그런 다음 가발을 씌워보았다. 귀가 없어서인지 어깨가 아이처럼 빈약한 탓인지, 어딘지 모르게 우스꽝스러웠다. 그러고 보니 어머니는 미인이었지만 뭐든 서툴렀었지. 부조화는 보는 이의 마음을 불편하게 한다. 새빨간 립스틱이 눈을 찔렀다.

　중학교 성적은 좋았지만 고등학교 수험은 떨어졌다. 시험지를 눈앞에 둔 순간, 귀 안쪽에서, 떨어져, 떨어져, 하는 목소리가 쾅쾅 울렸다. 한번 미끄러지면 다시 시험을 볼 수 없기에 1년 재수를 하기로 했다. 아버지는 재수하고 싶다고 해도 반대하지 않았다. 어머니가 사라진 뒤로, 아버지는 더욱더 열심히 금속의 세계로 빠져들었다.

그 무렵, 나는 내가 정상이 아닌 것 같다는 생각을 하게 되었다. 허벅지가 부드러워 보이는 여자아이를 보면 격렬한 분노에 휩싸였다. 버스정류장에 오동통한 여자아이가 서 있으면 나는 엉겁결에 발걸음을 멈추었다. 짧은 스커트 단이 바람에 들려서, 근육이 거의 없는 물컹한 허벅지의 부드러운 부분이 흔들렸다. 그것이 눈에 들어오자 잔혹한 기분이 끓어올랐다. 스스로도 떠올리고 싶지 않은 망상에 사로잡혀, 오토바이에 치일 뻔한 적도 있었다.

수공업의 역사를 배우기 위해 외부 수업으로 니가타현 민예박물관에 버스로 견학을 간 적이 있었다. 그 지방에는 마루에 앉아 몸에 끈을 두르고, 허리를 왔다 갔다 움직이며 옷감을 짜는 옛날식 베틀이 남아 있어서, 팔십대 여성이 실제로 해보였다. 작은 덩치에 주름진 할머니라고 생각했는데, 허리를 굼틀굼틀 움직이는 사이에 얼굴 표면이 여우처럼 팽팽해지면서, 어느 틈엔가 젊은 여성이 되어 있었다. 위에서 내려다보는 내 눈에는 기모노 옷깃 사이로 젖가슴이 보였다. 몸이 흔들리고, 젖가슴이 흔들리며, 베틀이 조금씩 기울더니, 기계와 함께 방 전체가 무너져버릴 것같이 베틀이 흔들렸다. 나는 두려워져서 눈을 감았다. 그러자 무수한 실이 여성의 허리를 휘감아 움직일 수 없게 되는 것이 보였다. 아아, 아아, 여성이 짜내는 목소리가 점점 높아지더니, 공기가 화려한 붉은색으로 물들고, 몸을 비틀 때마다 뾰죽뾰죽 솟아난 바늘이 부드러운 허벅지 살을 찔렀다. 베틀에 바늘이 달려 있을 리가 없는데, 어느새 베틀이 재봉틀이 되었다. 그래, 어머니의 방에는 재봉틀이 있었다. 딱 한 번, 나를 위해 운동화를 넣는 파란 주머니를 만들어준 적이 있었다. 초등학교에 들어간 지 얼마 지나지 않아서다. 나는 너무 기뻐서 들떠 있었는데, 어째서인지 끔찍한 짓을 하고 말았다. 전날 길에서 발견한 시궁쥐 가죽을 부엌칼로 벗겨서 정원에 숨겨두었다가, 그걸 재봉하고 있는 어머니 옆에 가져다 놓았던 것이다. 어머니가 비명을 지르며 벌떡 일어서는 바람에 내 손등에 바늘이 걸려 살갗이 찢어졌다.

학원에 다닐 때 '스사노오'라는 별명이 붙었다. 강사는 조금이라도 재미있는 수업을 해서 인기를 얻으려고 《고지키》 일화를 자주 이야기했다. 요즘에는 《고지키》가 수험에 종종 나온다. 국수주의가 성행하던 옛날에는 《고지키》가 필독서였다고 강사는 말했다. 아마테라스 오미카미라는 여자가 최고의 신이고, 그 남동생인 스사노오가 엉터리 남자라는 여존남비 구조가 어째서 국수주의자들의 마음에 들었는지 납득할 수 없어서 강사에게 질문했더니, 옆에 앉아 있던 못된 녀석이 "다른 건 몰라도 너한테는 엉터리 남동생 역할이 딱 들어맞아. 포기해"라고 했고,

어떤 이유에서인지 그게 모두의 마음에 들었다. 강사도 웃으며, "스사노오가 저지른 어리석은 짓을 전부 적어 와"라는 숙제를 나에게 내주었다. 그런 과제가 수험에 나올까, 하고 반신반의하며 찾아보다가 깜짝 놀랐다. 이런 에피소드가 나와 있었던 것이다. 어느 날, 아마테라스 오미카미의 부탁으로 베 짜는 하녀가 신에게 바칠 옷을 짜고 있는데, 스사노오가 가죽을 벗긴 말을 베 짜는 오두막에 던져 넣었다. 하녀는 깜짝 놀라 뛰어오르다가 베틀의 뾰족하게 솟아난 부분에 음부가 찔려 죽고 말았다. 그 사실을 알게 된 아마테라스 오미카미는 남동생에게 실망한 나머지 어둠 속에 몸을 숨겼다. 태양이 숨어 세상이 어두워졌다. 그것이 일식을 의미한다는 것은 나도 납득이 간다. 하지만 베틀의 뾰족한 부분에 음부가 찔린다는 게 가능한 일인가. 그것은 성범죄가 아닌가. 어쩌면 스사노오가 뾰족한 성기를 집어넣은 대상이 아마테라스 오미카미 자신이고, 그 쇼크로 그녀가 성격 분열을 일으켜 상처받은 자신의 일부를 베 짜는 하녀로 만들어버린 것은 아닐까. 아무튼 나는 스사노오라는 별명이 싫었지만, 학원에서는 마지막까지 나를 그렇게 불렀다.

비행기에 대한 동경이 약간 있어서, 파일럿 자격증을 따는 졸업생이 많다는 일류 공업고등학교에 응시를 해보았지만 떨어졌다. 붙은 고등학교는 선박을 만드는 데 주력했다. 세상은 자원

위기 시대를 맞이하여, 비행기는 군용기 이외에 날지 못하게 되었고, 배가 다시 주목받는 시대가 오고 있었다. 물자의 운송뿐만 아니라, 대형 객선으로 떠나는 세계 일주 여행이 유행하게 되고, 오래전 멜로영화의 무대가 되었던 호화 객선을 외관만 재현한 저렴한 객선이 태평양에 가라앉기도 했지만, 그래도 질리지 않고 선박 열풍은 높아져만 갔다.

공부는 크게 애쓰지 않아도 낙제하는 일은 없었다. 그보다 나의 이상한 습성이 걱정되어, 사건을 일으키지 않도록 조심하며 생활하는 데 지치기 시작했다. 여자의 부드러운 살을 보면 찌르고 싶었다. 거꾸로 로봇의 차가운 피부를 보면 마음이 편안해지면서, 내가 침착하고 이성적인 인간처럼 여겨졌다. 자유선택과목은 미술을 골라서 오브제를 만들 거라고 아버지에게 둘러대고, 실패작 로봇을 직접 개조해 남몰래 성적 쾌락의 대상으로 삼았다. 다만, 상대가 말을 전혀 할 줄 모른다는 게 나로서는 약간 불만이었다.

하루는 먼 친척 초등학생이 놀러 와서, PR센터에 데리고 가달라고 졸랐다. 정식 명칭은 '고향PR센터'지만 마을 사람들은 창피한지 굳이 '고향'을 붙이지는 않는다. 무의식적으로 피해온 장소지만 거절할 수도 없었다. "형, 부탁이야. 데려가줘" 하고 조르는 아이는 자기를 봇 군이라고 부르는 미워할 수 없는 꼬마였는데, 아버지가 로봇을 만드는 게 자랑스러웠는지, 자기도 로봇 만드는 기사가 될 거라고 퍼뜨리고 다녔다.

오랜만에 PR센터에서 가쿠의 입에서 흘러나오는 말을 들은 나는 깜짝 놀랐다. 가쿠는 지금도 같은 바위에 앉아 있었지만, 그 입에서 나오는 대사는 예전과 상당히 달랐다. 로봇 신체에 설치된 음원이 때때로 갱신되는 것이리라. "발전소 안전성을 수차례 엄중히 체크해 재가동했어. 이후 우리 지역 경제가 안정되었지." 나는 가쿠의 얼굴을 정면으로 노려보며, "정말로 안전해?" 하고 물었다. 가쿠는 대답하지 못했다. "가쿠, 나는 네가 아직 인간이 될지 로봇이 될지, 결정하지 못했던 단계를 알고 있어." 자신을 봇 군이라고 부르는 미워할 수 없는 꼬마가 내 손을 잡아당기며, "형, 형, 이제 이 로봇은 됐으니까, 저쪽에 귀여운 거 보러 가자" 하고 재촉했다. 안쪽에는 내가 모르는 새로운 전시가 있었다. 로봇이 아니라, 레이저광선이 입체적으로 모습을 드러내고 있었다. 빨간 원피스를 입은 소녀가 춤을 추고 있다. 스커트가 짧아서 밑단이 올라갈 때마다 드러나는 순수한 허벅지가 나를 초조하게 했다. "안녕, 내 이름은 우란, 오빠는 나한테 힘을 얻어 오늘도 열심히 일해." 소녀가 새된 목소리로 크게 외치며, "모두의 행복을 생각하는 당신이 멋있어" 하고 엉뚱한 노래를 부르기 시작했다. "우란에게 말을 걸면 대답합니다"라고 옆면에 쓰여 있어서, "우란, 너는 어디서 왔나?" 하고 물으니 노래를 멈추고, "처음 뵙겠습니다. 우란입니다" 하고 대답했다. "너는 어디서 왔어?" "저는 미국, 캐나다, 호주 등 정세가 안정된 나라에서 수입된 자원입니다." "우란을 파내는 작업은 위험하지?" "다음은 좋은 물건 세일 정보입니다." "채굴장에서는 완전히 드러난 우란이 바람에 날려, 강으로 흘러, 환경오염을 일으키고, 일하는 사람들도 암에 걸리지?" "질문이 너무 길어요. 짧게 부탁드립니다." "우란은 암의 원인이 되나?" "다음은 인근 내과 리스트입니다." "너는 암이야." "걱정해주셔서 감사합니다." "너는 유해해." "즐거운 기분으로 다 같이 사이좋게 지냅시다." "너는 바보다." "더 좋은 정보로 보답하도록 최선을 다하겠습니다."

자기를 봇 군이라고 부르는 미워할 수 없는 꼬마는 내가 흥분해서 우란을 상대로 고함을 지르는 게 싫었는지, 작은 손바닥으로 내 엉덩이를 탁탁 때리며, "이건 기계야. 말하고 있는 것 같지만, 거짓말로 말하는 거라고" 하고 자신의 언어로 설명해주었다.

그건 그렇고 나는 어째서 기계만 보면 이렇게 진지하게 말을 걸까. 살아 있는 인간 앞에서는 말수가 없어지면서. 아버지도 그랬다. 우리는 인간과 대화를 할 수 없기에 로봇과 대화를 하는 것인가.

발전소 재가동에 앞서 주민들의 불안을 담은 땅 고르기 작업이 진행되고, 어느새 재가동이 실시되었다. 어느 일요일, 시청 앞을 지나는데 재가동 반대라는 피켓을 들고 앉아 있는 사람들이 있었다. 담임 선생님이 한가운데 앉아 있다가, 나를 보고 오른손을 똑바로 들어 "여어" 하고 인사했다. 박달대게라는 별명이 붙은 화학 선생님이었다. 수업 중에는 정치적인 의견을 한마디도 내세우지 않고, 플루토늄과 세슘의 반감기에 대해 담담히 이야기해주었다.

나는 가쿠를 생각하면 가슴이 죄어드는 것만 같았다. 기계는 좋아했지만 장래에 로봇이나 발전기와는 가까이 지내고 싶지 않았다. 아무리 정성을 다해 만들어도, 인간을 속이고, 상처 주는 도구로 쓰인다. 그런 로봇을 이 세상에 더 이상 만들어내고 싶지 않았다.

선박밖에 없다. 그렇게 생각한 것은 해안에서 친구와 몰래 담배를 피우던 어느 일요일 오후였다. "그래, 나는 조선업을 하겠어." 그렇게 말하며 웃었다. "그럼 어느 대학으로 갈 거야?" "홋카이도." 어머니가 홋카이도에 사는 것 같다는 이야기를 외삼촌한테서 들은 참이었다.

홋카이도보다는 킬에서 공부하고 싶다고 생각한 것은 어느 독일인 여성을 만나고부터였다. 한머라는 이름의 그 사람은 우리 고등학교에 한 학기 동안 영어 회화를 가르치러 왔다. 한머 선생님은 킬 출신으로 미국에서 대학을 나와, 오사카 회사에서 1년 동안 연수를 마쳤다고 했다. 우리의 영어 회화 능력은 중학교 수준에도 못 미쳤다. 문법이라면 가정법이든 과거완료형이든 훌륭히 설명할 수 있었지만, 실제로 대화를 나누면 취미가 뭐냐는 질문에 겨우 '피싱'이라고 대답하는 수준이었다. '피싱'이라는 대답에 한머 선생님은 걱정스러운 표정으로 어떤 의견을 말했다. 무슨 말을 하는지는 알 수 없었지만, '뉴클리어'라는 단어가 들려서, 오염된 바다에서 낚시를 해도 괜찮으냐고 걱정하는 것 같다는 느낌이 들었다. 나는 부분적으로밖에 이해하지 못하는 대화가 즐거워졌다.

그렇기는 해도 이상한 일이다. 여자아이한테 "취미가 뭐야?" 하는 질문을 받으면 무슨 대답을 해도 경멸을 당할 것 같고, 그게 두려워서 "취미 같은 거 있을 리 없잖아, 노인도 아니고" 하고 기분 나쁜 듯 대답하게 된다. 그런데 한머 선생님에게 이야기하면, 우선은 나의 저급한 영어 실력에 질려버리기 때문에, 그 이상을 생각할 여유가 없다. 먼저 대답이 되는 단어가 입에서 나왔다는 것만으로도 큰 만족감이 들었다. 그렇구나, 이런 단순한 대화를 나누는 것만으로도 기쁨을 얻을 수 있구나.

다음 수업 때는 장래에 무엇을 하고 싶은지 물었다. 동급생들은 모두 다른 단어가 생각나지 않는지 "엔지니어가 되고 싶다"

거나 "비즈니스맨이 되고 싶다"고 대답했는데, 나는 더 제대로 대답하자는 생각에, "메이킹 십"이라고 대답해보았다. 이 말이 제대로 통하지 않았던 것은 내 발음이 안 좋았을 뿐만 아니라, 십을 어미로 착각했기 때문인지도 모른다. '프렌드십'이나 '스킨십' 같은 다양한 십이 있다. 배라는 명사를 복수형으로 말했더라면 좋았을지도 모르고, 혹은 관사를 붙였더라면 나았을지도 모른다. 내가 조선업을 말하는 거라고 겨우 깨달은 한머 선생님은 얼굴이 환하게 밝아지며, 자기 고향에 있는 킬 대학이 조선학으로 유명하다고 했다. 어째서인지 그 순간부터 나는 한머 선생님이 하는 말을 점점 알아들을 수 있게 되었다. 그다음 주 수업 때는 아버지가 로봇을 만든다는 이야기나, PR센터를 좋아할 수 없다는 이야기까지, 한머 선생님에게 영어로 전달할 수 있었다.

나는 한머 선생님에게 이 지방에 대한 다양한 이야기를 전해주고 싶어서, 이 마을 중학생들은 영어 단어 either를 외울 때 "(어느 쪽이든) 이이자아*", neither는 "(어느 쪽이든) 네에자아**"라고 하며 외운다는 말까지 고생스럽게 설명했다. 반 아이들은 놀란 얼굴이었다. 제일 놀란 것은 나 자신이었다. 이제껏

* 괜찮다는 뜻의 사투리.
** 상관없다는 뜻의 사투리.

어학을 좋아한다고 생각한 적 없고, 성적도 좋았던 기억이 없다. 그러나 이 시기, 나의 뇌에 커다란 변화가 일고 있었다. 이전까지는 쓰레기가 쌓여 있던 배수구 같던 뇌에, 큰비가 내려 쓰레기가 다 떠밀려가고, 계곡에서 새로 맑은 물이 솟아나 구석구석 흘러가는 기분이었다.

한머 선생님의 얼굴은 늘 웃는 상이었고 우리 마을 여성 얼굴처럼 찡그리는 법이 없었으며, 마네킹 인형처럼 부서지지도 않았다. 골격이 크기 때문인지도 몰랐다. 피부는 차갑고 팽팽했으며, 체온이 낮은 것처럼 보였다.

대학 수험 관련 설명회로 해외 유학 팸플릿을 손에 넣었을 때는 가슴이 두근두근했고, 장이 빙빙 돌기 시작해서, 갑자기 대변이 마려웠다. 한머 선생님이 담임 선생님에게 내 이야기를 했는지, 얼마 후 킬 대학 팸플릿이 우리 집으로 우송되었다. 게다가 장학금을 받을 가능성이 있다고 쓰여 있었다. 아버지에게 흠칫흠칫 이야기를 꺼냈더니, 주름이 생길 정도로 기쁜 듯이 웃으며, "그거 잘됐구나" 하고 한마디 했다. "아버지는 세상을 위하는 일이 아닌 일을 하고 말았다. 너는 로봇을 만들지 마라." "세상을 위하는 일이 아닌 일을 했다니, 무슨 말이야?" "PR센터 로봇, 기억하지?" "가쿠? 당연히 기억하지." "가쿠가 아이들에게 한 말, 그건 거짓말이다. 로봇이기에 아무렇지도 않게 거짓말을 할 수 있는 거다."

옛날 사람들은 해외에 갈 때 비행기를 이용한 모양이지만, 배에 푹 빠진 나는 그게 부러운 줄도 몰랐다. 니가타항에서 대형 선박을 타고 상하이, 홍콩, 싱가포르 등을 경유해, 인도의 항구에 사흘 머물렀을 때, 오랜만에 신발 뒤축으로 대지를 느낄 수 있다는 것에 설레서 전날 밤 잠을 이루지 못했는데, 수에즈운하를 지나 지중해로 나와서 이윽고 마르세유항에 배가 닿았을 때는 선실과 헤어지는 게 슬퍼서 눈물로 시야가 흐려졌다. 어머니가 집을 나갔을 때도 울지 않았는데, 이런 일로 눈물이 흐르다니 나도 참.

"역이 어디입니까?"를 프랑스어로 겨우 외워 몇 번이나 반복한 끝에 역을 찾아서, 파리와 함부르크에서 갈아타고 킬에 도착했다. 물론 마중 나온 사람은 아무도 없었다. 길 가는 사람에게 주소가 적힌 종이를 보여주며, 이윽고 학생 기숙사에 당도했다. 책상 위에는 대학 내 지도와 설명회 일정표 등이 놓여 있었다.

어느 교실이 어디에 있는지 확인하고, 필요한 교과서를 마련하는 데만도 너무 힘이 들어서, 제대로 준비를 마쳤다는 게 스스로 자랑스럽게 느껴지는 솔직한 인간이 되어 있었다. 나의 인격은 킬에서 리셋되었다. 이제까지 삐딱하게 세상을 보며 쉽게 모욕감을 느끼던, 시니컬한 젊은이는 사라져버렸다.

드디어 어학 집중 코스가 시작되었다. 병행하여 전공 수업에도 얼굴을 내밀었다. 기계공학입문 같은 과목은 교과서에 실린 삽화를 보는 것만으로도 예상이 가능했지만, 어학 수업은 북유럽과 동유럽에서 온 유학생의 독일어 수준이 한참 높아서, 숨 돌릴 틈도 없이 새로운 언어의 바다를 전속력으로 헤엄쳐야 했다. 집에 와서도 어학 교과서에 나오는 문장을 필사적으로 중얼거리며, 밤이 될 때까지 수차례 곱씹었다. 쌀을 계속 씹으면 달콤해져서 술이 된다고 들었는데, 언어도 마찬가지다. 소화불량으로 복통을 일으키는 일도 없이, 나는 오히려 도취 상태로 첫해를 보냈다. 누가 이름을 물어보면 스사노오라고 대답했다.

하루는 같이 수업을 듣는 늑대라는 이름의 남자가 말을 걸었다. 본명은 물론 늑대가 아니라 볼프였지만, 나는 마음속으로 늘 늑대라고 불렀다. 숲을 좋아하느냐고 물어서 좋아한다고 했는데 솔직히 말해, 이제껏 숲에 대해 별생각이 없었다. 자전거를 타고 숲에 가자기에 자전거가 없다고 했더니, 중고 산악자전거를 가져다주었다. 내 고향에서는 주말에 자전거를 타고 자연을 즐기는 인간은 한 사람도 없었다. 여자친구를 데리고 드라이브를 가고, 친구들과 음악을 들으며 캔맥주를 마시고, 담배를 피우기에는 숲속도 괜찮지만, 자연을 즐긴다는 발상 자체가 없었다.

나는 늑대와 함께 자전거를 타고 울퉁불퉁한 숲속 길을 달리고, 벌거벗은 채 소리를 지르며 살을 엘 듯 차가운 발트해로 첨벙첨벙 들어가고, 강에서 낚시하는 흉내를 내다가 아무것도 못 낚았다는 데 화도 내지 않고 돌아오는 길에 농가에서 소시지를 사서 늑대 지인의 마당에서 그릴로 구워 먹었다. 어느 틈엔가 입을 열면 독일어가 튀어나오게 되었다.

대학 수업은 전공이 전공이니만큼 남학생이 많았고, 여학생이 적었다. 조금씩 익숙해지자 개개인의 얼굴이 눈에 들어왔다. 스커트를 입은 학생은 단 한 명도 없었다. 덩치가 작고 야무진 느낌의 앙케라는 아이가 종종 나를 빤히 쳐다보기에 말을 걸어보았다. 앙케는 나와 몇 마디 나누더니 곧장 차를 마시러 가자고 했다. 그런 다음 영화를 보러 갔고, 정신을 차려보니 입술이 눈앞에 다가와 있었고, 속옷까지 벗고 있어서, 어느새 여자친구가 되어버렸다.

고등학생일 때는 내가 이상한 인간이 아닐까 고민하기도 했지만, 앙케를 만난 뒤로는 내가 주위 사람들과 다를 게 전혀 없다는 것을 깨달았다. 이것도 성호르몬이 신체에 격렬하게 흐르기 시작한 덕분이 아닐까 싶다. 로봇도 내부에 전류가 아닌 액체가 흐른다면 크게 진화하지 않을까. 정신을 차려보니 나는 자연이 좋고, 사람과 이야기를 나누는 게 좋고, 어학에 뛰어난 재능이 있고, "오늘 할래?" 같은 말을 서슴없이 여자친구에게 묻는 젊은이가 되어 있었다.

앙케는 본가가 후줌에 있어서 킬에서는 혼자 살았다. 어느 일요일, 앙케의 부탁으로 장국과 교자를 만들어보았다. 앙케는 장국을 한 입 살짝 맛본 뒤 소중하게 마시더니 눈을 감고 코를 천장으로 향하며, "음, 좋네" 하고 요염한 목소리로 말했다. 교자는 기세 좋게 한 입 베어 물고 의외로 물컹해서 맥이 빠졌는지, 어떤 식으로 베어 물어야 할지 고민하다가, 그래도 안에서 배어나는 즙이 맛있는지 미소 지었다. 수란은 푸딩처럼 몰캉한데 생선 맛이 난다고 곤혹스러워 했지만, 당근과 피망으로 튀긴 튀김은 칭찬하는 것도 잊고 묵묵히 단숨에 다 먹었다. 하지만 앙케가 자신감 있게 "이거야말로 미래의 맛이야"라고 단언한 것은 마키즈시*였다. 앙케는 자기 여자 친구들을 스시 파티에 초대해서 내 솜씨를 자랑했다. 나는 어머니가 집에 없었기 때문에 자주 저녁밥을 짓곤 했는데, 요리하는 게 좋았던 기억은 없다. 오히려 다른 집에서는 어머니가 맛있는 음식을 만들어주는데 나는 어째서 직접 해야 하나 하고 비참한 기분이 들었던 적이 여러 번 있

---

* 참치, 오이, 새우, 계란, 낫토 등의 재료를 밥에 넣고 김이나 다시마 등으로 말아서 먹는 음식.

었다. 저녁밥을 '요다가리'라고 하는데, 어머니는 "밤에 다니는 쏙독새는 요다가리 안 짓는 법이지"라고 하며 웃었다.

아버지는 내 요리를 깎아내린 적도 칭찬한 적도 없었다. 양말 신는 법이나 창문 여는 법을 칭찬하지 않는 것처럼, 요리 같은 것은 이래도 그만 저래도 그만이라고 여겼다. 하지만 여자친구가 생기고 보니, 여성이란 맛있는 요리를 만들어 먹이면 껴안아주기 마련이라는 걸 알고, 아버지가 어째서 그렇게 중요한 일을 알려주지 않았는지 화가 날 지경이었다. 앙케는 내가 만든 요리에 성대한 박수를 보냈고, 나는 솔리스트처럼 정중하게 인사로 답했다.

늑대도 내가 한 음식을 좋아했다. 다양한 종류의 마키즈시에 입맛을 다시며, 대단해, 대단해, 하고 순순히 칭찬해주었다. 나와 늑대는 낚시에도 열을 올려, 바다낚시면허를 따서, 발트해까지 나가 반짝이는 비늘을 쫓았다. 더는 몇 시간이고 선박 설계도를 들여다보지 않게 되었고, 보트를 빌려 타고 바다로 나가는게 더 즐거웠다. 내게는 대학도 선박도 어울리지 않는 모양이었다. 그런 분위기를 풍기는 편지를 아버지에게 보냈지만 답장이없었다. 편지지에 써서 보내기도 하고, 이메일로 보내기도 했지만, 답장은 오지 않았다. 고등학생 시절 땀투성이가 되어 즐거운 시간을 공유했던 친구들로부터도 연락이 전혀 없었다. 나 같은 건 완전히 잊어버린 게 분명했다. 이제부터는 앙케와 늑대가 나의 유일한 가족이다. 그렇게 각오를 다졌다. 그 이전의 내 인생은 줄을 풀어버리듯이 떨어뜨려 육지에 남겨두고, 단호히 출항하기로 했다.

앙케가 나를 위로하기 위해 "다들 너를 잊어버린 게 아니라, 너희 나라에 대참사가 일어나서 연락이 안 되는 거 아니야?" 하고 말해준 적이 있는데, 위로가 되기는커녕 수다스러운 앙케가 삽으로 불안을 파내기라도 한 것처럼 화가 치밀어서, "이제 그 얘긴 그만해!" 하고 성질을 냈다.

그래도 대학을 관둘 결심은 서지 않아서 장학금 연장 신청을 했는데, 수업 결석이 너무 잦은 탓에 불발되었다. 겨울방학에 이삿짐센터 홍보물을 뿌리는 아르바이트를 했지만, 그 정도 가지고는 마이너스로 깊이 처박힌 은행 계좌를 끌어올리지는 못했다. 더 벌이가 좋은 일을 학업과 병행하여 계속하지 않으면 대학 졸업을 할 수 없었다. 입학 때부터 쭉 부모님 지원도 장학금도 없이 살아온 늑대에게 상담했더니, "아르바이트라면 얼마든지 소개할 수 있지만, 그보다 둘이서 사업을 일으켜 큰돈을 벌어보지 않을래?"라는 말을 꺼냈다. 아무래도 전부터 남몰래 계획을 세워온 모양이었다. "스시 가게를 여는 거야. 실은 후줌에서 레스토랑을 하던 삼촌이 돌아가셔서, 그 가게를 유산으로 이어받

게 되었어."

앙케는 자기 집이 있는 후줌으로 이사하는 데 크게 찬성했다. 앙케의 아버지에게서도 자금을 받아, 오래된 레스토랑이 세련된 스시 가게로 변신했다.

스시 가게라는 간판이 새롭기도 하거니와, 실제로는 돼지고기 요리도 만들어준다는 편리성 때문에 장사는 대단히 순조로웠다. 나는 그 무렵, 조선업으로 나아가겠다는 마음은 완전히 접고, 임신한 앙케와 가정을 이루기 위해 열심히 요리 솜씨를 갈고 닦았다. 스시 요리사로 수련한 적은 없었고, 책에서 배운 지식으로 만든 것이라, 프로가 보면 혀를 내두를 정도로 엉망이었을 게 틀림없다. 하지만 내가 만든 스시 외에 다른 스시를 먹어본 적 없는 손님들이 불평을 할 리가 없었다. 후줌에서의 생활은 금세 정착되었다.

그러던 어느 날, 마을에 대규모 데모가 있을 거라는 소문을 단골손님에게서 들었다. 신문을 보니, 안달루시아에서 온 투우사가 축구 경기장에서 투우를 해서, 자연보호단체가 동물 학대에 항의하는 대규모 시위를 계획하고 있다고 쓰여 있었다. 데모 참가자는 함부르크에서 버스 여러 대를 타고 밀어닥친다고 한다.

나는 어떤 이유에서인지 갑자기 투우가 보고 싶어져서, 늘대와 나의 티켓을 확보했다. 당일, 마을은 아침부터 어수선한 분위기였고, 투우장 근처에 오니 앞으로 나아가는 것도 어려울 정도로 길이 막혔다.

투우장에 들어간 나는 흥분한 탓인지, 눈앞에 번쩍번쩍 불꽃놀이의 폭죽이 튀는 듯하고, 호흡이 빨라져서 몇 번이나 멀어져 가는 의식을 붙잡아야 했다. 옆에서 늑대가 "네가 투우를 좋아하는지 몰랐어. 소 덕분에 치즈와 버터도 먹을 수 있잖아. 그런 소중한 동물을 게임 목적으로 죽이다니. 나는 잘 모르겠어" 하고 어두운 표정으로 속삭였다. 늑대가 하는 말은 지당했다. 나는 수치심으로 불타는 얼굴을 돌렸다. 고개를 숙이고 돌진하는 소의 뿔에 투우사의 넓적다리가 찔리는 장면이 머리에 떠올랐다. 그래, 나는 오늘 투우사가 투우에게 살해당하는 장면을 보러 온 것이다. 그렇게 된다면 내 안에 살고 있는 투우사도 죽으리라. 그 녀석이 살아 있는 동안은 결혼해도 앙케와 태어날 아기에게 무슨 짓을 할지 모른다.

그런 생각을 하고 있는데, 새빨간 드레스를 입은 곧은 자세의 여성이 눈앞을 지나갔다. 피부색은 새하얗고, 검은 곱슬머리가 어깨에서 찰랑댔다. 그녀는 내가 소년 시절 처음으로 생명을 불어넣었던 그 로봇이 아닌가. 지금 놓치면 앞으로 평생 못 만날지도 모른다. 나는 늑대에게 화장실에 다녀오겠다고 거짓말을 하고, 여성의 뒤를 따라갔다. 긴 드레스를 입고 하이힐을 신었는데 놀랄 정도로 발이 빨랐다. 나는 헤엄치듯 인파를 헤치고 나가, 붉은 옷자락과 검은 곱슬머리를 놓치지 않으려고 서둘러 뒤를 쫓았다. 여성은 한동안 누군가를 찾는 것처럼 보이더니, 문득 출구로 향했다. 앞에서 사람들이 확 밀려들어 여성의 모습을 놓칠 듯해서, 마구 달려나가 불쑥 모퉁이를 돈 순간, 눈앞에 우뚝 선 여자와 부딪혀 서로 껴안으며 바닥으로 쓰러지고 말았다.

여자는 발목을 삔 것 같았다. 나는 여자를 벤치에 앉힌 뒤 나란히 옆에 앉았다. 여자는 아를에 사는 댄서였는데, 지난주에는 매일 밤 후줌 술집에서 공연이 있었고, 이제는 집으로 돌아갈 거라고 영어로 말했다. 예명은 카르멘. 주소를 알려달라고 간청하자, 끈적끈적한 미소를 지으며 알려주었다. 나는 적을 것을 가지고 있지 않아서, 필사적으로 주소를 암기했다. 결국 여자의 발목은 아무렇지 않은 듯했다.

그날부터 나는 열병에 걸린 것만 같았다. 앙케가 둔하고 지루한 여자처럼 보였다. 아이가 태어나 아버지가 된다고 생각해도 귀찮게 여겨지기만 할 뿐 기쁘지가 않았다. 어째서 어머니는 나를 버리고 집을 나갔을까. 이 의문이 해소되지 않는 한, 앙케와 결혼해도, 나의 아이가 태어나도 의미가 없었다. 그보다는 카르멘을 쫓아가야 했다. 나는 카르멘을 꼭 껴안고 싶었다. 만약 카르멘이 나를 위해 만들어진 로봇이라면, 그 신체는 딱딱하고 차가우리라. 그렇기를 바랐다.

나는 카르멘이라는 환상에 완전히 사로잡히고 말았다. 매일 아침 눈을 뜨면, 우선 카르멘의 이름이 활자가 되어 눈앞에 떠올랐다. 그 활자를 주워, 수도꼭지에 물을 틀고 얼굴을 씻어내려 했지만, 콸콸 흘러가는 물살 속에 카르멘의 얼굴이 보여서, 좀처럼 씻을 수가 없었다. 치약 속에도, 홍차에서 피어오르는 뜨거운 김 속에도, 빵에 발린 딸기 잼 속에도 카르멘이 있었다. 일종의 병인지도 모른다. 멍하니 생각에 잠겨 있다가, 라이터 불이 소매에 옮겨붙은 걸 보고 서둘러 끈 적도 있다. 늑대는 무슨 고민이라도 있느냐고 물었지만, 설마하니 앙케를 버리고 아를로 가서 사는 걸 고려하고 있다는 말을 할 수는 없었다.

그러던 어느 날 저녁, 터덜터덜 길을 걷고 있는데 프랑스 넘버의 대형 트럭이 멈춰 서 있었다. 지붕 위에 로봇 마스코트가 두 개 고정되어 있어서 눈에 띄었던 것이다. 운전수는 모퉁이 매점에서 담배를 사고 있었다. 단호히 영어로 말을 걸면서, "혹시 프랑스에 가실 거라면 태워주지 않으실래요?" 하고 물었더니, 상대방은 간단히 고개를 끄덕였다. 차에 탄 뒤에 그 이유를 알 수 있었다. 운전수는 대단히 수다스러운 사람이어서, 이야기를 들어줄 사람이 필요했던 것이다. 프랑스어로 이야기를 꺼내기 시작했기 때문에 프랑스어는 잘 모른다고 영어로 말하자 곧바로 영어로 바꿔주었는데, 알고 있는 영이 딘어를 불꽃놀이저럼 흐트러뜨릴 뿐, 단어와 단어를 잇는 선이 전혀 없었다. 심지어 어느 틈엔가 프랑스어로 돌아와 있었다. 나는 더 이상 영어를 써달라는 부탁을 하지 않았다. 가끔씩 고개를 끄덕여주면 그걸로 되겠거니 했더니 그건 아니었다. 극적이라고 여겨지는 에피소드가 끝났을 때 나의 반응이 시큰둥하자 내 어깨를 강하게 쥐고 흔들며, "이봐, 어때? 이 이야기는 놀랐지?" 같은 말을 몇 번이나 반복했다. 나는 "놀랐어" 하고 말해주었지만 놀랍게도 잠이 왔다.

파리에 당도했을 무렵에는 운전수의 독특한 프랑스어 리듬이 나의 두뇌에 침투하여, 트럭에서 내려도 그 리듬만은 내용 없이 흘러갔다. 남자는 밤새도록 이야기를 계속한 모양이었다. 어쩌면 그날 밤 나의 두뇌 모양이 나중에 프랑스어를 외우는 토대가 되었는지도 모른다.

히치하이크로 어떻게든 아를에 닿은 나는, 길에서 만난 사람들에게 카르멘한테서 받은 주소를 보여주었다. 말은 통하지 않았지만, 그때마다 사람들이 가리키는 손끝 방향으로 향했다. 그러다가 어느 틈엔가 마을 외곽으로 나왔고, 집이 드문드문한 곳이라 더는 물어볼 사람도 없어졌다. 저녁인데도 태양 빛이 아낌없이 쏟아져, 무너져가는 흰 벽마저 아름답게 보였다. 벽 위를 기어가듯 자라난 초록의 뱀 위로 붉은 장미가 흐드러지게 피어난 곳에서, 카르멘에게 들은 것과 같은 번호를 발견하고 문을 지나 그대로 정원에 들어섰다. 검은 모자를 쓴 덩치 큰 남자가 현관 앞 돌 위에 앉아 담배를 태우고 있었다. 카르멘을 찾고 있다, 카르멘을 만나고 싶다, 그렇게 말하고 싶었지만, 실제로는 "카르멘"이라고 이름만 묘하게 열정적으로 발음하고 나서, 그 뒤로는 말문이 막혔다. 남자는 코로 거세게 숨을 내쉬며 일어서더니, 나의 목덜미를 움켜쥐고 들어 올렸다. 내가 발끝으로 선 채 대롱대롱하며 신음 소리를 내자, 남자는 나를 땅바닥으로 내동댕이쳤다. 그때 집 정문이 열리고 카르멘이 나왔다. 나를 보자 콧구멍이 크게 벌어지며, 새빨갛게 칠한 입술에서 화사한 웃음소리가 흘러나왔다. 차가운 로봇의 얼굴을 하고 있다고 생각했던 카르멘의 얼굴은, 인간 냄새 나는 수치심과 기대감과 놀라움과 동정심이 뒤섞여 일그러졌다. 나는 갑자기 카르멘이 싫어졌다. 바보 취급하는 듯한 웃음을 띠며 카르멘이 남자에게 뭐라고 설명했다. 그 이야기를 들은 남자의 눈썹이 치켜올려지는 게 보이는가 싶더니, 신발 밑창이 내려왔다. 가슴이 짓밟히고, 배가 짓밟혀, 푹 어두워졌다.

정신을 차렸을 때는 병원이었다. 간호사들이 나누는 이야기 소리가 나뭇잎이 살랑대는 소리처럼 들렸다. 영화배우처럼 생긴 미남 의사는 자기 실력에 상당히 자신이 있는지, 나에게는 이 무런 질문도 하지 않고 기계를 수리하는 숙련공처럼 내 신체를 매만지며 고쳐나갔다. 퇴원할 때, 치료비를 내라는 말은 하지 않았다. 카르멘이 몰래 내주었는지도 모른다.

퇴원해서 아를의 거리로 나왔지만 갈 곳이 없었다. 후줌으로 돌아갈 마음도 없어서, 제일 처음 눈에 띈 레스토랑에 들어가 사정을 말했다. 영어는 반 정도밖에 통하지 않았지만 손짓 발짓으로 말이 통해서, 일자리를 얻게 되었다. 평이 좋은 발칸 요리 가게라는 걸 나중에 알았는데, 나는 조리에 관여하는 일 없이, 몇 단이나 쌓인 토마토 나무 상자나 크고 노란 그물망에 들어 있는 양파를 트럭에서 내려 지하실로 옮기고, 그릇을 닦고, 냄비와 프라이팬을 문지르고, 폐점 후에 바닥을 닦는, 아무튼 다른 대륙에서 온 저렴한 노동력이 할 수 있는 일은 뭐든 했다.

나는 묵묵히 주 7일을 일했고, 밥을 먹고 자고 또 일했다. 몇 개월이 지난 어느 날, 돌연 점장이, "너, 스시 만들 줄 아나?" 하고 물었다. 거짓말을 할 이유도 없고 해서 고개를 끄덕이니, 차에 태워 마을 반대편에 있는 새로운 가게로 데리고 갔다. 점장의 어릴 적 친구가 투자 이야기를 꺼내서 스시 가게를 열었는데, 개점 3일 전에 스시 요리사가 도망간 모양이었다. 이미 예약도 가득 잡혀 있었고, 보도 관계자까지 초대해서, 개점 날 폐점할 수도 없는 노릇이었다. 서둘러 대신할 스시 요리사를 찾았지만 당장에 구할 수 있는 것도 아니다. 그런 사정으로 갑자기 내가 투입된 것이었다.

그러고 보니 지금 일하는 발칸 요리 레스토랑에 채용되었을 때, 잡역부라고는 해도 여권이나 운전면허증도 없어서 믿을 수 없다고 하기에, 후줌에서 스시 가게를 할 때 마을 신문에 나온 사진이 들어간 기사를 보여준 기억이 있다. 그걸 점장이 기억하고 있었던 것이리라.

스시 가게는 금세 인기를 얻어 오너는 크게 만족했고, 나를 소개한 발칸 요리 점장도 기세가 등등했으며, 나는 꽤 많은 급료를 받게 되었다. 하지만 마른 돈다발을 쥐여주어도 기쁘지가 않고, 아무렇게나 비닐봉지에 구겨 넣어 매트리스 밑에 찔러둘 뿐이었다. 기분이 우울한 건, 말이 통하지 않는다는 게 신경 쓰이기 시작했기 때문인지도 모른다. 언어를 잃어버린 것은 아니다. 주변 사람들이 하는 말은 이해할 수 있다. 물건을 운반하는 학생이 조리실에 고개를 들이밀고, "오늘은 오징어회 있습니까?"라거나 "회덮밥 아직 안 나왔습니까?"라거나 "장국 두 그릇, 추가"라고 외치는 소리는 들린다. 간단한 프랑스어는 발칸 레스토랑에서 자연스레 익혔기 때문에 의미는 이해했다. 하지만 내가 그 소리를 흉내 내어 말을 하려고 해도 목소리가 나오지 않았다. 일찍이 쓰던 독일어는 어떤가 하면, 그것도 입 밖에 나오지 않았다.

내가 극단적으로 말수가 적다는 걸 아무도 신경 쓰지 않게 되었다. 손님 앞에 얼굴을 내미는 일 없이, 조리실에서 칼을 갈고, 쌀을 안치고, 생선을 손질하고, 오이를 자르고, 스시를 만들었다. 조리실에는 오후 5시경 들어간다. 그렇게 늦은 밤까지 쉬지 않고 일한 뒤, 집에 돌아가 주워 온 텔레비전을 켜고, 수신 상태가 너무 나빠서 화면 가득 자글자글 모래바람이 이는데도 신경 쓰지 않은 채 그대로 멍하니 보다가 잠이 와서, 방에 불도 끄지 않고 그대로 잠들었다. 아침에는 대략 10시쯤 일어난다. 물을 꿀꺽꿀꺽 마신 다음, 빈손으로 훌쩍 마을로 나온다. 타인이 먹는 음식을 만드는 일을 하는 탓인지, 나는 웬지 먹는 일에 관심이 없었다. 세 들어 사는 방에도 식재료는 없고, 냄비나 프라이팬도 없다. 조리실에 들어가 오이 꼭지나 김 끝부분을 작은 새처럼 쪼아 먹는 것으로도 식욕이 찼다. 한 손님이 말했다. 인도에는 공기만 먹고 사는 수행자가 있다. 그 이야기를 듣고는 거리로 나올 때마다 되도록 공기를 많이 마시려고 애썼다.

마을에서 가장 마음에 드는 곳은 고대 로마의 야외원형극장이다. 정식 명칭은 '암피테아트룸'이라는 것 같은데, 나는 '고요의 소용돌이'라고 불렀다. 둥근 무대를 파문처럼 둘러싼 돌로 된

객석은 바깥으로 가면서 완만하게 높아진다. 나는 아무도 없는 무대를 볼 때마다 생각했다. 다행이야. 아무런 쇼가 없어서, 정말로 다행이야. 노예가 근육이 불뚝불뚝 솟은 맨몸에 금속 갑옷을 입고 사자와 싸우는 모습은 보고 싶지도 않다. 만약 고대 로마에 태어났다면, 나는 분명 그런 노예 중의 하나였겠지. 아니면 노예가 사자에게 잘근잘근 씹혀 먹히는 모습을 보고 싶어서 일을 내팽개치고 몰래 극장으로 숨어드는 초라한 요리사일까.

나는 제일 높은 객석에서 극장 밖에 있는 마을을 내려다보는 게 좋았다. 돌을 쌓아 만든 소박한 집들은 겉으로 곧 무너질 듯하고 빛이 바랬지만, 집을 지을 때의 '이것은 집이다, 몇백 년 지나도 인간이 안에서 생활하고 있을 것이다'라고 하는 확신 비슷한 것이 견고하게 남아 있었다.

잿빛 거리도 위에서 내려다보면 붉은 지붕 덕택에, 무척이나 따스해 보인다. 수수한 오렌지색에 복숭아색을 더한 듯한 이 색에 딱 어울리는 단어를 어디선가 한번 들은 적이 있었다. 연어색, 복숭아색, 벽돌색, 명란색, 명란, 타라코타*, 테라코타. 울림이 좋네. 그런 생각을 해도, 그 단어가 내 입에서 소리가 되어 나오는 것은 아니다.

---

*   명란은 타라코(たらこ).

나는 야외원형극장의 무대를 향해 완만한 계단을 내려가기 시작했다. 객석도 그 사이 통로도 무대도 모두 잿빛 돌로 이루어져 있었다. 잿빛으로부터 도망칠 수 없어도, 이토록 밝고 따뜻한 잿빛이라면 흰색보다 훨씬 낫다.

그날 나는 야외원형극장 무대에 한 여성이 가만히 서 있는 것을 보았다. 한 걸음씩 가까이 다가갈수록 심장박동이 빨라졌다. 어머니의 젊은 시절 사진을 본 적이 있다. 로마 여행 때 콜로세움에서 찍은 사진이었다. 옆얼굴이 닮았다. 여성은 내게 신경 쓰지 않고, 뒤돌아 그 자리를 떠났다. 옆얼굴뿐만 아니라 목덜미, 어깨선, 팔의 움직임, 다리선 등이 어머니를 닮았다.

나를 버린 어머니가 아를까지 쫓아온 것이 아닌가. 어머니는 이미 꽤 나이를 먹었을 텐데, 어째서 저토록 젊은가. 그러고 보니 나도 점장에게 이런 소리를 들은 적이 있다. "너는 도대체 몇 살이냐. 옛날 사진과 비교해도 나이를 전혀 먹지 않았네. 설마 시간을 멈추게 한 건 아닐 테지."

그날 저녁, 아직 가게 문을 열기 전인데 키가 큰 여성 손님이 가게로 뛰어들어왔다. 오픈 시간이 6시라고 쓰인 간판을 가리켜도 아무 반응 없이 내 얼굴을 가만히 들여다보더니, 문득 독일어로, "여기서 Susanoo 씨가 일하십니까? 아니면 당신이 Susanoo 씨?" 하고 거리낌 없이 물었다. 이렇게 모르는 사람이 정면으로 달려들어 나에 대해 물어본 적이 없었기에, 나는 우물쭈물하며 목이 부서져가는 로봇처럼 고개를 반쯤 움직이는 이상한 자세로 끄덕였다. 하기는 지금도 이름을 물어보면 스사노오라고 대답하지만 그것은 내 안에서 어디까지나 가타카나의 스사노오였다. 그랬는데 지금 처음으로, 가타카나 같은 건 상관없는 사람이 나의 이름을 부르고 있다는 실감이 전해져, 알파벳 이름으로 변모했다.

"제 소개가 늦어서 죄송합니다. 저는 노라라고 합니다. 당신에 대해서는 나누크한테서 들었습니다. 그래도 모르시겠지만, 당신이 오래전 후줌에서 같이 스시 가게를 연 볼프 씨를 기억하시지요. 그의 아들, 그리고 손자가 가게를 이어가고 있습니다. 그 가게에서 일한 적이 있는 나누크라는 사람이 저희 집에 한동안 묵었습니다." 볼프라는 이름을 듣는 순간, 늑대의 웃는 얼굴이 떠올라, 심장에 드라이버를 찔러 넣은 것처럼 가슴이 아파왔다. 그대로 계속해서 드라이버를 돌린다면, 나사가 느슨해져서 무거운 철문이 열릴 것만 같았다.

"볼프 씨는 물론 기억하고 계시죠? 당신이 아를에 와 있다는 걸 나누크한테서 들었습니다. 당신을 찾아온 이유는 Hiruko한테 직접 듣는 것으로 하지요. Hiruko는 아직 안 온 것 같네요." 오랜만에 듣는 독일어가 내 마음의 문을 밖에서 쾅쾅 쾅쾅 하고 두드렸다. 여는 법은 모른다. 집 안에서 미아가 되어버려서 문을 찾을 수 없다. 그건 그렇고 어머니는 어째서 나를 버리고 집을 나갔을까. 노라라는 이름의 독일 여성은 목소리를 내지 않고 당황만 하는 나에게 화도 내지 않고, "서두를 생각은 없어요. 아직 오픈 전이라는 것도 알고 있고. 오늘 밤, 이 가게로 나누크와 Hiruko가 찾아와요. 아카슈와 크누트도 올 테고. 그럼 나는 호텔에 가서 체크인을 하고 다시 올게요"라고 하며 나의 대답을 기다리지 않고 가게를 빠져나갔다. 그녀의 독일어에서 의미를 알 수 없는 부분은 한 곳도 없었다. 역시 나는 언어를 잃어버린 것이 아니었다. 그저 목소리가 나오지 않을 뿐이다.

그렇더라도 어째서 그렇게 많은 사람들이 나를 만나러 오는 것일까. 노라는 나누크의 아내일까. 아카슈와 크누트는 그들의 아이들인가. 그리고 또 한 사람, 그리운 이름의 여성. 무슨 이름이었더라. 다니*도 아니고 노미**도 아니고 세미***도 아닌데, 무슨 해충 이름이었다.****

조리실로 들어가 작업을 하는데, 가게 문을 격렬하게 두드리

---

* 진드기.
** 벼룩.
*** 매미.
**** 히루코의 히루는 거머리.

는 소리가 났다. 한동안 들리지 않는 척하고 있었지만, 방문자는 좀처럼 포기하지 않았다. 하는 수 없이 나가보니, 인도인인가 싶은 얼굴을 한 청년이 서 있었다. 어쩐 일인지 빨간 사리를 두르고 여장을 했다. 오픈은 6시라고 쓰인 간판을 가리키자, 내 눈을 똑바로 들여다보며 눈도 깜짝하지 않고, "여기서 Susanoo 씨가 일하십니까? 아니면 당신이 Susanoo 씨?" 하고 독일어로 노라와 같은 질문을 했다. 나는 고개를 끄덕였다. "노라가 벌써 왔습니까?" 이 질문에도 고개를 끄덕였다. "노라 지금 가게에 있어요?" 이 질문에는 고개를 가로저었다. "노라는 어디에?" 그 질문에 길 건너편을 가리키자, 청년은 문득 생각났다는 듯 우아하고 긴 손을 내 복부 쪽으로 내밀며 노래하듯 말했다. "인사가 늦었습니다. 아카슈입니다."

9장

Hiruko는 말한다(3)

'당신'이라는 단어가 내 입에서 튀어나왔다. 가게 문을 열어준 남자의 얼굴을 본 순간, 그 밖의 단어가 떠오르지 않았다. 말을 꺼내고 난 뒤에야 처음으로 낯선 언어를 썼을 때와 같은 당혹감을 느꼈다. '당신'은 도대체 누구?

남자는, 갑자기 찾아온 나의 모습을 최대한으로 파악하려는 듯 눈을 크게 떴지만, '당신'이라는 단어 자체에 반응한 것 같지는 않고, 오히려 나의 얼굴 생김새에 놀라는 듯했다.

뒤이어 '너'라는 단어가 내 입에서 흘러나왔다. 이번에는 상대방 얼굴에 약간의 반응이 있었다. '너'라는 단어가 남자의 마음 어딘가를 건드린 것 같았다. 적어도 그런 기분이 들었다.

"너의 얼굴, 어디선가 본 적이 있어. 그립다."

내가 말을 하면서도 '그립다'라는 단어가 안개로 이루어진 것만 같았고, 나는 그 안개 속을 불안정하게 비틀비틀 방황하고 있었다. 내가 만든 언어 판스카로 이야기할 때 발밑이 훨씬 더 단단했다. 판스카라면 '그립다'고 말하는 대신, '지나간 시간은 맛있으므로 먹고 싶다'라는 식으로 표현했을지도 모른다. 그 편이 훨씬 명확하다.

남자는 나를 가게 안으로 들여보내주었지만, "어서 오세요"라는 말도, "아직 준비 중입니다"라는 말도 하지 않았다.

"Susanoo 씨 맞죠? 저는 Hiruko입니다. 처음 뵙는데 어쩐지 오래전부터 알고 지낸 친구 같아요."

남자는 대답하지 않았으나, 그 자리를 떠나려고도 하지 않았다.

"어째서 아무 말도 하지 않아요?"

그렇게 묻고는, 다그치는 것처럼 들릴지도 모르겠다고 반성하며,

"너의 목소리가 듣고 싶어, 라는 곡이 오래전 유행했었죠. 기억하세요?"

하고 억지로 분위기를 띄워보았다. 여전히 반응이 없어서 서먹서먹한 상황을 덮칠하듯이,

"너의 목소리, 듣고 싶어요. 너의 목소리도 듣고 싶어요. 너의 목소리, 들려주세요. 목소리, 듣고 싶어요. 듣고 싶습니다, 목소

리가.”

그렇게 변주도 해보았지만 무슨 말을 해도 먹히지 않았다. Susanoo는 허둥지둥 할 말을 찾는 나를 가만히 관찰했다.

그때 갑자기 에스키모 나누크가 생각났다. 나누크의 발음은 신선했다. 나누크가 “하지메마시테”라고 말했을 때, ‘하’가 공기를 찢고, ‘지’는 ‘주’ 근처에서 열을 올렸으며, ‘메’ 뒤에 약간 간격을 두고, 마지막에 ‘마시테’가 활을 그리며 스르르 미끄러졌던 것으로 기억한다. 나누크가 토해내는 온갖 단어가, 이제껏 들어본 적 없는 신비한 울림을 갖고 있었다. 나누크가 모어를 공유하는 인간이 아니라는 사실이 판명 났지만 실망스럽지 않았다. 오히려 모어 따위는 아무래도 좋았고, 나누크라는 하나의 독특한 발음생물 존재가, 나라는 독특한 발음생물과 만났다는 사실이 훨씬 더 중요하다는 기분이 들었다.

에스키모 나누크가 가짜 고향 사람이라면, 지금, 눈앞에 있는 Susanoo는 진짜 고향 사람이다. 하지만 이 진짜는 그리운 언어를 입으로 내뱉지 않을 뿐만 아니라, 그립지 않은 언어마저도 내뱉지 않는다. 이렇게 된 이상 어느 나라 말이라도 상관없으니 입을 열어주면 좋겠다. 영어도 좋다. 뱀의 말이라도 좋다. 쉭쉭 하는 소리를 입 안에서 내준다면, 그것만으로도 언어를 받았다는 기분이 날 것 같다. 아니면 까마귀처럼 까아 하고 울어준대도 좋다. 까아는 까아상*의 까아. 그것만으로도 뜻은 이미 시작된다. 하지만 Susanoo는 동물이 되려 하지 않고, 계속해서 바위 위에 머물렀다. 그리고 나는, 그 바위에 부딪혀 부서지는 파도다.

"너는 말하지 않는다. 너는 입을 다물고 있다. 너는 아무 말도 하지 않기로 한 것일까. 강요할 마음은 없어. 비난할 생각도 없고. 어째서 인간은 말을 해야 하느냐고 거꾸로 나에게 묻는다면, 대답하기 어려울지도 몰라. 하지만 너의 그 침묵은, 그대로 두면 죽음으로 이어질 것만 같아. 말하지 않는 사람들이 몇만 명이나 사는 섬을 상상해봐. 먹을 것도 있고, 입을 옷도 있어. 게임도 있고, 포르노 비디오도 있어. 하지만 사람들은 언어를 잃고, 흐슬부슬 죽어가는 거야."

그렇게 말하고, 나는 격렬하게 눈을 깜박여보았다. 마치 그렇게 하면 장면 전환이 이루어져, 전혀 다른 Susanoo가 나타나기라도 할 것처럼. 하지만 내 눈앞에 있는 것은 변함없이 침묵하는 인간이었다.

Susanoo는 몇 살 정도 됐을까. 말을 안 해서 얼굴에 주름이 지지 않는 탓인지 피부가 팽팽했지만, 나누크 말에 따르면 Susanoo는 분명 나누크를 고용한 경영자의 할아버지의 친구였

* 엄마라는 뜻.

다. 그 정도 연륜이 쌓인 인간이 아직 애송이인 나한테 '너'라는 소리를 들었으니 기분이 상한 게 틀림없다. 그런 존댓말 감각이 문득 되살아나, 나는 '당신'으로 돌아갔다.

"당신이 독일에서 친구와 스시 가게를 열었다는 것을 나누크에게서 들었습니다."

나누크라는 이름에도 상대방의 얼굴은 전혀 반응이 없다. 잘 생각해보면, Susanoo가 나누크를 알 턱이 없다. 그러니까 우리 사이에는 공통의 지인조차 없다.

"아무튼 앉죠."

앉자는 말에 상대방의 신체가 처음으로 실룩 반응하여, 오른손을 의자 등받이로 뻗더니 천천히 허리가 내려가고 엉덩이가 착지했다.

맞은편에 앉자, 긴장감이 조금 누그러졌다. 오랜만에 모어로 대화를 나누면 분명 기분이 아주 좋을 것이다. 반드시 좋아야만 한다. 내 맘대로 그렇게 믿고 있다. 이런 압박이 작용해 대화가 이루어지지 않았을 가능성도 있다. 나는 어깨를 상하로 움직이고, 이리저리 돌리며, 편안하게, 편안하게 하자, 하고 스스로를 타일렀다. 어디에서나 굴러다닐 법한 잡담, 치과 진료실에서 옆자리에 앉은 사람과 나눌 법한 대화, 그런 말을 나눌 때와 같은 마음으로 나를 이끌어가자고 생각했다. 그러자 입에서 이런 말이 술술 나왔다.

"이것도 나누크에게 들은 이야기입니다만, 당신은 후쿠이 출신이라지요. 멋져요, 후쿠이. 제 고향은 니가타입니다. 하지만 아무도 니가타라고 하지 않고 호쿠에쓰라고 불렀어요. 현 이름은 거짓이래요. 현 같은 건 국가 부속품에 불과하다, 부속품은 부서지면 버려질 뿐이다. 그래서 현에 사는 사람이 되기를 포기하고, 진짜 로컬 인간이 되자는 뜻이었을까요. 당신의 고향은 어땠나요. 아직 후쿠이라고 부르나요? 그보다 고후쿠(幸福)의 후쿠(福)라는 글자가 붙은 현 이름을 버려버린다면, 행복(幸福)으로부터도 버려질 것 같아 불안하겠지요. 복이라는 한자의 변은 신들에게 산 제물을 바치는 제단의 형상을 하고 있다고 합니다. 변의 다른 쪽은 술통이고요. 옛날에는 신들에게 술을 바치는 풍습이 있었잖아요. 미키라는 단어, 기억하시나요. 키미*를 뒤집으면 미키지요. 신들에게 올리는 술을 말해요. 그런데 이 가게, 스시가 나오지요. 술도 있나요?"

그래, 맞다. 나는 중학생 때, 여자 친구들과 이런 식으로 하염없이 수다를 이어가는 걸 좋아했었다. 한번 실마리가 잡히면, 그 뒤로는 띠리가기만 해도 술술 말이 나온다. 하고 싶은 말이 많이

* 너라는 뜻.

있어서 입을 여는 게 아니라, 이야기하고 있으면 말이 말을 불러 멈출 수 없어진다. 영화를 보지 않아도, 컴퓨터게임을 하지 않아도, 수다를 떠는 것만으로도 즐거웠던, 그 시절.

Susanoo는 아무 말도 하지 않았지만, 언짢아 보이지는 않았다. 그러고 보니 반에 한 명 정도는 이런 남자애가 있었다. 자기는 별로 말이 없으면서, 수다 떠는 여자아이들 무리 바깥쪽에서 묵묵히 귀를 기울이는 얼굴이 예쁜 남자아이. Susanoo는 그런 아이였는지도 모른다. 어쩌면 내가 하는 말을 듣고 즐거워하는지도 모른다. 그렇게 생각하자 한결 마음이 놓였다. 나는 신이 나서, 그나저나 야쓰시로 씨는 어떻게 지내세요? 건강하세요? 같은 말을 하고 싶어졌다. 야쓰시로라는 이름을 가진 사람은 단한 명도 모른다. 애초에 Susanoo와 공통된 지인이 있을 리가 없다. 하지만 누구누구 씨는 어떻게 지내세요? 건강하세요? 같은 문구를 입 밖으로 내뱉고 싶어 견딜 수가 없었다. 언어의 리듬으로 보면 '야쓰시로 씨'라는 이름이 딱 어울린다. 네에, 한동안 몸이 좀 안 좋았던 모양인데, 지난주에 만났을 때는 건강해 보였어요, 어쩌고 하는 대답이 돌아온다면, 그것만으로도 그저, 오래전 흘러갔던 시간이 지금도 계속 흐르고 있다는 생각에 안심이되지 않을까. 수천 년까지는 아니더라도, 하다못해 10년 정도는 무언가가 이어지고 있다는 게 마음을 편안하게 해줄 것이다. 그래서 운동부 선배나 동창회나 동료나 피로연 같은 단어를 쓰며 야쓰시로 씨의 소문을 만들어내면 좋겠지만, 존재하지 않는 사람의 일을 진지하게 이야기하면, 거꾸로 허무함이 덮쳐올지도 모른다. 야쓰시로 씨도 존재하지 않고, 야쿠니 씨도 존재하지 않고, 야타니 씨도 존재하지 않고, 그렇게 계속한다면 어디에 다다를까. 그때, 다리가 길고, 가슴을 활짝 편, 두상이 길고 아름다운 모습이 머릿속에 떠올랐다. 나와 Susanoo 사이에는 공통된 지인이 있다. 학이다.

"기억하세요? 올가미에 걸린 학 이야기. 학을 도와준 청년은 착한 사람이었어요. 돈이 없고, 혼자 살고. 다른 사람 땅을 경작해주고 보수로 아주 약간의 잡곡을 받고, 나무를 하고, 도토리를 주우면서, 어떻게든 살아갔던 게 아닐까요. 어느 날 갑자기 아름답고 젊은 여인이 나타나 결혼하고 싶다고 해서, 굉장히 놀랐지요. 아무것도 없는 땅에 사는 자기처럼 가난한 남자에게 갑자기 젊은 여성이 찾아온 게 믿을 수 없었지만, 그래도 기쁘게 받아들였을 때는, 설마하니 그 여성이 인간으로 둔갑한 학이라고는 생각도 하지 못했을 거예요. 여우나 너구리뿐만 아니라 학도 둔갑을 하지요. 둔갑하지 않는 동물은 없다, 그런 나라잖아요. 학은 안방에 틀어박혀 베틀로 옷감을 짭니다. 남편에게는 일하는 동안 절대로 방에 들어오지 말라고 하지요. 왜 그랬는지, 그 이유를 기억하세요? 학은 본래의 자기 모습으로 돌아가, 지기 몸에 난 털을 한 올 한 올 뽑아서, 그걸 가지고 아름다운 옷감을 베틀로……."

내가 거기까지 이야기했을 때, Susanoo의 어깨가 움찔하며 오므라들고, 눈동자에 무언가를 호소하는 표현이 떠올랐다.

"왜 그러세요. 제가 마음에 걸리는 말이라도 했나요."

나는 연구원처럼 냉정하게 물었지만 Susanoo는 대답이 없었다. 나는 열쇠가 될 법한 단어를 골라 늘어놓았다.

"상처, 학, 가난하다, 청년, 여성, 결혼, 베틀."

베틀이라는 말에 Susanoo가 움찔했다.

"베틀에 특별한 추억이라도 있나요."

Susanoo는 간절한 눈빛으로 나를 보았지만, 할 말을 찾고 있는 것처럼 보이지는 않고 그저 겁에 질려 있을 뿐이었다.

"베틀에 어떤 기억이 있으시군요."

Susanoo가 가진 기억의 실을 모아, 베틀이 덜컹덜컹 옷감을 짜기 시작했다. 어릴 때 사회 과목 견학으로, 오래된 베틀과 전기를 사용한 최신형 기기를 본 기억은 있는데, 어떤 구조로 되어 있었는지는 설명하기 어렵다. 나에게는 친밀감이 전혀 없는 오브제였다.

"학은 어떤가요? 학."

아무래도 Susanoo에게 '학'은 단지 음절의 나열에 불과한 모양인지 반응이 전혀 없었다. 학*, 매달다**, 낚다***, 반들반들****, 미끈미끈*****한 음식이라도 꼭꼭 씹어 드세요, 씹어******, 거북*******. 망상에 가까운 고향과 잃어버린 긴 세월을 되돌리기에는 너무도 작은 두 음절 언어들. 하지만 언어가 하나의 거대한 그물이라면, 대서양보다 태평양보다 거대한 하나의 커다란 그물이라면, 한 부분을 집어 올리는 것만으로도 나머지가 전부 따라 올라올 터였다. 학을 집어 올려서 안 된다면, 거북을 집어 올리는 방법도 있다.

"거북을 기억하세요? 옛날 어느 마을에 젊고 가난한 어부가 살았습니다. 어느 날, 청년은 해안에서 아이들이 거북을 못살게 구는 모습을 보고 도와주었습니다."

그러나저러나 옛날이야기에 등장하는 성실한 청년들은 하나같이 가난하고 독신이다. 근처에 젊은 여성이 산다는 낌새조차

---

*　　　쓰루(鶴).
**　　쓰루(吊る).
***　　쓰루(釣る).
****　　쓰루쓰루(つるつる).
*****　쓰루쓰루(つるつる).
******　카메(嚙め).
*******카메(亀).

없다. 소박한 토지를 경작하고, 장작을 주우러 산속으로 들어가고, 혹은 당장이라도 물에 잠길 것 같은 나룻배를 타고 물고기들도 찾지 않을 바다로 나가, 다 찢어져가는 그물로 고기를 잡으며, 어떻게든 자기 한 생명을 이어나간다. 그대로 두면 자손이 끊기기에, 별종인 생물과의 교배 가능성을 찾는 기능 스위치가 자동으로 눌린다. 깃털을 가다듬는 학의 자태에 에로틱함을 느끼며, 가오리를 보고 벌거벗은 여인이 춤추는 모습을 떠올리는 것은 그런 까닭일까. 동물들의 에로틱함에 취해, 공복 탓에 의식은 가물가물해져 시간을 잃어버리고, 맥없이 다른 차원으로 이끌려간다. Susanoo도 어쩌면 이국적인 부류의 여성에게 매혹되어 아를까지 오게 된 것은 아닐까.

"거북, 용궁, 우라시마 타로, 보석함."[*]

Susanoo는 어떤 단어에도 반응하지 않았지만, 나라는 인간의 존재감은 쏟아지는 말과 비례하여 커져가는 듯했다.

"저는 유럽으로 유학을 왔는데 나이를 먹는다는 기분이 들지 않아요. 아마도 사회의 시간이라는 짜임에서 벗어났기 때문이

[*] 우라시마 타로는 괴롭히는 아이들에게서 거북을 도와준 답례로 거북의 등을 타고 용궁으로 들어가 공주를 만난 옛날이야기 속 인물이다. 공주로부터 보석함을 선물로 받는데, 무슨 일이 있어도 열지 말라는 공주의 당부를 어기고 열었다가 거기서 나온 연기를 마시고 노인이 된다.

겠죠. 주위 사람을 기준으로 자신의 시간을 재려는 사람이 많잖아요? 언니 결혼식에 다녀오면 이번에는 내가 결혼할 차례인가 싶고, 아이가 태어나면 나도 이제 어머니 세대가 되었구나 싶고, 동창회에 나가 옛날 동창의 흰머리에 놀라며 그래 나도 나이를 먹었구나 싶은, 그런 경험이 사라진 거예요. 당신도 그렇지 않나요. 아를에서 보내는 생활이 용궁에서 보내는 것 같지요. 이국적인 여성이 잇달아 눈앞에 나타나 춤을 추고, 모르는 꽃향기에 정신을 빼앗기고, 이국적인 지붕 벽돌의 색을 멍하니 바라보면 지루할 일은 없지만, 어느 틈엔가 세상 시간의 흐름에서도 벗어나 있는 자신을 발견하고 갑자기 집에 가고 싶어지는 거죠."

Susanoo의 얼굴에 어렴풋한 떨림이 있었다. 그의 기억에 대단히 가까운 장소를 나의 언어가 스쳐 지나갔는지도 모른다.

"형제는 있나요? 요즘 연락하세요? 사실 제 경우는 가족이나 친구에게서도 쭉 연락이 없고, 그래서 어쩌면 끔찍한 일이 일어난 게 아닐까 걱정하고 있어요. 열도는 이미 물에 잠겼으니 포기하라고 말한 덴마크인도 있었습니다. 하지만 그런 일이 일어날 리가 없잖아요. 제가 태어난 나라에 도대체 무슨 일이 벌어졌는지 알고 있는 사람을 지금까지 만난 적이 없어요. 그런 사람은 없을지도 모릅니다. 당장 모든 걸 알 수 있는 게 아니라 해도 좋아요. 그저 이야기할 상대가 있다면 족하다는 생각으로 당신을 만나러 온 겁니다."

나는 지금, 거짓말을 하고 있다. Susanoo를 만나러 온 이유는
달리 있었다. 적어도 크누트와 친구들에게 설명한 이유와는 다
른 것이었다. 하지만 지금은 거짓말이 더 진짜처럼 들렸다.

Susanoo는 회전축의 목 부분이 부러진 인형처럼 고개를 툭
떨어뜨리고 눈을 깜박이며, 눈을 치뜬 채 내 얼굴을 보았다. 무
슨 말인가 하고 싶은 듯 보였다. 지금이야, Susanoo, 말해, 말
해, 말해. 나는 눈앞의 커다란 돌 아래 삽 끝을 찔러 넣고, 발을
뻗기도 하고 배에 힘을 주기도 하며 들어 올렸다. 말하는 거야,
Susanoo, 말해, 말해.

그러나 결국 돌은 꿈쩍도 하지 않았고, Susanoo는 천천히 다
시 침묵의 땅 밑으로 물러났다.

크누트는 도대체 언제쯤 올까. 크누트와 함께 있으면 공통된
과거 따위 한 조각도 없어도 대화가 이루어진다. 내가 단어를 던
지면 그게 크누트 머릿속 연못으로 퐁당 들어가 선명한 파문을
이루었고, 물속에서 개구리가 튀어나와 나의 연못으로 폴짝 뛰
어든다. 그러면 연못 속 수초가 격렬하게 흔들리며, 숨어 있던
작은 물고기가 놀라 여기저기서 튀어나온다. 그러는 사이 지금
당장 입 밖으로 꺼내고 싶은 말이 동시에 몇 개나 떠올라서, 뭐
부터 말해야 좋을지 몰라 당황스러울 정도다. 크누트와 대화할

때는 내가 만든 불완전한 즉흥 언어를 쓰는데, 언어가 기억의 가느다란 물결무늬 주름을 따라 흘러 작게 빛나는 것을 하나도 빠뜨리지 않고 주워가며, 우리를 아주 먼 곳까지 데리고 가준다. 판스카는 모어보다 훨씬 더 훌륭한 운송 수단이다.

Susanoo는 어떤 어린 시절을 보냈을까. 부모님도 말이 없어서, 수다를 떠는 기쁨 같은 건 모르고 자랐을지도 모른다.

"아버님은 무슨 일을 하셨나요?"

경어를 쓰는 내가 문득 내가 아닌 듯한 기분이 들었다. 이곳은 용궁이다. 청년의 모습을 한 Susanoo, 소녀의 얼굴을 한 나. 이름도 없고, 주소도 없다. 경어 따위 없는 세계. 창밖의 빛이 이상하리만치 밝다. 스칸디나비아에서는 결코 볼 수 없는 오렌지색 달콤한 태양 빛이다. 우리는 신화의 무대에 서 있다. Susanoo라니 꽤나 특이한 이름이다. 무시무시하고 거친 청년 스사노오가, 여기저기서 폭력을 휘둘러 누나를 힘들게 하고, 말의 가죽을 벗겨 그걸 뒤집어쓴 채 피륙 짜는 젊은 여자를 위협하고, 베틀의 뾰족한 부분으로 여자의 성기를 찔러 여자가 죽었다. 나와 같은 히루코라는 이름의 신은, 스사노오와 나이 차이가 많이 나는 누나다. 히루코는 이자나미와 이자나기 사이에 태어난 첫아이여서 축복을 받을 수도 있었을 텐데, 그들이 원하는 건강한 아이의 기준에 미치지 못했기 때문에 갈대로 만든 배에 실려 바다로 흘려보내졌다. 다들 바다에서 금세 익사했을 거라고 믿었지만, 사실은 대륙으로 흘러와 살아남았을 가능성도 있다. 어째서 히루코 같은 아이가 태어났느냐 하면, 여자인 이자나미가 남자인 아자나기보다 먼저 입을 열어 유혹했기 때문이라고 한다. 그러나 여자인 내가 입을 열지 않으면, 아무리 시간이 흘러도 과거는 파묻힌 채, 앞으로의 시간도 보이지 않는다.

그때 조리실에서 누군가가 Susanoo의 이름을 불렀다. 다음 순간 카운터 너머에서 두꺼운 안경을 낀, 불에 타 조글조글해진 듯한 머리칼을 가진 소년이 얼굴을 내밀며 프랑스어로 뭐라고 말을 했다. Susanoo는 고개를 끄덕였다. 그의 일상은 이런 식으로 아무 문제 없이 흘러가고 있었는지도 모른다. 일할 때 필요한 말은 전부 다 이해할 수 있고, 일이나 행위로 그 말에 보답하면 그만이다. 같이 일하는 사람들은 Susanoo가 프랑스어를 잘 못해서 말이 없는 거라고 생각하고 있었다.

이곳은 용궁이 아니다. 그렇게 생각한 순간, 허름한 크림색 벽과 반짝이는 값싼 붉은 의자가 눈에 들어왔다. Susanoo는 스시 요리사다. 나는 오픈 전에 밀고 들어와, 알지도 못하는 이야기를 해대고 있는 이상한 손님.

"오픈 전에 바쁘실 텐데 시간을 빼앗아 죄송합니다. 하지만 우리는 같은 열도 출신이지요. 그것만으로도 서로 이야기할 필요가 있다고 생각해요."

Susanoo는 전혀 반응하지 않았다. 거기서 나는 다시 한번, 아까와 같은 질문을 해보았다.

"아버님은 무슨 일을 하셨나요?"

'아버님'이라는 서먹서먹한 단어는 상대방의 기억에 아무런 자극을 주지 못할지도 모른다. Susanoo는 아버지를 뭐라고 불렀을까. 나는 생각나는 대로 말을 이어갔다.

"그러고 보니 옛날에는 아버님을 부르는 말에도 여러 가지가 있었어요. 아빠, 아버지, 아부지, 아부제, 아버님, 아방이, 아배, 파파. 당신은 뭐라고 불렀나요?"

Susanoo는 전혀 반응이 없었다. 이럴 거라면 길가에 서 있는 돌부처를 상대로 영어 회화 연습이라도 하는 게 낫겠다. 언젠가 모어라는 완벽한 언어를 공유하는 상대를 만날 날이 온다면 맘껏 수다를 떨고 싶었는데, 지금 그 기대가 무너지고 있었다.

무슨 말을 해도 그걸 주워 되던져주는 상대라면, 눈싸움이 눈사람으로 발전하는 것처럼 공백마저 점점 더 큰 의미가 되어갈지도 모르지만, 하필이면 이렇게 말이 없는 사람을 만나다니. 그렇다 해도 말이 없다는 말은 이상한 말이다.* 입이 없는 건 아니

---

* 일본말로는 입이 없다(無口)고 표현한다.

고, 입은 있다. 이도 있고, 혀도 있다.

상대방이 입을 열지 않는다는 걸 지나치게 의식하면 나까지 아무 말도 할 수 없기에, 나는 Susanoo가 수다스럽고 싹싹한 사람이라고 상정하고 새롭게 질문해보았다.

"처음부터 스시 가게에서 일할 생각으로 유럽에 왔나요? 아니면 달리 하고 싶은 일이 있었나요?"

혼수상태에 빠진 사람이라도 가족이나 친구가 말을 걸면 제대로 들리고, 그게 자극이 되어 깨어나는 경우도 있다는 이야기가 떠올랐다. 그러니 포기하지 않고 계속 말을 걸어보자.

"하고 싶은 일이라는 말, 그립지 않으세요? 독특한 표현이잖아요. 이것을 유럽의 언어로 문자 그대로 번역하는 건 간단하지만, 그래도 조금 다르지 않나 하는 기분이 들어요. 하고 싶은 일이라는 말이 자라라는 의미로 쓰이지 않았나요? 나는 누구인가, 라는 물음에 대답하는 건 어렵지만, 내가 하고 싶은 일이 생기면, 인생의 해답을 찾은 기분이 들죠. 하고 싶은 일을 모르는 인간은 터무니없는 길로 들어서 방황하는 게 아닐까 하고 주변에서 걱정하기도 하고. 어릴 때 부모님이나 친구에게 넌 하고 싶은 게 뭐냐는 질문을 받은 적 있지 않아요?"

Susanoo의 뺨에 움찔하는 경련이 일어나는 느낌이 들었다. 나는 금맥의 존재를 육감으로 느끼며, 여기다, 싶은 곳을 언어의 곡괭이로 마구 내리쳤다.

"너는 뭘 그렇게 빈둥빈둥하고 있어. 벌써 서른이 넘었으니, 최종적으로 갈 길을 결정해라. 도대체 네가 하고 싶은 게 무엇이냐."

어느 집 아버지가 된 양 그렇게 외쳐보았다. 그러자 Susanoo가 처음으로 후훗 하고 웃었다. 나는 숨이 멎는 줄 알았다. Susanoo의 마음을 바위 속에서 파내고 싶다. 그런 일념으로 새카만 탄광 바위벽을 닥치는 대로 두드렸다.

"너는 말이야, 아버지와 같은 길을 가지 않아도 돼. 좋아하는 길로 나아가면 된다. 그걸 위해 멀리 떠나도 좋아. 더는 만나지 못할 수도 있어. 하지만 멀리서 쭉 너를 응원하마."

이렇게도 말해보았다. Susanoo의 눈이 촉촉하게 빛났다. 내가 입을 다물자, 계속해서 이야기해달라는 듯이 몸을 앞으로 쑥 내밀었다. 나는 완전히 Susanoo의 아버지가 되어 이야기했다.

"오랫동안 연락을 못 해서 미안하구나. 사실은 여기에 엄청난 일이 일어났단다. 너무 자세히 설명하면 네가 걱정할 테니 생략하겠다만, 이쪽에서는 연락을 할 수가 없는 상황이 되었어. 너도 이제 두 번 다시 돌아오지 못하겠지. 하지만 네가 훌륭하게 자기 일을 하고 있는 건 아주 잘 보인단다. 훌륭하다는 말은 출세했다거나, 돈을 많이 벌었다거나, 유명해졌다거나, 그런 게 아니야."

대체 나의 머릿속 어느 부분에서 이런 멜로드라마가 흘러나온다 말인가. 부끄럽지만, 그만두고 싶지 않다. Susanoo에게로 통하는 갱도 입구를 찾아낸 것이다.

"너는 조난당한 배와 같단다. 망망대해에서 방향을 잃고, 필사적으로 바람이며 파도와 싸우고 있어. 마을에 남아 있었다면 훨씬 편했겠지. 하지만 배에 오른 것을 후회하고 있지는 않을 거야."

구릿한 대사라면 얼마든지 저장고에 들어 있다. 무취의 대사 같은 건 아무런 재미도 없다. 다 같이 울 수 있는 이야기다. 함께 울 사람들이 주위에 없다. 폐허에 홀로 남겨진 내가, 이야기의 파편을 겨우 목소리로 꺼내어, Susanoo가 그 목소리에 귀를 기울이고 있다. 최후에 살아남은 두 사람.

누가 뒤에서 어깨를 두드렸다. 돌아보며 얼굴도 확인하기 전에 "크누트!" 하고 소리치고 말았다. 하지만 거기 서 있는 것은 크누트가 아니라 나누크였다. 크누트와 나누크에게는 안 닮았다는 소리를 듣는 형제처럼 신비한 공통분모가 있다는 걸 이때 처음으로 깨달았다.

나누크는 나의 어깨에 손을 올리고, 일어서지 않아도 돼, 라고 말하는 듯이,

"안녕하세요. 오랜만입니다. 잘 지냈습니까?"

하고 인사했다. 살짝 형식적인 말투이기는 했지만, 교재를 통째로 암기했을 뿐 실전에서 사용할 기회가 없었으니 하는 수 없

다. 나누크가 Susanoo를 향해 말했다.

"처음 뵙겠습니다. 나누크라고 합니다. 잘 부탁합니다."

Susanoo는 나누크의 얼굴을 보았다. 그런 다음 내 얼굴과 비교했다. 내가 사는 세계로 조금씩 다가오는 듯했다. 우라시마 타로, 조금만 더 힘을 내. 언어라는 거북의 등을 타고 돌아와. 하지만 우라시마 타로는 정말로 고향에 돌아가고 싶었을까. 문득 외로워져서 고향으로 돌아와보니, 그곳은 돌아가고 싶었던 장소가 아니었다. 게다가 보석함을 열자, 그때까지 멀리 있었던 죽음이 맹렬한 속도로 다가왔다. 고향이라는 이름이 붙은 무시무시한 장소로 나를, 그리고 Susanoo를 끌고 들어가려고 아등바등하느니, 차라리 나누크라는 새로운 공간을 즐기는 편이 낫지 않을까.

"나누크는 그린란드 출신인데 우리말을 할 줄 알아요. 혼자서 공부했대요."

나누크는 조금 부끄러운 듯 고개를 숙이며 말했다.

"아직 서투릅니다."

나는 눈을 가늘게 뜨고, '서투르다'*는 말을 음미했다. 딸기에는 '꼭지'**가 있다. '저에게는 꼭지가 있습니다'라고 말해보고

---

* 헤타(下手).
** 헤타(蒂).

싶다. 딸기처럼 머리에 꼭지가 붙어 있기에 능숙해지지 않는 사람들은 서툰 것이다. 서투름은 즐겁다.

"아이엔키엔."[*]

나누크가 Susanoo에게 손을 내밀며 말하고는, 뜻이 안 통할까 봐 걱정스러운 얼굴로 나를 보았다. '합연기연(合縁奇縁)'이라는 한자가 눈앞에 선명하게 떠올랐다.

"만날 운명에 놓여 있는 사람과 사람은 보이지 않는 실로 이어져 있지만, 그 실이 사람의 눈에는 신기하게 보인다."

말뜻을 설명하고 나서야, Susanoo는 합연기연의 의미를 모르는 것이 아니라, 갑자기 나타난 나누크와 나의 관계에 당황한 것이라는 데 생각이 미쳐, 이렇게 덧붙였다.

"나누크는 말이죠, 자기가 일하던 스시 가게에서 당신 이야기를 듣고, 그 이야기를 우리한테 해주었어요. 그런 인연이 없었다면 우리는 만나지 못했을 거예요."

그런 말을 하고 나자, 판스카로 말할 때는 '인연'이라는 단어를 쓰고 싶다는 생각조차 하지 못했던 내가, 지금 무척이나 편안하게 '인연'을 말하고 있다는 데 내심 놀랐다. 누가 누구와 언제 만날지 결정하는 초인간적인 힘을 믿지 않는 내게는 인연 따

[*] 인연이란 신기한 것이라는 뜻.

위 존재하지 않았을 터다. 편리하다는 이유만으로 언제나 '인연' 같은 말을 가볍게 입에 담는다면, 언어에 휘둘리는 꼴이 되고 만다. 판스카를 말하게 되면서, 타인의 사상에 휘둘리는 일이 줄었다고 생각했다. 그런데 지금 대단히 자연스럽게 '인연'이라는 말이 흘러나온 것이다. 나누크는 Susanoo가 악수하려고 하지 않는다는 데 상처받은 기색도 없이, 말간 얼굴로 의자에 앉아, "감개무량"이라고 말했다. 나는 엉겁결에 웃음이 터져 나올 뻔했다.

"과장이 심하네. 하지만 새로운 사람을 만나는 일이나 여행을 하는 일 모두 정말로 즐거워. 그나저나 노라도 이리로 오지?"

"와. 왔어."

"노라는 잘 지내?"

"순풍만범."**

"너, 어학 교재 새로 샀어? 지난번 만났을 때랑 말투가 많이 다르네."

"관혼상제."

"결혼식 스피치 입문서라도 생겼어?"

"사자성어."

"사자성어를 쓰는 건 괜찮은 전략인지도 몰라. 동사와 조사를

** 돛이 순풍으로 가득 차듯 일이 뜻대로 잘되어간다는 뜻.

많이 외운 다음 고생스럽게 조합을 하고, 올바른 활용을 쓰고, 그런 귀찮은 과정을 생략하고도 내실이 풍부한 요리가 금세 만들어지니까."

이야기에 관심을 잃고 약간 고개를 숙인 채 앉아 있는 Susanoo의 얼굴을 가만히 들여다보던 내가 말했다.

"나누크는 다시 연구를 하고 있어요. 쭉 스시 가게에서 일했는데 국물에 관심이 있대요."

나누크는 크게 심호흡하는 듯하더니, 공중에 쓰인 보이지 않는 글씨를 읽듯이 단어들을 읊조렸다.

"고향, PR센터, 로봇, 발전기, 조선소."

그걸 들은 Susanoo의 눈이 휘둥그레지면서, 윗입술이 말려 올라갔다.

"나누크, 그게 뭐야?"

"후쿠이에서 Susanoo는 어린아이. 발전소의 PR. 배."

나는 의미를 알지 못한 채, Susanoo가 당장이라도 자기가 살아온 이야기를 해주는 게 아닐까 기대하며 가만히 얼굴을 응시했다. 하지만 한번 피기 시작한 꽃이 다시 시들기 시작한 듯했다. 나는 서둘러 나누크에게 따져 물었다.

"그게 뭔데? 설명해줘. PR센터가 뭐야? 뭘 PR하는 거야?"

하지만 나누크는 설명에 필요한 단어를 끌어모으기 힘든지 알 수 없는 숙어만 늘어놓았다.

"위기일발, 악전고투, 도쿄전력문제, 공리공론, 우유부단."

그때 나는 뒤돌아보았다. 누가 내 이름을 부른 것도 아니고, 무슨 소리가 들린 것도 아니었다. 등 뒤에 크누트가 서 있었다. 나도 모르게 의자에서 벌떡 일어났다.

"크누트! 기다렸어, 기다렸어, 기다렸어!"

그렇게 외치며 크누트에게 달려들어 두툼한 몸체를 꽉 껴안았다. 크누트는 내 팔을 자기 몸에서 부드럽게 풀며, 부끄러운 듯한 미소로 고개를 끄덕이더니, 나누크를 향해 가슴 높이까지 손을 들어 인사를 했다. 그런 다음 Susanoo를 눈이 부신 듯이 바라보았다. 나는 서둘러 판스카로 설명했다.

"이 사람이 Susanoo. 나는 그에게 모어로 많은 말을 전했어. 그는 대답을 하지 않았어."

크누트는 사각 테이블을 둘러싼 네 개의 의자 가운데 마지막 한 개에 앉으며, 영어로 Susanoo에게 말했다.

"안녕하세요. 저는 크누트입니다. Hiruko의 친구이고, 여행의 동료입니다. 당신을 만나기 위해 스칸디나비아에서 왔습니다. 당신의 모어에 대해 더 많이 알기 위해서, 당신의 모어를 쓰던 나라가 어떻게 되었는지 밝혀내기 위해서."

나는 내가 쏟아낸 무수한 영상에 사로잡혀 무엇을 하러 아를까지 왔는지 잊고 있었기에, 외교관 같은 크누트의 말투에 구원을 얻은 기분이었다.

"당신을 만나고 싶다, 당신과 이야기하고 싶다, 그런 생각을 한 것은 여기 있는 이 Hiruko입니다. 우리는 그녀의 응원단이에요. 저와 여기 있는 나누크와 그리고 다른 두 사람, 노라와 아카슈. 조금 있으면 그 친구들도 여기 올 겁니다. Hiruko의 소원이 얼마나 큰지, 상상이 되시지요."

그 말에 나는 오히려 불안해졌다. 타인을 네 명이나 끌어들여 마침내 찾아낸 Susanoo가 설마 말을 하지 않을 거라고는 생각도 하지 못했다. 조금 있으면 노라와 아카슈도 도착할 것이다. 그렇게 되면 침묵 희극이 막을 내린다. 수확 없는 마지막 장면에서 신이 전기로 움직이는 구름을 타고 내려와, 지팡이를 한번 휘두르면 Susanoo가 물 흐르듯 이야기를 시작한다는 빤한 술수라도 쓰지 않는 한, 이대로 다 같이 침묵하며 테이블을 둘러싼 채 무대가 어두워지는 결말이 되고 만다.

"Hiruko, 무슨 일이야? 걱정거리라도 있어?"

크누트가 물었다. 나는 테이블 위에 놓인 크누트의 통통한 손에 내 손을 포갰다. 그러자 마음이 조금은 차분해졌다.

"Susanoo는 병이 있을 가능성. 언어를 상실하는 병."

내 말에 크누트는 Susanoo에게,

"당신이 말을 하지 못한다고 Hiruko가 그러는데, 사실입니까? 어떤 언어라도 좋으니 무슨 말이라도 해보세요."

하고 의사처럼 말했다. Susanoo는 물고기처럼 침묵을 지켰다.

"만약 당신이 정말로 말을 하지 못하는 상황에 처했다고 해도, 그것은 부끄러운 일이 아닙니다. 폐렴과 마찬가지로 치료가 가능합니다. 말을 하지 못한다고 해도 여러 가지 경우의 수가 있어서, 그저 목소리가 나오지 않는 경우도 있고, 언어를 찾을 수 없게 되어버린 경우도 있고, 사람과 말하는 게 싫은 경우도 있습니다. 스톡홀름 연구소에 있는 선배가 그 방면의 전문가입니다."

크누트의 말에 나누크가 빙긋이 웃으며 나의 귓가에 대고,

"그럼 다음 여행지는 스톡홀름인가?"

하고 속삭였다. 나도 같이 빙긋 웃었다. 우여곡절 끝에 찾아낸 Susanoo다. 여기까지 확장된 여행이 Susanoo의 침묵을 종지부로 막을 내리게 둘 수는 없다.

그때, 크누트와 나누크가 동시에 고개를 틀어 가게 입구를 보았다. 그리고 쌍둥이처럼 똑같은 얼굴이 되어, 동시에 "앗" 하고 소리쳤다. 돌아보니 북유럽 스타일의 아름다운 여성이 문을 열고 가게 안으로 들어오고 있었다. 나이는 마흔 중반 정도일까. 크누트를 발견하고는 기운찬 미소를 지었지만, 나누크를 보자 큰 충격을 받은 듯, 아름다운 얼굴이 순식간에 창백해졌다.

10장

크누트는 말한다(3)

아를에 간다는 말을 엄마에게 한 것 같다. 한 게 틀림없다. 그렇지 않고서야 어떻게 엄마가 지금 이 스시 가게에 나타난다는 말인가. 하지만 언제 왜 말을 꺼냈는지는 좀처럼 생각나지 않았다. 엄마와 전화로 이야기할 때면, 내 혀는 종종 뱀처럼 갈지자로 나아갔다. 뱀은 돌을 피하려고 S자를 그리며 나아갈까, 아니면 돌이 없어도 커브를 그리는 게 버릇이 되어 구불구불 휘어서 갈까. 섣불리 정보를 넘겨주지 않으려고 조심하며 대화하는 버릇은 사실 어릴 때부터 생겼다. 엄마가 "어디 가니?" 하고 물어서, "옌스네 집에 놀러 가"라고 하면, "옌스라는 애는 뭔가 숨기는 게 있는 것처럼 웃더라" 같은 말을 엄마한테서 듣고 옌스가 의심스러워져서, 당연히 즐거워야 할 시간에 그늘이 졌다. "내일

다 같이 스케이트보드 가지고 산책로에서 모이기로 약속했어"라는 말을 하면, "내일은 비 올 확률이 높은데 모레 가는 게 어때?" 하고 엄마가 꼭 재를 뿌렸다. 물론 무시하고 약속대로 만나지만 산책로에 도착하자마자 사람을 놀리는 것처럼 거센 빗줄기가 뺨을 때린다. 엄마가 일기예보를 잘 확인하는 탓이 아니라, 마법을 부려서 일부러 비를 뿌린 것 같은 기분이 들었다.

어린 시절은 이미 한참 전에 졸업한 지금도 엄마가 "이번 주에는 집에 있어?" 하고 물으면, "뉘른베르크의 학회에 가" 같은 거짓말을 하고 있는 내가 한심하다. "이번 주는 집에 있어"라고 대답하면, 갑자기 찾아올 것 같아서 학회가 있을지도 모른다고 대답하는데, 실제로 학회라는 것은 언제 어디서나 열리고 있기에 거짓말이 들킬 염려는 거의 없다. 인문과학은 이제 끝났다고 말하는 사람도 있는데 어째서 이렇게 많은 학회가 열리는지 신기하다.

학회가 열리는 장소는 북유럽이나 프랑스의 지명을 대면 엄마가 따라나설지도 모른다. 그러니 독일에서도 나치와의 역사가 깊다고 엄마가 믿고 있는 뉘른베르크를 골랐다. "무슨 학회야?" 하고 내용까지 물어봐서, 황급히 글로벌 트랜스내셔널 크로스컬처 트랜스레이션 포스트콜로니얼 바이링구얼 어쩌고저쩌고 영어 단어를 늘어놓으며 애매하게 얼버무렸다. 하지만 제대로 갈지자를 그렸다고 생각한 뱀도 잠시 정신이 느슨해진 순간, 돌에 부딪혀 깜짝 놀라 치켜든 꼬리가 잡혀버리는 경우가 있다. 뱀에게 꼬리가 있는지 없는지 모르지만, 꼬리가 없다고 꼬리가 안 잡히는 건 아니다. 그렇다, 모네다. 안전한 테마를 고를 생각으로, 모네가 노르웨이에 가서 눈 쌓인 경치를 그린 이야기를 꺼낸 것이 잘못이었다.

"텔레비전에서 모네의 생애를 그린 프로그램을 해줬어. 노르웨이에 가서 설경을 그렸다는 이야기가 재미있었어."

엄마는 프랑스 인상파 그림을 보면 기분이 좋아진다고 종종 이야기했다. 빛이 쏟아지는 풍경을 그린 그림을 보면, 날씨 좋은 날 하이킹에 나서는 것보다 훨씬 더 기분이 밝아져, 인간의 뇌는 도대체 어떻게 되어 있을까, 하고 신기해했다. 나는 의기양양해져서 이런 설을 완성한 적도 있었다.

"자연의 풍경이 자연의 오렌지라면, 풍경화는 오렌지주스 같은 거야. 오렌지 껍질을 까서, 씹고, 소화시키고, 몸속 영양소로 받아들이기까지는 노력이 필요하고, 시간도 들지. 하지만 화가가 그런 작업을 전부 대행해주는 풍경화의 경우는, 오렌지주스와 마찬가지로 한번 보는 것만으로도 곧장 신체에 흡수되어 혈당이 올라가."

내가 생각한 논리가 마음에 들면 오직 언어의 힘으로 엄마가 생각하는 사고의 흐름을 이끄는 것만 같아서 대단히 유쾌했다. 기저귀를 차고 엉덩이가 부풀어서는, 젖병으로 우유를 빠는 것밖에 하지 못하던 내가 말을 하기 시작하고, 마침내 힘으로는 못 이기더라도 말로 어른을 움직일 수 있다고 깨달았을 때 느꼈던 기쁨이 되살아났기 때문인지도 모른다. 엄마는 유아였던 내가 "모차르트!" 하고 외치면 당장에 은빛 기계로 달려가 전원을 켜고 음악을 들려주었다. "도서관!" 하고 외치면 스웨터를 입히고, 모자를 씌우고, 부츠를 신겨서, 도서관으로 데려가주었다. "교통사고다!" 하고 외치면 부엌에서 달려 나와 창밖 풍경을 주시하고, "뭐 타는 냄새가 나는데"라고 하면 무언가 타는 냄새가 난다는 걸 깨닫고 서둘러 부엌으로 돌아가는 어른이라는 조작하기 쉬운 동물.

언어는 물론 거꾸로 엄마가 나를 붙들어 매는 도구로도 쓰이기에 조심해야 한다. 추궁을 당하며 계속 도망 다니는 건 피곤하기에, 선수를 쳐서 엄마가 나를 잊고 푹 빠질 법한 화제를 내가 먼저 제공한다. 모네라면 괜찮은 이야깃거리라고 생각했던 게 경솔했다. 모네라는 이름을 듣자, 엄마의 목소리가 어두워졌다.

"모네가 북유럽에 와서 그림을 그렸다는 건 알고 있어. 하지만 그 사람이 인기를 끌었던 건 역시 남프랑스의 빛을 그렸기 때문이잖아. 북유럽은 단순한 에피소드에 불과하지. 그에 비하면 고흐는 기여워. 그 사람도 남프랑스로 떠났지만, 잘 안 풀린 모양이야. 지나치게 밝은 빛이 숨어 있던 병증을 이끌어내기도 한다잖아."

"빛 때문에 병이 났다는 거야?"

"어슴푸레한 공간에 있으면 가까운 사람들과 옅은 어둠 속에서 애매모호한 관계로 지낼 수 있지. 가난이나 나날의 고충을 공유하면서. 하지만 지나치게 밝은 빛에 노출되면, 나는 나, 너는 너로 고립하게 돼. 거울을 들여다보며 나는 도대체 누구인가 하는 질문을 던지게 되지. 빛 속에서 흩어지는 사람이라면 몰라도, 나는 매년 어두워져."

"하지만 늘 즐겁게 남프랑스로 여행 가잖아."

"북유럽 겨울이 기니까 봄을 못 기다리고 3월 말쯤 되면 항상 떠났지. 몽펠리에, 엑상프로방스, 마르세유, 아를. 하지만 그게 오히려 독이 됐어. 그래서 이제 안 가기로 했다."

"그게 좋아. 나는 애초에 밝은 땅을 향한 동경 같은 거 없어. 잿빛으로 조용히 비 내리는 날이 좋아. 그런 내가 하필이면 이번에 아를에 가게 됐으니 운명이란 참 짓궂어."

"아를에 가니? 로마 유적 보러?"

"설마. 내가 연금생활자도 아니고. 사라진 것으로 보이는 언어를 조사하는 프로젝트야. 그 언어를 쓰는 사람을 좀처럼 찾기 어려웠는데 아를에 살고 있다는 정보를 입수했어."

나는 그 말을 꺼내놓고, 사라진 것은 언어가 아니라 나라가 아니었나 생각했지만, 엄마에게 그런 것까지 설명할 필요는 없다고 판단했다.

"혼자서 가니?"

"국제연구팀 사람들하고 같이. 다들 다른 마을에 살고 있고, 자기 일도 제각각이라 일정을 맞추기 어려웠는데, 이달 말 토요일엔 어떻게든 모일 수 있을 것 같아."

어느 틈엔가 조직된 신기한 집단이었지만, '국제연구팀'이라는 이름을 붙이자 그런 단체구나 하고 스스로 납득이 갔다.

"모임 장소는 어디야?"

"대학이지."

나는 거짓말을 했다.

"너는 어디로 여행을 가든 목적지는 늘 대학이구나. 그런 인생, 지루하지 않아? 대화 상대는 늘 언어학자니?"

"같은 연구 테마를 재미있어하는 사람들하고 같이 술을 마시는 게 얼마나 즐거운데."

이건 진짜였다.

"다 같이 술을 마시러 가?"

"아를에서 제일 인기 있는 스시 가게에서 만나기로 했어. 다 같이 먹고 마시고, 언어에 대해 이야기해. 다른 사람 이혼 이야기나 질병 이야기나 신상 가구 이야기 같은 걸 억지로 듣고 있을 필요는 없지."

이것도 전부 진짜였다. 엄마가 아를의 학회에 대해 더 이상 관심을 표시하지 않았기에 나는 안심하며 전화를 끊었다. 그 후로 이 대화를 완전히 잊고 있었다.

실제로 나와 Hiruko와 나누크와 노라와 아카슈는 어떻게 Susanoo를 찾아낼 것인가에 대해 작전을 짜고, 아를에서 가장 인기 있는 스시 가게에 대한 사전 조사를 마친 뒤, 우선은 거기서 만나기로 한 것이었다. Susanoo가 그 가게에서 일할 가능성도 충분히 있었지만, 거기까지 일이 잘 굴러가지 않는다 해도 가게 사람한테서 정보를 얻어, 마을에 있는 스시 가게를 이 잡듯이 샅샅이 뒤지며 돌아다닐 계획이었다. 아를에서 가장 인기 있는 스시 가게라고 하면 엄마도 쉽게 찾아낼 수 있을 거라는 생각까지는 하지 못했다.

나는 Hiruko, Susanoo, 나누크를 남겨두고 자리에서 일어나, 입구 근처에 꼼짝하지 않고 서 있는 엄마에게 다가가 귓가에 비난의 입김을 불어넣었다.

"남프랑스에는 이제 안 온다고 하지 않았어? 어째서 아를에 온 거야? 사립 탐정한테 뒤를 밟힌 기분이 썩 좋지는 않은데."

하지만 놀랍게도 엄마는 나를 무시하고, 다들 앉아 있는 테이블로 성큼성큼 걸어갔다.

"어째서 여기 있는 거야? 왜 연락을 안 했어? 지금까지 어디 있었어?"

엄마는 작지만 당장이라도 폭발할 듯한 목소리로, 제자리에 앉은 채 고개를 숙이고 있는 나누크의 새까만 머리칼을 노려보며 질문을 던졌다.

어째서 엄마가 나누크를 알고 있나. 내 머릿속 기억의 단편이 바통 릴레이 하듯 다음에서 다음으로 달렸고, 마침내 마지막 주자가 "아!" 하고 소리를 지르며 골인했다. 이때의 'a'는 덴마크어의 정식 구성 요소인 그 어떤 'a'와도 닮지 않았고, 굳이 말한다면 까마귀가 내는 울음소리 같았다. 나는 이대로 인간의 말을 하지 못하는 생물로 변신해버리는 게 아닐까 싶어 섬찟했다. Hiruko도 나의 비인간적인 'a'에 충격을 받았는지 "에!" 하고 외쳤다. 이것도 감탄사일 텐데, Hiruko의 발음에는 끈적끈적한 느낌이 있어서, '에'가 어쩐지 감탄사 이상의 의미를 포함하고 있는 것처럼 울렸다. 하지만 지금은 감탄사 이야기를 하고 있을 때가 아니다. 나는 나누크밖에 보이지 않게 된 엄마의 시야에 억지로 끼어들었다.

"우수한 외국인 유학생에게 학비를 주기로 약속하고 코펜하겐으로 불러들였잖아. 그 청년이 여행을 떠났다가 행방불명이 됐다고 했지. 혹시 그 청년이 나누크야?"

그 말에 Hiruko는 눈썹을 치켜올리며, 나누크와 엄마의 얼굴을 번갈아 보았다. Susanoo는 덴마크어를 못하는 게 틀림없다. 표정에 변화가 전혀 없이 허공을 노려보고 있었다. 하지만 그 사람을 위해 영어로 통역을 해주자는 생각은 들지 않았다. 엄마는 내 목소리 같은 건 까마귀 우는 소리로밖에 안 들리는지, 내가 던진 말에는 전혀 반응하지 않고, 나누크에게 말을 걸었다.

"네가 어째서 아를에 있어? 여기서 뭘 하고 있니? 언제 코펜하겐으로 돌아올 생각이야? 대학은 언제부터 갈 건데?"

엄마는 나누크를 향해 생각나는 대로 질문을 쏟아내더니, 이번에는 나누크가 대답할 때까지 말없이 기다리기로 했는지, 입을 꾹 다물어버렸다. 무거운 침묵이 내려앉았다. 그때도 그랬다. 분명 열두 살 때다. 방에서 대마초를 피우고 있는데, 엄마가 갑자기 들어와서는, "이게 무슨 냄새니?" 하고 굵고 탁한 목소리로 묻더니, 말없이 내 대답을 기다렸다. 날이 밝을 때까지 기다리겠다는 각오가 느껴졌다. 나는 숨이 턱 막혀서 기침을 했다. 지금 심문을 당하는 건 나누크인데, 내가 더 참을 수 없어져서, 늘 그렇듯 노선을 바꿔 비난 전철을 달렸다.

"엄마 혹시, 자기가 옛 식민지 청년에게 학비를 대준다고 감사라도 해야 한다고 생각하는 거야? 하지만 그건 엄마 자신을 위해서 한 일이잖아. 인생이 무의미하게 느껴지니까, 누군가를 돕고 싶어져서 개인 장학금 같은 걸 준 거지. 나누크 입장이 되어서 생각해본 적 있어? 이건 뭐 거의 돈으로 사람을 샀다고 생각하나 보네. 대학에서 공부를 시작했다가 다른 진로를 선택하는 사람은 얼마든지 있어. 나누크는 그러면 안 돼?"

"그렇다면 그렇다고 솔직히 말해주면 좋잖아. 어째서 아무 말 없이 자취를 감추는 거야. 적어도 설명할 의무는 있는 거잖아."

엄마는 마치 내가 나누크라도 되는 것처럼 내 얼굴을 노려보았다. 나도 어느 틈엔가 나누크 역할을 하고 있었다.

"스폰서하고 고민 상담은 못 하지."

"스폰서? 나는 부모 대신이었어."

"돈을 내면 그걸로 부모가 되는 거야?"

"너야말로 의학이 세상에 도움이 되는 학문이니까 질투하는 거잖아."

"라스 폰 트리에 감독의 〈리게트(Riget)〉라는 드라마, 옛날에 텔레비전에서 했지. 기억해? 늘 같이 봤잖아. 그 드라마를 보고도 의사한테 존경심이 들어?"

나는 어째서 나누크가 대학에 가지 않고 다시 연구를 하고, 스시를 만들기 시작했는지, 그 부분의 사정은 전혀 모르면서, 내

맘대로 나누크가 대학을 관둔 이유까지 지어내버렸다.

엄마는 한동안 기가 막힌다는 듯이 내 말의 여운에 귀를 기울였지만, 문득 내가 나누크가 아니라 크누트라는 사실을 떠올렸는지, 머리칼이 뒤엉킬 정도로 격렬히 고개를 좌우로 흔들면서 이렇게 말했다.

"그렇게 나누크에 대해 잘 알면서, 어째서 나누크가 무사하다고 알려주지 않았니? 나는 걱정이 되어서 한참 잠도 못 잤다고. 그런 탓에 병세도 안 좋아졌어."

"나도 몰랐어."

"모르면서 아를에서 만나기로 한 거야?"

"같은 연구팀의 일원이라는 것밖에 몰랐어. 이건 진짜야."

"이건 진짜라니. 그럼 다른 건 다 거짓말이니?"

Hiruko가 풉 하고 웃음을 터뜨려서, 엄마는 책망하듯 Hiruko의 얼굴을 보았다.

"당신은 누구예요?"

"나는 Hiruko. 크누트는 언어를 사랑한다. 나도 언어를 사랑한다. 두 사람은 같은 것을 사랑하고 있다."

Hiruko가 쓰는 판스카를 처음 들은 엄마의 얼굴에 당혹감이 번졌다. 미간을 바싹 찡그리나 싶더니, 갑자기 풀어지며 눈매가 처져서는 웃는 얼굴이 되었다. 기준에서 벗어난 언어를 멸시하는 마음이 외국인을 비호하고 싶어 하는 여유로운 마음을 집어삼켜, 엄마를 동요하게 만들었다. 나는 강풍에 날려 쓰러질 듯한 간판을 일부러 밀어서 쓰러뜨리고 싶을 때와 같은 심술궂은 충동에 사로잡혀 입을 열었다.

"Hiruko는 내 애인이야."

엄마의 얼굴에서 움직임이 멈췄다. Hiruko가 다시 키득키득 웃으며,

"애인은 오래된 콘셉트. 우리는 나란히 걷는 사람들."

하고 말했다. 역시 Hiruko다. '나란히 걷는 사람들'이라. 엄마는 우선 Hiruko와 이야기해야 할지, 그보다는 나누크와 대화를 이어가야 할지 난감해져서 고개를 흔들흔들 휘저었다.

"그보다 우선 앉지 그래?"

나는 옆 테이블에서 의자 하나를 가져와, 거기에 엄마를 앉히고 나도 앉았는데, 그런 탓에 나와 Hiruko와 Susanoo와 나누크, 이렇게 네 사람이 만들고 있던 아름다운 사각형이 일그러져버렸다.

아무튼 이상한 회담이 되었다. 나와 나를 낳은 사람과 가짜 형제와 가짜 애인과 그녀의 고향 사람이 테이블을 둘러싸고 앉아 있다. Hiruko가 오랜만에 모어를 공유하는 Susanoo를 만나 어떤 식으로 대화를 이어갈지 관찰할 계획이었는데, 그 Susanoo가

아무 언어도 말하지 못하게 된 사실이 판명 난 뒤로는, 스톡홀름에서 실어증 연구를 하고 있는 선배가 있는 곳에서 치료를 받아야 할지 말지 다 같이 고민해야 하는 상황이었다. 그런데 어느 틈엔가 나누크와 엄마의 문제로 초점이 빗나갔다. 엄마의 등장에 동요하여, 이성을 잃고 쓸데없이 말다툼이라는 분수의 마개를 뽑아버린 나에게도 책임이 있다. 진지해져서는 안 된다. 게임이라고 생각하고 어깨에 힘을 뺀 채 통제력을 되찾자. 하긴 언어를 이렇게 많이 쓰는 컴퓨터게임은 없다. 오히려 텔레비전 토크쇼다. 응접실의 시청자들은 자기와 아무 상관도 없는 문제로, 프로그램 게스트들이 얼굴을 붉히고 눈물을 글썽이며 이야기하는 모습을 보며 즐거워한다. 그렇다, 나는 사회자를 연기하기로 하자.

"자, 나누크에게 하고 싶은 질문이 있으면 해보세요."

공식적으로 발언권을 얻은 엄마가 조금 차분해져서 이야기를 시작했다.

"너는 어학 코스가 끝나고 대학 신학기가 시작할 때까지 덴마크를 여행할 계획이었잖아. 어째서 그 여행에서 돌아오지 않았어?"

나누크는 가냘픈 목소리를 짜내어 대답했다.

"스시 가게에서 아르바이트를 시작했어요. 그게 메인 스트리트에서 벗어나게 된 계기입니다."

"스시 가게?"

"스시의 나라 사람이 아니냐고 수차례 오해를 받았고, 어느새 그 역할에 푹 빠져버렸어요."

"오해를 풀 수도 있었잖아."

"오해받는 게 기분 좋았습니다."

"어째서?"

"에스키모라고 하면 날아오는 이런저런 질문에 대답하는 게 괴로웠어요. 제 나라가 아닌 다른 것에 대해 대답하는 게 즐거웠죠. 그래서 다른 나라 출신인 것처럼 연기하면서, 이름도 텐조로 바꿔보았습니다."

"하지만 그게 대학을 그만둘 이유는 아니잖아. 의학 공부를 하고 싶다고 했잖아?"

"사실은 정말로 의학 공부를 하고 싶었던 건 아닙니다. 주위 사람들에게 그렇게 말했을 뿐이죠. 생물학이 적성에 맞겠다고 생각했던 적은 있습니다. 해달이나 고래를 연구하면 재미있을 것 같다고 생각했죠. 하지만 코펜하겐이라는 도시에 나와보니까, 그런 동물들의 존재가 옅어졌어요. 그래서 환경생물학을 공부하고, 인간이 먹는 생선이나 해초를 연구해볼까 생각했습니다. 해달과 해달이 먹는 물고기를 연구하는 것이나, 인간과 인간이 먹는 스시를 연구하는 것이나 똑같잖아요. 하지만 그 경우, 시각에만 기댈 수는 없지요. 미각을 어떻게 학문에 접목할까 하는 문제에 대해 생각하다가, 다시 연구에 흥미를 갖게 되었습니다."

나는 나누크가 거짓말을 하고 있다는 걸 직감했다. 그걸 거짓말이라고 불러도 좋을지 어떨지 모르겠지만, 막다른 골목에 내몰렸을 때, 언어라는 삽으로 도망갈 길을 파는 방식이다. 하지만 그때 필사적으로 파낸 샛길이 몇 년쯤 후에는 연구의 토대가 될지도 모른다. 그렇게 된다면, 그것은 더 이상 거짓말이 아니다. 말하자면, 말을 꺼낸 순간에는 아직 그것이 거짓말인지 아닌지 결정되지 않는다는 말이 된다. 나누크는 계속해서 말을 이어갔다.

"장래에 무엇을 하면 좋을지 알 수 없어서, 무작정 여행을 떠나고 싶어졌던 겁니다."

"어째서 그렇게 말해주지 않았니? 여행을 떠나는 데는 찬성이고, 전공은 의학이 아니라 생물학이라도 상관없어. 너의 전공은 네가 정하는 것이니까."

엄마의 목소리는 엄격함을 완전히 상실하고, 조금 감상적으로까지 변했다.

"대학을 그만둘 생각은 없었습니다. 하지만 일단 여행을 나서

자 국경을 넘고 말았어요."

"국경?"

"덴마크와 독일의 국경."

"그런 국경은 없는 거나 마찬가지잖아."

"하지만 저한테는 그렇지 않았어요. 덴마크를 떠나자 그린란드에서도 풀려나, 줄 끊어진 연처럼 자유롭고 고독해져버렸죠."

Hiruko가 풉 하고 웃음을 터뜨렸고, 엄마는 책망하듯 그쪽을 쏘아보았다. 나는 엄마가 끈질기게 나누크를 비난하는 걸 더 이상 보고 있을 수가 없었다.

"설마하니 돈을 대주니까 자기 인생관을 밀어붙일 수 있다고 생각하는 건 아니겠지. 부모가 자식의 진로에 참견을 하는 건, 덴마크에서는 용서할 수 없는 방식인데, 자기 나라에서도 용납이 안 되는 걸 옛 식민지 사람한테 밀어붙일 수 있다고 생각하는 건 아니겠지."

엄마는 낚인 물고기처럼 돌연 코를 위로 향하며,

"너는 자기를 상대해주지 않으니까, 동생을 질투하는 거잖아."

하고 의외의 지점에 펀치 한 방을 날렸다. 나는 코 안쪽에서 피 냄새를 맡으며, 이를 악물었다. 그때 Hiruko가 스윽 일어나 내 입에 손바닥을 갖다 댔다. 돌이킬 수 없는 말이 튀어나오는 것을 막기 위해서였으리라. Hiruko의 손은 살집이 없고, 손가락이 가늘고, 차가웠다. 나는 그 검지와 중지 사이에 가만히 혀를 들이밀었다. 엄마에게 최대의 펀치는, 나에게 Hiruko가 이 세상에서 가장 소중한 여성이 되었다는 사실인지도 모른다. 그 사실을 깨달은 순간, 화가 누그러지고 유쾌한 기분이 들었다.

그때 가게 문이 열리고, 다량의 빛이 흘러들었다. 거대한 나비가 파닥거리나 싶었는데, 그것은 빛을 받아 한순간 하얗게 물든 문이었고, 파닥거림 너머에 있는 마을의 거리에서 잘려 나온 것처럼 노라가 가게 안으로 들어왔다. 초록색 민소매 마 원피스에서 햇볕에 타 단단하게 조여진 듬직한 어깨와 장딴지가 드러나, 트리어에서 본 노라의 인상을 한순간에 바꾸어버렸다. 기온이 높고 햇살이 눈부시다는 것만으로도, 노라는 박물관 학예원에서 봄 들판에 드러누운 벌거벗은 모델이 되었다.

노라는 우리 모두의 얼굴을 둘러보며, 누구에게 말을 걸어야 할지 몰라 망설였는데, 아직 얼굴을 모르는 우리 엄마에게 먼저 예의 바르게 손을 내밀며 영어로,

"노라입니다. 트리어에 살고 있습니다."

하고 자기소개를 했다. 엄마는 나를 보며,

"이분도 국제연구팀의 일원인 거구나."

하고 원망스러운 듯이 말했다. 마치 이 세상에서 연구팀에 들

322

어가지 못하는 사람은 자기뿐이라고 말하고 싶은 듯했다. 그런 다음 노라를 향해 영어로 말했다.

"나는 크누트 엄마예요. 나누크에게 장학금을 지원하는 사람이기도 합니다. 나누크가 행방불명이 되어서 걱정하고 있었는데, 아들을 만나려고 여기 와보니 나누크와 같이 있어서 몹시 놀라던 참입니다."

엄마가 노라에게 이렇게까지 자세히 설명한 것은 친절에서 나온 것이 아니라, 나나 나누크가 자기의 소유물이며 노라는 손을 댈 수 없음을 분명히 하기 위해서가 아닐까 싶다. 노라는 깜짝 놀라 나누크를 보았지만, 나누크가 고개를 돌렸기 때문에, 이번에는 엄하게 따져 묻듯이 내 얼굴을 흘겨보았다. 나는 어깨를 움츠려 보였다. 노라는 나를 나무랄 이유도 없기에, 다시 나누크에게로 시선을 돌리며 말했다.

"너는 나뿐만 아니라 다양한 사람들에게게서 도망쳤구나. 이유가 뭐야? 뭘 하고 싶은 거야? 뭘 하고 싶지 않은 거야?"

노라는 숨을 아껴가며 독일어로 나누크를 나무랐다. 엄마는 독일어를 이해는 하지만 쉽사리 대화에 끼어들 만큼은 아니어서 금붕어처럼 불만스럽게 입을 빠끔빠끔 벌리고 있었다. 나는 나누크가 동생을 넘어 분신처럼 여겨져서, 노라가 일방적으로 나누크를 몰아세우는 걸 막고 싶었지만, 영어를 쓰면 유럽 북부에서 일어난 분쟁을 막기 위해 개입하는 미국 군용기 같아서 주저했다. 자연스럽게 독일어로 끼어드는 게 제일 좋겠지만, 독일어는 학교 수업 때 배운 게 전부라 어린애 같은 말투가 될까 불안하다. 영어라면 어린이 말투를 떨쳐내고 덤덤하게 이야기할 자신이 있다. 어떻게 하면 영어로 말할 때의 스스로가 민주적이고 옳다는 가면을 벗고, 지금 이 순간 어색하지만 불가피한 영어를 쓸 수가 있을까.

"노라나 엄마나 드래곤 같네. 둘이서 나누크를 몰아세운들 의미가 없잖아. 이제 그만둬. 나누크는 도망을 다닌 게 아니라 찾고 있었던 거야. 우리도 찾고 있잖아. 나누크 덕분에 우리는 아를에 올 수 있었어. 노라, 너도 Hiruko의 모어 문제하고는 아무 관계도 없으면서 일부러 아를까지 온 이유가 뭐야?"

"나도 모르겠어."

"그건 너도 무언가를 찾고 있기 때문이잖아, 안 그래? 찾고 있는 대상은 나누크가 아니야."

나는 침을 튀기며 지껄여댔다. 사라진 언어를 찾아 떠나는 가슴 뛰는 탐구 여행이 모처럼 시작되었는데, "어째서 나한테서 도망쳤니" 같은 부류의 연인 간 말다툼 소용돌이에 휘말려 이리저리 휘둘리고 싶지는 않다.

"일단은 앉지 그래?"

나는 옆 테이블에서 의자를 가져와 노라에게 권했다. 여섯 번째 의자가 끼어든 덕분에, 엄마가 성가신 존재로 보이지 않게 되었다. 그 대신, 노라와 엄마로 인해 이제껏 존재하지 않았던 새로운 카테고리가 생겼다. 그렇다 해도 엄마가 노라를 자기편이라고 생각하지는 않는 것 같았고, 의심스러운 듯이 관찰을 이어 갔다. 어쩌면 나누크가 노라에게 홀려서 잘못된 길로 들어섰을 가능성을 탐색하고 있는지도 모른다. 만약 그렇다면 나누크는 죄 없는 어린양, 책망할 대상은 노라가 된다.

"너는 나누크를 잘 아니?"

엄마가 영어로 의혹을 드러내서, 나는 조금 안심했다.

"저는 나누크의 애인입니다."

나누크가 놀라서 노라의 얼굴을 보았다. 엄마는 끈적한 미소를 지으며 우리 전원의 얼굴을 혀로 핥듯이 둘러보았다.

"그러니까 너희들은 둘씩 짝을 지어 여행하고 있는 거구나. 나누크와 노라. 그리고 Hiruko와 같은 고향 사람처럼 보이는 그쪽 사람."

나는 엄마가 날조해낸 원자 조합 그림을 이해하는 데 몇 초가 걸렸다. 엄마는 반론하려는 나를 손으로 막으며, 턱으로 Hiruko와 Susanoo를 가리키며 덴마크어로 말했다.

"여기 있는 두 사람은 잘 어울리네. 하지만 나누크와 노라는 안 어울려. 소년과 아줌마 같잖니. 나이 많은 여자한테 억지로 끌려온 분위기잖니."

영문을 모르는 노라는 무슨 뜻이냐고 묻듯이 나누크의 얼굴을 쳐다보았다. 당황한 나누크는 도움을 요청하듯 내 쪽을 보았다. 나는 우격다짐으로 만들어낸 두 커플 틈에서, 나와 엄마가 남겨졌다는 걸 깨달았다.

"그러면 남은 우리 두 사람은 손을 맞잡고 집에 갈까. 하지만 나와 엄마야말로 나이 차이가 너무 많이 나니까 같이 행동하지 않는 게 좋지 않겠어?"

나는 끓어오르는 분노를 꾹 참고 농담을 했지만, 엄마는 기세가 꺾이지 않았다.

"너는 어릴 때부터 둔했어. 다른 사람들이 사랑하고 있어도, 눈치 있게 자리를 피해주지 않고 항상 방해를 했지. 자기가 애물단지라는 사실도 눈치채지 못하고 말이지."

Hiruko가 엄마의 얼굴을 빤히 쳐다보며,

"그것은 오해. Susanoo와 나는 오늘 처음 만났다. 애인이 아니다."

하고 판스카 특유의 명확함을 드러내며 반론했지만, 엄마는 들리지 않는 척했기에, 나는 일어서서 Hiruko의 뒤로 가 어깨에 팔을 두르며 귀에 입맞춤을 했다. 머리칼에서 동백꽃 같은 향기가 났다. 하지만 그것은 '동백꽃 공주'라는 단어가 생각난 탓인지도 모른다. 엄마가 고개를 돌리는 모습이 슬쩍 보였다. Hiruko가 고개를 돌려 나를 보려 한 순간, 나의 입술이 Hiruko의 눈꺼풀에 확 눌렸다.

그때 입구의 문이 다시금 화려하게 열리며, 석류 빛깔 사리를 몸에 두른 아카슈가 가게 안으로 들어왔다. 주연 여배우의 등장을 알리는 팡파르가 울리는구나. 그렇게 생각했는데, 그건 길 가던 사람의 휴대전화에서 흘러나온 벨소리였다. 엄마는 아연해서 아카슈의 자태를 위에서 아래로 훑었다. 코펜하겐에 사는 국제인이 인도 사람을 보고 놀랄 리는 없고, 여장 남자도 몇 번이나 보았을 텐데. 아카슈는 눈앞을 가로막고 있는 엄마를 향해 예의 바르게 애교 가득한 어조로 말했다.

"처음 뵙겠습니다. 아카슈입니다."

하지만 엄마는 아카슈의 이름을 손으로 털어내는 동작을 취하며,

"당신은 또 뭐야?"

하고 물었다. 이런 끔찍한 질문이 또 있을까. 하지만 아카슈는 주춤거리지 않고 이렇게 대답했다.

"크누트의 애인입니다. 그러는 당신은?"

엄마는 완전히 할 말을 잃었다. 솔직히 말하면 나도 할 말을

잃었다. 평소라면 무슨 수작이냐고 따져 물었을 텐데, 도망치듯 자리로 돌아와 아카슈의 모습을 가만히 관찰했다. 평소와 달라진 모습은 없다. 고개를 살짝 갸웃하며, 엄마의 대답을 기다리고 있다.

엄마가 동요하여 이 세상에서 가장 간단한 대답조차 하지 못하고 있는 모습을 보니, 내 마음에도 여유가 생겼다.

"이 사람은 나를 낳았어."

엄마를 대신해 내가 동사를 써서 대답했다.

"그리고 길렀지."

그렇게 덧붙이며, 엄마는 Hiruko를 도발적으로 쏘아보았다.

"너는 크누트에 대해 아직 아무것도 이해하지 못하고 있어."

Hiruko는 바람에 휘날리는 커튼처럼 웃고 있었다. 따끔하게 비꼬는 소리를 들어도, 앞뒤 안 가리고 화부터 내는 사람이 있어도 동요하지 않는다. 이런 강인함은 판스카라는 언어를 쓰고 있다는 데서 나오는 게 아닐까. 판스카는 우리도 분명히 이해할 수 있는 언어이기는 하지만, 어디까지나 이질적인 기운을 담고 있다. Hiruko를 북유럽 사회에 완전히 동화시켜 드러나지 않게 만들어버릴 언어가 아니다. 게다가 어떤 모어와도 직접적으로는 이어져 있지 않다. 판스카를 쓰는 한, Hiruko는 어디까지나 자유롭고, 자기 마음대로 존재할 수 있다. 심지어 대화가 공처럼 튀어 올라서 고독할 겨를이 없다.

"엄마는 나를 이해해? 으음, 금시초문이네."

나는 엄마와 같은 언어를 어릴 때부터 쓰고 있기에, 무슨 말을 해도 나는 상대방의 일부에 지나지 않는다는 씁쓸한 뒷맛이 남는다. 게다가 상대방이 화를 내며, 나의 신경에 직격탄을 날리는 말만 하고 있다. 그런 발언이 엄마의 입에서 날아오기 직전에 나는 영어로 화제를 바꾸며 말했다.

"아카슈, 네가 내 애인이었어? 여태 깨닫지 못했는데, 그것도 나쁘지 않네. 하지만 좀 갑작스럽지 않아? 그건 지금까지 나 자신도 몰랐던 사실이라, 찬성할 수 있을지 없을지, 그걸 결정하는 데도 시간이 좀 필요해."

팝송의 가벼운 리듬에 몸을 싣고 그런 농담을 할 수 있는 내가, 내가 아닌 것 같은 기분이 들었다. 아카슈는 만화영화에 나오는 인물처럼 반질반질한 표정이 되어 대답했다.

"크누트, 너는 여성을 필요로 하지 않지. 그 대신 너와 같이 걸어갈 많은 친구들을 필요로 해. 너는 결혼하지 않겠지. 아이도 만들지 않을 거야. 너는 섹스를 필요로 하지 않는 미래의 인간이야."

그걸 들은 엄마의 얼굴이 강하게 일그러졌다.

"정말로 너는 어떤 집단에 있는 거니? 언어학 연구라는 가면 뒤에 숨어서, 사실은 프리섹스나 신흥종교 같은 걸 히고 있는 기 아니니?"

"섹스를 필요로 하지 않는다고 지금 아카슈가 말했는데, 어째서 프리섹스 집단이 되는 거야?"

나는 엉겁결에 그렇게 받아쳤다. 섹스 같은 건 완전히 나의 테마가 아닌데도 어째서 이야기가 그쪽으로 흘러갈까. 분노가 코끝에서 두툼한 숨이 되어 뿜어져 나왔다.

그때 Susanoo가 체중 없는 유령처럼 가만히 일어나 기나긴 연설을 시작했다. 입이 가로세로로 열리고, 입술이 삐죽 나오고, 어스름해지고, 울대뼈가 위아래로 흔들렸는데, 목소리가 전혀 들리지 않았다. 목소리 없는 발언자를 가로막는 일은 간단할 텐데, 엄마마저 입을 닫고 귀를 기울이고 있었다. 나누크는 수차례 눈을 깜박이면서 눈이 부시다는 듯 Susanoo의 얼굴을 보고 있었다. 자신도 언젠가 이런 식으로 당당히 이야기하고 싶다고 생각하는 듯했다. Hiruko에게도 목소리는 들릴 리가 없는데, 동의한다는 듯한 미소로 때때로 고개를 끄덕이며 듣고 있었다. 나와 눈이 마주치자 Hiruko는 어깨를 움츠렸다. 아마도, 들리지는 않지만 이해할 수 있다는 게 신기하네, 하고 말하고 싶었으리라. 나는 스톡홀름에서 실어증 연구를 하고 있는 선배가 있는 곳에서 치료를 받게 하자고 생각했던 나 자신이 부끄러워졌다.

Susanoo는 환자가 아니다. 그에게는 그의 언어가 있다. 하지만 그때 아카슈가 Susanoo가 하는 입술의 움직임을 읽어내겠다는 눈빛으로,

"그래, 너는 실어증 연구소에 가보고 싶구나. 네가 가고 싶다면 나도 같이 갈게."

하고 선언했다.

"아카슈, 너는 Susanoo가 하는 말이 들려?"

나는 질투로 화가 난 듯이 따져 물었다.

"들리지 않아도 이해는 했다는 거네."

노라가 얼굴을 반짝이며 대신 대답했다. 아카슈가 고개를 끄덕였다.

"이것은 여행. 그러니 계속한다."

Hiruko가 기쁜 듯 그렇게 말하자, 나누크가 크게 고개를 끄덕였다. 엄마의 모습은 어느새 그 자리에서 사라지고 없었다.

"그렇담, 다 같이 가자."

내가 말했다.

물고기는 말한다

어제는 해양생물의 90% 가까이가 멸종될 것이라는 기사를 봤다.* 물고기가 사라져 어업이 중지되는 바람에 미국의 청소기 업체 고객 상담 전화 받는 일을 하는 그린란드의 나누크 아버지 삶이 부쩍 현실로 다가온다. 나누크는 그린란드를 떠나 코펜하겐에서 스시를 만든다. 유럽은 아직 물고기가 잡히는 모양이다. 하지만 스시보다는 장국에 관심이 있다. 언젠가 지구상에서 물고기가 완전히 사라졌을 때, 생선을 먹지 않아도 생선을 먹었을 때 느끼는 만족감을 얻을 수 있도록 해초에서 국물 내는 기술을 연마하겠단다. 나누크는 말한다.

---

* 남종영, 「"해양생물 90% 멸종될 것"…당신이 안 변하면 현실이 된다」, 한겨레, 2022년 8월 24일.

미래에 물고기가 멸종되었을 때, 바다에 사는 식물로부터 어떻게 생선의 기억을 우려낼지가 요리사의 중요한 과제가 되지 않을까.(157쪽)

텅 빈 바다, 물고기가 없는 세상……. 나는 조용히 노트북을 닫고 일어나 지갑을 들고 시장으로 간다. 일만 오천 원을 지불하고 일 인분의 회를 산다. 아직 이 가격에 날생선을 먹을 수 있음이 감사하다. 한 조각 입으로 가져가는데…… 아, 눈물이 핑 돌게 맛있네. 물고기, 부디 사라지지 말아줘. 우리가 먹던 음식을 더 이상 먹을 수 없다면, 우리를 구성하는 몸은 예전의 그 몸일까. 우리가 사는 땅은 예전의 그 땅일까. 나는 혀 위에 얇고 투명한 광어의 살 한 조각을 올려두고 조용히 음미한다. 마치 지구상에 남은 마지막 물고기라도 되는 것처럼.

사라지는 것은 물고기만이 아니다. 우리가 오랫동안 미워했고 사랑했던, Yes이기도 No이기도 한 애증의 나라, 일본도 사라졌다. 태평양 아래로 영영 잠기고 말았다. 그 많던 캡슐호텔은 살아남은 물고기의 집이 되었다. 한반도는 무사할까? 바로 옆인데. Hiruko에 따르면, 어느 멍청한 정치가가 자기 고향을 도시로 만들기 위해 산을 불도저로 밀어버렸는데, "무너뜨리는 일에 맛을 들여 멈출 수 없게 되었고, 그러는 사이 산이 계속해서 깎여나갔고, 지구온난화로 해수면이 상승하자 평평해진 섬 전체가 태평양에 잠겨버렸다."(32쪽) 그런 정치가만 나오지 않는다면 한반도는 아직 안전하다. (Hiruko 식으로) 자연을 존경하지 않는 정치가는 용서할 수 없다!

다와다 요코가 열도에 닥친 불운한 미래를 소재로 작품을 쓰기 시작한 것은 2011년 3월 11일에 일어난 동일본대지진 이후 후쿠시마 원자력발전소 사태 때 일본이 안일하고 소극적인 대응으로 전 세계에 충격과 피해를 준 이후부터다. 2014년 발표한 《헌등사》에서는 방사능으로 도쿄 23구가 완전히 오염되어 더 이상 사람이 살 수 없게 되었고, 노인보다 세포분열이 빠른 아이가 더 큰 피해를 입어 전국에 수많은 아픈 아이들이 생겨났다. 젊은 사람들을 보살피는 건 늙은 사람들의 몫이 되었다. "젊다고 하는 형용사가 젊음이었던 시대는 끝나고, 젊다고 하면 설 수 없다, 걸을 수 없다, 눈이 보이지 않는다, 먹을 수 없다, 말할 수 없다는 의미가 되고 말았다."* 이것이야말로 인간이 상상할 수 있는 가장 끔찍한 디스토피아 세상이 아닌가. 젊음이 병들어간

---

* 다와다 요코, 〈불사의 섬〉, 《헌등사》, 남상욱 옮김, 자음과모음, 2018, 221쪽.

다는 건 곧 멸망을 뜻한다.

《지구에 아로새겨진》에서도 Susanoo의 고향 후쿠이는 후쿠시마를 떠올리게 한다. 실제로 후쿠이에는 오사카, 교토를 비롯한 서일본 지역의 50%에 해당하는 전력을 공급하는 13기의 원자력발전소가 있다. 도쿄를 중심으로 한 동일본 지역 전력을 담당했던 후쿠시마 원자력발전소가 태평양 연안에 위치했다면, 후쿠이 원자력발전소는 반대편 해안, 즉 동해를 바라보고 지어졌다.

후쿠이의 후쿠는 글뤼크(행복)라는 의미이며, 다른 곳에서도 지명으로 후쿠를 많이 썼는데, 이름에 후쿠가 붙은 지역은 전부 풍부한 자연에 둘러싸여 있었다고 한다. 독일에도 글뤼크슈타트(행복 마을)라는 이름의 작은 마을이 있다. 거기서 10킬로미터 떨어진 곳에 오래전 원자력발전소가 지어져서, 반대 운동이 활발히 일어나며 유명해졌다. 이후 '행복 마을'이라는 말을 들으면 다들 원자력발전소를 떠올리게 되었다.(157~158쪽)

구글로 검색해보니 실제로 독일에서는 지난달에도 오전에 글뤼크슈타트를 출발해 오후에 함부르크역으로 도착하는 자전거 반핵시위가 있었다.* 지구 반대편에 위치한 '행복 마을'들은 어째서 '불행한 발전'을 이루려고 할까. 일본에서 태어났지만 30년 넘게 독일에 살며 일본어와 독일어로 글을 쓰는 저자이기에 가능했던 발상이리라. 행복을 상징하는 글뤼크와 후쿠에서 지구의 어두운 미래를 포착한 아이러니가 쓴웃음을 짓게 한다. 다와다 요코는 말한다.

저는 후쿠시마 사태에서 큰 충격을 받았습니다. 아무래도 나에게는 일본이 다른 나라와 같지 않구나. 일본이 엉망진창이 되면 너무나 괴롭구나. 그걸 깨달았어요. 일본을 자랑스럽게 여기는 내셔널리즘이 아니라, 일본이 엉망진창이 되는 게 견딜 수 없는 마음. 그런 엉망진창 내셔널리즘에 눈을 떴어요. 그 무렵부터 일본을 무대로 소설을 쓰기 시작했습니다. (중략) 어느 나라나 다 소중하다는 생각은 지금도 변함이 없지만, 아무리 생각해도 저는 일본에 대해 책임이 있다는 기분이 들어요.**

---

* https://www.zeit.de/news/2022-07/24/anti-atomkraft-fahrraddemo-macht-station-in-hamburg.
** 다와다 요코 특별인터뷰, 2020년 10월 7일. https://www.japanforunhcr.org/news/2020/tawadayoko.

그런 책임감 속에 발아한 이 소설은 총 3부작의 대장정으로 나아간다. 세 작품 모두 일본의 문예지 〈군조(群像)〉에 연재되었으며, 첫 작품인 《지구에 아로새겨진》은 2016년 12월부터 2017년 9월까지, 두 번째 《별에 넌지시 비추는》은 2019년 1월부터 10월까지, 세 번째 《태양제도》는 2021년 10월부터 2022년 7월까지, 햇수로 7년에 걸쳐 발표되었다. 처음부터 연작을 계획한 것은 아니고, 쓰다 보니 '무리를 이룬 섬 같은 이미지'로 계속해서 쓰게 되었다고 한다.*** 사라진 모어를 찾아 떠나는 Hiruko의 여정은 덴마크 코펜하겐에서 출발하고, 이 책의 마지막에 주어진 힌트처럼 《별에 넌지시 비추는》은 스웨덴 스톡홀름에서 시작하며, 《태양제도》는 발트해 언저리에서 좌충우돌한다. 왜 하필이면 주요 무대가 북유럽일까.

북유럽에 가서 사람들과 대화를 나눠보며 대단히 풍족한 나라구나 하는 생각이 들었어요. 예를 들면 이런 사람을 만났죠. 출판사를 열고 싶어서 정부와 부모로부터 지원을 받아 출판사를 차리고, 좋은 책을 내서 칭찬도 받았는데, 다음에 무슨 책을 낼까 하다가 "싫증이 나서 이번에는 댄서가 되자" 하니 댄서가 됐

*** 「地球にちりばめられた私たち」, 〈群像〉, 講談社, 2022年 1月号, p. 173.

다는. '뭐든 금방 해버릴 수 있는 이 사람들은 어디로 갈까. 어쩌면 자기들처럼 이것저것 다 할 수 있는 상황이 아닌 사람을 만나 발전을 이룰 수도 있겠다'라고 생각한 것이 계기였습니다. 궁극의 사회복지에 도달한 나라, 어디로도 도망칠 필요가 없는 풍족한 나라. 연구비도 잘 나오고, 마음만 먹으면 자아실현이 가능한 젊은이가 소파를 뒹굴며 텔레비전을 보는데, 우연히 조국을 상실한 여성(Hiruko)을 본다면……. 거기서 급속도로 이동하는 이야기, 망명 이야기가 만들어졌습니다.*

다와다 요코에게 이동과 망명, 여행과 탈것은 작품에서도, 인생에서도 가장 중요한 모티브다. 요코의 요가 잎사귀[葉]를 뜻하기 때문일까, 철이 들고 나서부터는 강물에 떠가는 잎사귀처럼 끝없이 움직이며 살고 있다. "저는 세상에서 소위 말하는 '방랑시인'은 아니고 집에 있는 것을 좋아하지만 정신을 차려보면 언제나 여행을 하고 있으니 유감스럽게도 별로 집에 있을 틈이 없답니다. (중략) 제가 처음 동베를린에 간 것은 1979년 와세다대학 시절입니다. 시베리아철도를 타고 모스크바를 거쳐 다시 서쪽으로 가서, 동베를린에 열차가 닿은 때는 한밤중이었죠.

*   다와다 요코 특별인터뷰. 2020년 10월 7일.

역에 경찰관이 잔뜩 있는 것을 보고 강도는 없겠군, 하고 안심했던 저를 떠올리면 쓴웃음이 납니다. 페르가몬 박물관을 구경하고 카를 마르크스 거리의 커다란 서점에도 갔었습니다. 설마 언젠가 제 자신이 '동베를린'에 살게 되리라고는 생각도 못 했습니다."**

　　다와다 요코의 에세이《여행하는 말들》***을 펼쳐보면 우선은 이 사람이 넘어 다닌 국경의 길이에 혀를 내두르게 된다. 서울과 제주를 비롯해, 베이징, 파리, 로스앤젤레스, 보스턴, 바젤, 다카르, 케이프타운, 소피아, 마르세유, 바르셀로나…… 수없이 많은 곳을 배와 열차와 비행기로 옮겨 다니며 글을 쓰고 낭독을 하고 사람들을 만나 이야기를 나눈다. "탈것들은 저의 서재, 여행은 집필의 시간"****이라는 저자의 말대로다. Hiruko가 판스카라는 언어를 직접 만들어 사용하는 설정도 여행으로 얻은 수확이다. "제가 문학 페스티벌에 초대되어 북유럽에 갔을 때, 노르웨이 사람이 노르웨이어로 말하고, 스웨덴 사람이 스웨덴어로 말

**　　서경식, 타와다 요오꼬,《경계에서 춤추다》, 서은혜 옮김, 창비, 2010, 28쪽.
***　　다와다 요코,《여행하는 말들》, 유라주 옮김, 돌베개, 2018.
****　　《경계에서 춤추다》, 70쪽.

하며, 덴마크 사람이 덴마크어로 말하는데 밀이 동하는 것을 보고 무척 놀랐습니다. 공식적인 문법으로는 틀렸다는 걸 알지만 그걸 고치는 게 아니라, 자기만의 언어로 발전시켜나가면 어떨까?"*

Hiruko는 그렇게 직접 만든 언어 판스카를 타고, 낯선 세계로 조금씩, 조금씩, 노 저어 간다. 다와다 요코가 현실의 삶에서 지구상의 거의 모든 언어들을 몸으로 체험했듯이,《지구에 아로새겨진》에는 스칸디나비아반도 사람이라면 모두 알아들을 수 있는 판스카를 비롯해, 덴마크어, 영어, 독일어, 프랑스어, 인도어, 일본어까지 다양한 언어들이 날아다니고, 우리는 그것을 한국어로 읽게 된다. 하나의 언어라는 그물에 갇혀 살던 물고기가, 수많은 나라의 말이 뒤섞인 거대한 언어의 바다에서 자유롭게 헤엄치는 장면이 연상된다. 일찍이 모어(母語)를 뜻하는 엄마말을 뒤집어, 타자기에 말엄마라는 신조어를 붙인 다와다**는, 자판이라는 말엄마를 두드려 무한히 증식하는 언어의 세계를 펼쳐 보인다.

---

* 「地球にちりばめられた私たち」, 〈群像〉, 講談社, 2022年 1月号, p. 175.
** 다와다 요코, 《영혼 없는 작가》, 최윤영 옮김, 을유문화사, 2011, 95쪽.

나는 무엇을 하든 언어를 나침반으로 나아가기로 결정했다. 언어 속에는 나 개인의 머릿속보다 더 많은 지혜가 보존되어 있다.***

언어에 대한 이러한 믿음 때문인지 다와다 요코의 소설은 언어 자체의 유희를 즐기는 장면으로 가득하다. 예를 들면, 이런 대목.

"음식은 뭐 좋아해? 혹시 핀란드 요리는 어떨까? 스시 같은."
"스시는 핀란드 요리가 아니야."
"그래? 나는 또 핀란드 요리인 줄 알았지. 헬싱키 공항에 내리면 '세 가지 S의 즐거움이 있는 나라에 어서 오세요'라는 포스터가 붙어 있거든."
"세 가지 에스?"
"사우나, 시벨리우스, 스시."
"그건 스시가 아니라 Sisu 겠지. 스시는 절대로 핀란드 요리가 아니야."(23쪽)

***　多和田葉子, 《言葉と歩く日記》, 岩波書店, 2013, p. 5.

Sus(h)i를 뒤집어 핀란드의 고유한 정신인 Sisu를 떠올리다니, 세계의 언어를 마치 큐브처럼 뒤집고 돌리고 맞추고 있다. 언어 놀이를 통해 언어와 언어 사이의 숨겨진 연결고리를 찾는 일은 다와다 요코의 소설이 가진 가장 특별한 재미다.

하지만 그런 만큼 번역하기 까다로운 작가이기도 하다. 가령 방금 인용한 대목을 옮길 때, 나는 스시와 초밥 사이에서 뒷짐 지고 인상을 쓴 채 몇 날 며칠을 서성거렸다. 국립국어원 규범 정보에 따르면, 한국에서는 '스시' 대신 순화한 용어 '초밥'을 써야 한다.* 책 만드는 사람에게는 이런 규범이 법조인의 헌법과도 같기에 민감하게 촉수를 세우며 지키려 한다. 나도 맨 처음 원문에서 '鮨'** 라는 글자를 마주한 순간에는 초밥으로 번역했다. 그런데 곧장 Hiruko와 크누트가 Sus(h)i냐 Sisu냐로 싸우고 있는 상황이 벌어졌고, 초밥은 Chobab인 것이다. 이래야 다와다지. 모름지기 다와다라면 단어 하나에도 역자를 그냥 보내

---

* 생활 용어 수정 보완 고시 자료(문화체육부 고시 제1996-13호, 1996년 3월 23일).
** 일본어에서는 물고기 어(魚)에 뜻 지(旨)를 붙인 이 한자를 스시라고 읽는다. '旨'는 숟가락 비(匕)에 입 구(口, 나중에 日로 변함)가 더해져 맛있다는 뜻으로 '우마이(旨い)'라고도 읽는다. 초밥은 맛있는 물고기인 셈이다. 본문에 나오는 '우마미 페스티벌'의 우마미도 감칠맛이 도는 맛있는 맛이라는 뜻으로 '旨味'라고 쓴다.

주지 않는다. 그러고 보니 소설의 원제를 소리 나는 대로 읽으면 Chikyu ni Chiribamerarete. Chikyu는 지구. Chiribameru는 아로새기다. Chobab은 초밥. 지구에 아로새겨진 초밥이네. 작가 특유의 제목 짓기 기법인 각 단어 알파벳 두음 맞추기***로 치면 Ch가 라임에 맞지 않는다고도 할 수 없다. 이렇게 혼자 놀며 쿡쿡 웃음 짓는 지경까지 이르러, 마침내 외롭고도 고독한 결정을 내린다. 이번에는 국가가 정한 규범을 어기도록 하자.

물론 여기에는 '다시'의 문제도 끼어 있다. 처음에는 다시를 맛국물로 번역했지만, 이 또한 비슷한 문제에 봉착했으니, 붉은 사리를 두르고 나비처럼 인도에서 날아온 아카슈는 Hiruko의 입에서 흘러나온 다시라는 단어를 듣고 Dash라는 이름을 가진 아름다운 인도 여성을 떠올린다.

"그나저나 대시가 무슨 뜻이죠?"
"다시 말이군요. 요리를 잡아주는 맛있는 맛을 뜻해요. 말린 생선이나 해조류, 버섯에서 국물을 우려내는 거죠."(64쪽)

*** 예를 들면 후속작 《별에 넌지시 비추는(Hoshi ni Honomekasarete)》, 독일어로 쓴 《오비디우스를 위한 마약(Opium für Ovid)》 등.

무엇이든 처음이 어려운 법. 나는 스시 때보다 훨씬 더 쉽게 결정을 내렸다. 한글 워드에서 Ctrl+Q+F(찾기, 바꾸기 기능이 있는 단축키)로 맛국물을 소환하여 모조리 다시로 바꾼다. 일본어에서 다시는 한자로 '出汁'라고 쓰는데 날 출(出)에 즙 즙(汁)이다. 과연 맛국물이란 채소나 버섯, 물고기 등에서 즙을 짜내는 것. 원서에서 '出汁'를 보면 즙을 짜는 이미지가 연상된다. 표의문자가 갖는 즐거움인데, 한글은 표음문자니까 다시라는 단어를 읽어도 다시금, 또다시, 라는 말밖에 연상되지 않는다. 다시금, 또다시, 국가가 정한 규범을 어기고 다시를 순화할 수 없었던 사정을, 이 자리를 빌려 밝혀둔다.

그런데 초벌 번역을 마치고 출판사로부터 조판된 교정지를 받아 들었을 즈음, 또 한 차례 소환장이 날아들었다(여기서 소환이란 Ctrl+Q+F로 불러올 소지가 있다는 뜻). 담당 편집자로부터였는데, Hiruko와 Susanoo의 표기법에 대한 고민이 담겨 있었다. 이하, 은행나무 편집자가 메일로 보내준 역자 문의 사항 일부.

Hiruko와 Susanoo가 '히루코'와 '스사노오'가 아닌 알파벳 이름으로 표기되어 있습니다. 히루코와 스사노오는 일본의 창세신화에 등장하는 인물들이며, 작품 내에서 신화 속 인물을 지칭할 때는 히루코로, 이 소설의 인물 Hiruko를 지칭할 때와 구분해 표기하고 있습니다. 이에 대해 원서가 그렇게 표기하고 있을지라도, 이 알파벳 표기에 대해 의문을 가지는 독자들이 있을 것이라는 편집부의 의견이 있었습니다. 이에 대한 저의 생각은…… 우선 저자의 의도이겠지만, 이 의도에 대해서 적어도 이 소설 안에서 또렷하게 밝히는 부분이 없으므로 저자의 의도가 '이렇다'고 명확하게 밝히는 것은 불가능하고, Hiruko와 Susanoo의 이름을 원서와 같이 알파벳으로 표기함으로써 어떤 효과가 생기는지에 관한 생각을 해볼 수 있을 듯합니다. 이 책에는 하마치(鮃)–하우 머치(how much)처럼 두 언어 간 소리가 같거나 비슷하지만 각각 다른 뜻으로 쓰이는 말을 사용한 표현이 서로 다른 모어를 가진 인물끼리의 대화에서 많이 등장합니다. 가령 Hiruko가 "Tenzo가 텐조(典座)를 말하는 거였구나"라고 하자 크누트가 즐거워하는 부분도 있고요. 이렇게 언어와 언어 사이에서 발생하는 낙차를 보여주는 것은 Hiruko가 직접 만든 언어 '판스카'가 스칸디나비아어권 사람들이 무슨 말인지 알아들을 수는 있지만, 무척 독특한 문법을 사용하고 있어 거의 외국어처럼 들리는 것과 연결되는 것이기도 한 것 같습니다. 이 낙차가 창세신화의 히루코와 소설의 인물 Hiruko 사이에도 있지 않을까 싶어요. Hiruko라는 알파벳 조합의 소리는 창세신화의 히루코를 연상시킬 것입니다. 그러나 Hiruko는 히루코가 아니며, 이 소설 속에서 일본은 사라진 국가입니다. 창세신화 속에서 바다에 흘려보내 버려진 아이 히루코가, 지구에서 일본이 사라진 뒤 흩어진 모어를 찾아 세상을 떠돌며 여행하는 Hiruko라는 인물로 도착한 것처럼 느껴지기도 합니다. 한 일본 칼럼에서는 히루코와 구분되는 Hiruko라는 명명을 이렇게 해석하기도 했어요.

"원래 Hiruko는 히루코(蛭子), 즉 이자나기와 이자나미 사이에서 태어난 최초의 아이로, 바다 저편으로 흘려보낸 불우한 신의 이름이다. 나는 다와다의 소설을 읽고 있으면, 때때로 생(生) 혹은 생식(生殖)에 대한 암묵적인 거부를 느낄 때가 있는데, 그건 Hiruko라는 명명에서도 드러난다. 그 거부는 이 책에서 국가를 향해 있는 것이기도 하다."[*]

정말이지 편집자란, 독자에게나 역자에게나 믿음직한 존재!

*　福嶋亮大, 「フローの時代の似顔絵—多和田葉子『地球にちりばめられて』＋村田沙耶香『信仰』評」, Real Sound, 2022年 7月 1日.

조금 길지만 메일 속에 작품과 관련한 중요한 내용이 있어 가져왔다. 결론은 원서대로 알파벳 표기를 해야 할 것이며, 이를 일러두기에 알려야 하지 않겠느냐는 내용이었지만, 본고에서 그 뜻을 밝히고 있고 무엇보다 원서에서도 약간의 수수께끼처럼 독자의 상상력에 맡기고 있는 만큼 일러두기 없이 알파벳 이름 그대로 두었다.

여기서 일본의 창세신화란, 8세기 무렵 완성된 일본에서 가장 오래된 서적 《고지키(古事記)》를 이르는데, 도입부 내용은 이렇다. 천지가 처음 생겼을 때, 천상계에는 여러 신들이 나타났다가 사라지기를 반복하였고, 아직 국토가 단단하지 않아 물에 떠 있는 기름과 같았다. 이에 여러 천신들은 남신 이자나기와 여신 이자나미에게 국토를 단단히 하라 명하였다. 두 창세신은 기둥을 돌아 만나 결혼을 하여 히루코라는 여자아이를 낳았다. 그러나 불행히도 그들의 첫아기는 신체가 온전하지 않은 불구아였다. Susanoo가 Hiruko의 이름을 두고 "무슨 이름이었더라. 다니(진드기)도 아니고 노미(벼룩)도 아니고 세미(매미)도 아닌데, 무슨 해충 이름이었다"(278쪽)라고 하는 대목이 있는데, 일본 말로 히루는 거머리를 뜻한다. 일부 연구자들은 말 그대로 창세신화 속 히루코가 거머리처럼 생긴 아이였다고 해석하기도 한다.* 두 창세신은 온전치 못한 그들의 첫아기를 갈대로 만든 배에 태워 물에 떠내려보냈다.

잠깐, 갈대로 만든 배에 태워 물에 떠내려보낸 아기라면, 성경에도 나오지 않던가? 《지구에 아로새겨진》의 영역본인 《Scattered All Over the Earth》**에 대해 잡지 〈뉴요커〉의 서평가는 말한다. "모세와 마찬가지로 히루코는 신의 자식으로 태어나 갈대로 만든 배에 태워져 추방당한다. 다와다는 일본 신화의 막다른 길(dead end)을 페미니스트, 이주자 중심 세계의 시작(beginning)으로 다시 쓰고 있다."*** 성경에서 모세는 히브리인들을 이끌고 바다를 가르는 기적을 보이며 시나이반도를 가로질러 여행을 떠났지만, 《고지키》의 히루코는 외로이 망망대해로 흘려보내진 뒤로 다시는 등장하지 않는다. 그런 히루코를 저자는 1000년이 훌쩍 지나 소설이라는 바다에서 건져 올린 셈이다.

---

*   《고사기》, 노성환 역주, 민속원, 2009, 31쪽.
**   2022년 3월에 출간되었으며, 2018년 전미도서상 번역부문을 수상한 《헌등사(The Emissary)》의 번역가 마거릿 미쓰타니가 옮겼다.
***   Julian Lucas, "The Novelist Yoko Tawada Conjures a World Between Languages," *The New Yorker*, February 28, 2022.

21세기의 Hiruko는 사라진 모어를 상징하는 알파벳 이름을 안고, 새로 사귄 친구들과 여행을 떠난다. 모세와 달리, 자신과 전혀 다른 민족 구성원들과 함께. 이들은 누구와 싸워 이겨야 한다거나, 땅을 쟁취해야 한다거나, 무언가로부터 해방되어야 한다는 무거운 이념이나 역사적인 당위 없이, 그저 물고기처럼 가볍게 만났다가 헤어지고, 흩어졌다 다시 모인다. 서로의 관심사를 이야기하고, 취향을 나누고, 음식을 먹으며, 논쟁을 벌이다가도, 장난을 치고, 각종 탈것들을 이용해 여행을 다닌다. 그야말로 노는 중이다. 그들을 묶어주는 힘은 어쩐지 느낌이 좋고, 말이 잘 통한다는 기분이며, 그 기저에는 즐거움과 편안함이 있다. 친구와 연인과 같은 동아리 사람들에게서 느끼는 것들 말이다. Hiruko와 친구들을 요만큼도 이해하지 못하는 크누트의 어머니가 그들의 테이블에 갑자기 등장하여 산통을 다 깨지만, 그런 닐센 부인에게도 비행기까지 타고 날아가 수다를 떨 친구가 있다. 어쩌면 취향과 취미, 함께하는 즐거움과 편안함은 앞으로 다가올 시대에, 아니 현재에도 인간을 엮어주는 가장 큰 힘이 아닐까. 다와다 요코는 일본 신화를 통해, '모든 기원이 사실은 유사하며 뿌리부터 혼합과 교류, 변화의 과정 가운데 있'[****]음을 드

**** 최윤영, 《엑소포니, 다와다 요코의 글쓰기》, 제이앤씨, 2020, 77쪽.

러내는 동시에, 히루코가 Hiruko로 변모하듯 인간이 현대라는 시대를 투과하여 과거로부터 어떤 변신을 거치고 있는지 보여준다.

"우리가 오슬로에 온 의미가 무엇인지, 다시 한번 생각해보자. 나는 나의 언어로 말할 수 있는 사람을 만나고 싶었어. 언어학자인 크누트는 같이 오겠다고 했지. 여기까지는 언어학적인 흥미야. 노라는 연인을 만나기 위해서 왔어. 하지만 아카슈, 너는 왜 온 거야?"
아카슈는 창피하다는 듯한 얼굴로 가느다랗게 대답했다.
"크누트와 친구가 되려고."(193~194쪽)

인간은 어쩌면 모어라는 배를 타고 세상이라는 바다로 흘려보내져, 죽을 때까지 친구를 찾는 여정에 있는지도 모른다. 바다는 때때로 무섭게 파도가 치고, 한 치 앞도 보이지 않는 어둠이 내려, 함께하던 사람들을 순식간에 떨어뜨려놓기도 하지만, 헤어짐의 슬픔에 젖는 것도 잠시, 우연히 새로 만난 친구들과 다시 낯선 세계를 여행하는 즐거움에 가슴이 벅찬 것이 인생. 그러니 물가에 버려진 가여운 아이에게도 희망은 있다. 여행을, 멈추지만 않는다면.

"이 여행이 끝나면, 곧바로 다음 여행이 옵니다. 그게 끝나면, 다시 다음 여행이 옵니다. 그렇게 쭉, 여행이 계속되는 겁니다."[*]

그렇다면 나는 당신이 여행하는 바다에서 한 마리 물고기가 되겠다. 한글이라는 비늘이 반짝이는 물고기가. 물고기는 말한다. 아름답고 진기한 말들로 가득한 책이라는 바다에서, 우연히 당신을 만난다면 아주 많이 반가울 것입니다.

정수윤

---

[*]　多和田葉子,《容疑者の夜行列車》, 青土社, 2002, p. 153.

은행나무세계문학 에세 • 7

지구에 아로새겨진

1판 1쇄 발행 2022년 9월 29일

지은이·다와다 요코
옮긴이·정수윤
펴낸이·주연선

(주)은행나무

04035 서울특별시 마포구 양화로11길 54
전화·02)3143-0651~3 | 팩스·02)3143-0654
신고번호·제 1997—000168호(1997. 12. 12)
www.ehbook.co.kr
ehbook@ehbook.co.kr

ISBN 979-11-6737-220-8 (04800)
ISBN 979-11-6737-117-1 (세트)